蒼穹變
4 霸者再現
龍人◎著

目錄

第一章　霸者歸宿

歌舒長空一怔，這才知道自己今日的遭遇原來與尹歡有關，而且此時尹歡就在左近。想到這一點，他強迫自己平靜下來，顯得若無其事，他不想讓尹歡看到他的窘迫與狼狽，以維持自己最後的尊嚴。

同時，他也在心頭暗忖方才說話者會是什麼人？將他從坐忘城帶到此地的顯然應是此人。

雜草被拂動的「沙沙」聲漸響漸近，終於，一個挺拔的身影穿過樹林後出現在歌舒長空的面前，在與他相距二丈左右的地方站定。

歌舒長空的目光沿著草地向前延伸，見到了一個人的雙腿後再慢慢地抬起，直到尹歡那張近乎完美無缺的臉容出現在他的視野中為止。

他們曾經以父子的名分共處了很長一段歲月，但在他們之間，卻沒有愛，唯有恨！甚至，那已

不能以簡單的仇恨來涵括，而是比這更複雜、更難以言喻的敵對情緒。

尹歡的目光冷視著歌舒長空，腦海中卻憶起自己在與歌舒長空一戰後的一幕幕。

歌舒長空倏然爆發的「無窮太極」境界修爲，使尹歡頓知這決非自己的力量所能抗衡，等待他的，唯有死亡。

但未手刃仇人歌舒長空就先他而亡，尹歡不甘心！那一剎那，尹歡清晰地感覺到自己的心臟因極度絕望不甘而劇烈地抽搐，周身的血液也像是在剎那間被抽乾了，全身冰涼，一種來自靈魂深處的乾涸枯竭感完全佔據了他的整個身心。

就在與死亡前所未有地異常接近的那一剎那，兩團黑影以超乎人想像的速度自他的身後掠出，撞向歌舒長空，並借此一舉擊潰歌舒長空「無窮太極」的致命攻擊。

與此同時，尹歡只覺身軀被一股柔和卻又強大的氣勁一撞，整個人便身不由己地拋飛起來，並很快暈迷過去。

當他醒過來時，與歌舒長空一樣驚訝地發現自己身處林中的一片草地上，所不同的是他能活動自如，但醒來時是仰身臥於草叢中。

睜開眼後，首先映入他眼中的是漫天星斗，怔了怔神後，尹歡倏然翻身坐起，便看到了與他相距不過一丈遠的地方有一人盤膝而坐，正面對著他。

此人全身上下皆罩著一襲灰褐色的衣袍，在大面積的灰褐色中，又毫無規則地分佈著一些綠色的圓點，灰色與綠色相映襯，顯得十分奇異，所幸有夜色掩飾，總算不至於太刺眼奪目。

此人的頭小頸短，乍一看彷彿他的腦袋與軀幹是直接連成一體的，中間並無脖子相連，與他肥大的胸腹部相比，他的頭部幾乎可以忽略不計，胸腹向前高高凸起，使之幾近一個圓球，偏偏他的雙手雙腳又瘦又長，與其軀幹顯得那麼不相稱，以至於會使人感到他的四肢並非由軀體直接生長出來的，而是硬生生地強加其上的。又瘦又長的雙手交疊著放在肥大的腹前，又瘦又長的雙腳交互盤著壓在地上，頗顯怪異。

但尹歡卻一點好笑的感覺也沒有，當他看到對方的同時，對方也正好在望著他，四目相碰遇，尹歡的心頭竟不由一陣狂跳！雖是在夜色中，視線模糊，但他仍感到對方的目光眼神極亮，就像是要一下子洞穿一切靈魂般，這種感覺實在不好受！

尹歡定了定神，開口道：「是……你救了我？」

那模樣古怪的人微微點頭，由於他的脖子太短，這一動作便很不明顯，看上去就像只是將肩部以上的部位向前傾了傾。

「多謝救命之恩。」尹歡站起身來，向那人施了一禮，但他的神色卻很淡漠，並無明顯的欣喜感激之情，而且其淡漠神情讓人感到他對那模樣怪異之人爲何要救他等諸多疑問都沒有興趣。

這與他先前在即將亡於歌舒長空之手時的絕望豈非有些矛盾？

「尹歡，你是否覺得自己的武功已永遠無法達到超越歌舒長空的境界，所以對能倖存下來毫無感覺？」

那人終於開口了，其聲音如他的容貌體型一樣奇特，彷彿金屬質地鏘然有聲，由說話聲根本分辨不出此人的年齡。

尹歡的眼中閃過驚疑之色，他既驚訝於此人對自己與歌舒長空的瞭解，也驚訝於他竟準確地說出了自己的心思，可謂是一語而中——尹歡之所以沒有欣喜感，的確是因為歌舒長空所施展的「無窮太極」境界太可怕了，以至於他感到自己永遠也無法超越歌舒長空！這種悲觀的感覺，在此之前他從未有過。

此時，尹歡的驚訝之情顯然也沒有逃過那人的目光，他嘿嘿一笑，道：「若是我能將歌舒長空擒來任你宰割，你當如何？」

尹歡一怔，沒有直接回答。他之所以有所猶豫，是在想此人既然能夠將自己從乘風宮救出，必有驚世駭俗的武學修為，或許擊敗歌舒長空對此人來說，頗有成功的把握，而自己根本不認識此人，他將自己救出必有目的，那麼其真正的目的又是什麼？

「今日的我已一無所有，隱鳳谷也已成空谷，以此人的修為，必在我之上，否則就無法將我從歌舒長空的攻擊下救出，那麼對他而言，我還會有什麼可以利用的地方值得他這麼做？」

雖有所顧忌，但強烈的報仇願望終於還是占了上風，尹歡最終下定決心道：「只要能殺了歌舒長空，我願做任何事情！」

「任何事情？」那人反問道。

尹歡一陣沉默，他也自知這種回答的確有些輕率。

就在他心生不安，不知是不是應當再度強調重複自己的話時，對方卻哈哈一笑，「你不必許下這麼大的承諾，我只要你爲我做一件事，而且爲示公允，我還願將我的武學傳授於你。」

他最後一句話實在是大出尹歡的意料之外，一時間倒不知該說什麼好。

「只要你答應，休說明日歌舒長空就可以授命於你劍下，就算讓他暫保性命，日後憑我所傳武學，你也足可擊敗他！」那人繼續道。

尹歡望著眼前模樣奇異、來歷神秘的人物，對他所說的一切，不知是應信還是不信。不過，即使對方不提出要將武學傳於他，尹歡也已應承可以爲對方「做任何事」，那麼，此時他更沒有理由拒絕。

但尹歡決不是一個簡單的人，似乎沒有任何理由拒絕對方的他，忽然出其不意地道：「若是我不答應你所提出的要求，又當如何？」

「能看見我真面目的人只有兩種人，一種是與我有共同利益的人，另一種人就是——將死之人！」

尹歡像是早已料到他會這麼說一般，絲毫不顯得驚訝，只是很隨便地問了一句：「如果我不應允，就將殺之滅口？」

「我必須這麼做！」那如金屬般鏗鏘的聲音語氣緩慢而不容置疑，而且還讓人感到他必然能說到做到。

這種絕對的自負當然是源自於絕對強大的力量！「絕對自信源自於絕對的力量」，這本就是武道的真理。

尹歡當然深深地明白這一點！所以，他終於問了最後一個問題：「我什麼時候能見到歌舒長空？」

「明日天黑之前。」

回答簡短而有力。

歌舒長空當然不會知道尹歡此時在想什麼，他見尹歡遲遲沒有動靜，頓感既憤怒且煩躁，以為尹歡是有意要讓自己有更長時間去體驗死亡迫在眉睫的滋味。

這一想法如同一團烈焰般在炙烤著歌舒長空的心，他恨不得立時一躍而起，與尹歡再決一死戰，奈何全身被制，動彈不得。

狂怒中，歌舒長空竟出人意料地「啐」的一聲，狠狠地啐了尹歡一口。

此舉與他曾雄霸一方的身分實在是太不相符，連尹歡也為之一怔，自回憶中回過神來。

看了看身上的汙漬，尹歡的嘴角微微抽搐了一下，當他再向歌舒長空望去時，迎接他目光的是對方輕藐而富有挑釁意味的目光！

尹歡的臉色一下子變得更為蒼白。

一絲冷酷的笑意浮現在他的臉上，尹歡寒聲道：「想求痛痛快快地一死了之？沒那麼容易！」

話音未落，他倏然急速踏步而前，飛起一腳向歌舒長空的腹部踢去。

沉悶的撞擊聲中，歌舒長空如稻草人般憑空向後跌飛，殷紅的熱血自他口中噴灑而出，濺落在草地上。

徑直跌出數丈距離，歌舒長空方頹然撞在一棵樹上後，沿著樹幹無力地滑落。

這一腳，至少踢斷了歌舒長空兩根肋骨，他甚至能感受到斷開的肋骨刺在自己內臟裏的悶悶的鈍疼，這種鈍疼與肋骨斷折的銳痛交織在一起，共同煎熬著他的每一根神經，如墜身於無邊煉獄中。

他的身軀因爲被制而不能動彈，所以仍是倚坐在樹旁竟沒倒下，其臉部肌肉因奇痛而劇烈地抽搐著，汗出如漿。

他死死地咬緊牙關，沒有痛呼出聲，齒間發出駭人的摩擦聲，臉色一片死灰。

「喀嚓！」一道冷風掠過尹歡身側，一把劍穩穩地插在尹歡的身前。劍泛寒光，充滿了血腥意味的暗示與誘惑。

劍是從尹歡身後林中射出的。尹歡一言不發，踏進一步，便將那把劍拔出握在手中，腳步未停，繼續向歌舒長空那邊迫近。

他的眼睛交織著火熱與森冷，手中的劍越握越緊。歌舒長空與尹歡之間的雜草忽然無風自動，發出急促的「沙沙」聲，雜草灌木一律倒向歌舒長空這邊。

這是殺氣牽引的結果，隨著尹歡與歌舒長空距離的快速接近，草木舞動得更爲瘋狂，到後來幾乎已完全貼伏於地面上。

只有一丈之距！尹歡手中的劍倏然揚起，劍尖直指歌舒長空！

森然殺機亦在這一刻升至極限，在空前強大的殺機的牽引下，無數草莖連根拔起，向歌舒長空射去！

雖只是草莖斷枝，但對於已是奄奄一息的歌舒長空來說，這些暗蘊內家氣勁的斷枝殘莖無異於尖銳暗器，毫無反抗能力的他，刹那間身上被扎成了刺蝟，鮮血自無數傷口滲出，很快他的衣袍已被完全染紅，其情形既詭異又淒厲。

歌舒長空感到自己的生命正隨著鮮血的流失而流逝，而劇痛的感覺反而有所減輕——這並非好兆頭，只是因爲他的感觸已因失血過多而遲鈍了。

尹歡倏然沉喝：「去死吧！」持劍長驅而入，劍尖直刺歌舒長空眉頭！

一往無回的劍勢如排山倒海般向歌舒長空席捲而來！而歌舒長空竟不能對此有任何反抗之舉。他只能眼睜睜地看著鋒利的劍尖以快不可言的迅速劃破虛空，向自己眉心處刺來。

那劍尖的一點寒芒此時仿若死神的幽靈隱藏所在。

一切都已不可違逆，不可更改！歌舒長空忽然感到眉心處奇寒無比，而且，這股寒意還貫穿了他的整個頭顱——雖然劍沒有真的刺入他的眉心處，但這種感覺卻是真切無比！

他的眼神在電閃石火的瞬息間經歷了無數次複雜至極的變化，最終歸於萬念俱灰的絕望。

而這時，尹歡的劍依舊急速長驅而入，其驚人的劍勢所形成的氣場使一切生靈在其劍勢的籠罩範圍內都將難於呼吸。

在強大的心理壓力以及強大的劍勢壓迫下，本已氣息衰弱的歌舒長空頓感自己軀體內所蘊涵的所有生機已被切斷、破碎！他忽然感到口中一甜，眼前所有的景象倏然被一片遮天蔽日般的血紅色所代替。瞬即他的思緒戛然中止，與他的軀體完全分離。

秋日的黃昏涼意如水，也不知何方醞釀成的秋風掠過了樂土的數千里疆域，也掠過了這片茫茫叢林，順著山勢起起伏伏。它撫弄著茂密的樹林，引起了陣陣林濤，其聲如嗚咽，時輕時重，時疾時緩。

此時，離歌舒長空見到尹歡時已有一個時辰了。

處於高山夾峙中的這片密林此時十分寧靜，歸巢鳥兒的鳴叫聲不時穿透林濤聲，在山林中回蕩。

不知什麼時候起，西向的山坡上閃現出一個人影，時隱時現。緊接著，東北一側的山坡上也出現了兩道人影。隨後是東南方向。

這些人影先還小心翼翼地掩藏著自己的行蹤，慢慢地向谷底接近，到後來，他們已再無顧忌，自樹蔭中、岩石後走出，自幾個方向同時沿著山坡向下方包抄而至。

他們的目標，是一動不動倚靠在一棵老樹幹旁、一身血污的歌舒長空。

尹歡以及將尹歡救出的神秘人物早已不知去向，此時，除了向歌舒長空包抄過來的人行走時所發出的「沙沙」聲外，再無其他動靜。

過了片刻後，共有五人不分先後地來到歌舒長空的左近，五人服飾不一，皆佩有兵器，由他們相會時的神情可以判斷出他們是一夥的。

幾人的目光都集中在歌舒長空的身上。

歌舒長空無聲無息地倚坐於地，雙臂皆殘，一身血污，再無昔日的懾人氣度。一把劍自他右側太陽穴旁緊貼著擦過，深深地刺入了他所倚靠著的那棵樹幹，直至沒柄。

尹歡那一劍竟沒有完成最後的致命一擊！

五人相互交換了一個眼神，其中一人沉聲道：「但願還能將他救活！」說著，他趨步向前，蹲下身來，自懷中取出一顆淡黃色的藥丸，以右手拇指、食指捏住歌舒長空的雙腮，歌舒長空的嘴張開了，此人立即將藥丸塞入他的口中，隨後鬆開手，駢指以令人眼花撩亂的動作連點歌舒長空頸部、下頷幾處穴位，而他的左手則抵於歌舒長空的胸口。

完成這一連串舉措後，此人這才站起身來，抱臂而立。

過了良久，歌舒長空的喉節忽然滑動了一下。圍立他周圍的五人眼中頓時閃過興奮之色。

又過了片刻，歌舒長空的雙唇輕輕地顫了顫，隨即忽然長長地吁了一口氣，雙目也無力地慢慢睜開了。

歌舒長空像是從一場可怕噩夢中剛剛驚醒般，只是死死地盯著立在他面前的五個面孔陌生的人。

只聽得五人中有一人道：「你總算沒讓我們失望，活了過來。」

歌舒長空像是沒聽見他的話般沉默著。半晌，他的目光才微微側過，看到了他臉側的那柄劍，眼中閃過迷茫之色。

忽地，他古怪地呵呵一笑，嘶啞著聲音道：「我……我還活著?!」在他的臉上並無絲毫驚喜，有的只是無奈與疲憊。

「你必須活著，因爲我們門主還未得到太隱笈。」一人不冷不熱地道。

此五人正是驚怖流的人。

驚怖流一直沒有放棄對戰傳說一行人的追蹤，只是當戰傳說等人進入坐忘城後，懾於坐忘城人多眼雜，勢必龐大，他們只能在坐忘城周邊布下眼線，繼續等待時機。

當尹歡被帶出坐忘城時，湊巧被驚怖流的人遇見，以驚怖流這五人的修爲，根本不可能對救出尹歡之人形成有效的追蹤。事實也的確如此，驚怖流的人雖然遇見尹歡被帶出坐忘城的一幕，但見那神秘人物攜尹歡而行，卻依舊身法快速絕倫，坐忘城中竟無一人能攔截。

此五人即使有天大的膽子也不敢過於接近尹歡二人，在相距足足超過一里距離的追蹤下，很快就失去了追蹤的目標。

驚怖流的人立時洩氣了，一面向門主哀邪稟報此事，一面準備重新咬緊坐忘城內的戰傳說等人，至於尹歡，唯有放棄。

但哀邪對此人似乎極為重視，不但立即以飛鴿傳書讓他們儘量把尹歡可能的去向查出，同時又暗中加派人手向這邊調遣。

很快，加派的人手與原來就佈置於坐忘城左近的驚怖流屬眾聯手，佈下了一張大而疏散的網。之所以部署得十分疏散，顯然是因為對那神秘高手十分忌憚之故。

雖作了這樣的部署，但幾乎所有的人都對此事不抱有希望，只不過是奉命行事而已，沒想到那神秘高手隨後竟再次進入坐忘城！

對此，雖然坐忘城內眾人毫無知覺，但驚怖流的人卻及時察覺，在驚嘆於此人藝高膽大的同時，亦加強了注意力。正是因為如此，驚怖流的人才會在這時候出現在歌舒長空面前，不過，這已是在尹歡及那神秘高手離去頗長時間的事了。

因為驚怖流兩大殺手「青衣紅顏」中的青衣曾易容成隱鳳谷十三鐵衛之一雕漆詠題，而且在相當長的時間內與戰傳說、尹歡、歌舒長空等人同行，並得到了他們的完全信任，所以驚怖流知道太隱笈的存在並不奇怪。

驚怖流門主哀邪對隱鳳谷一戰的結局並不滿意，雖然他的行動並非全是為了千島盟盟皇，但那一戰之後，驚怖流折損了不少人馬，暴露了隱藏多年的行跡，甚至與小野西樓還弄得不歡而散！

小野西樓是千島盟盟皇駕前三大聖武士之一，當然是盟皇的親信心腹，得罪了小野西樓，會不會因此而招來盟皇的遷怒？

哀邪並不是一個甘居人下之人，但驚怖流昔日在樂土惡名昭著，使驚怖流實際上處於一種不利的處境，可以說一旦驚怖流公開顯露於樂土，立時會引來強派的群起而攻。

這一點是哀邪也是驚怖流所有人最顧慮的地方，除非驚怖流在重現樂土前就已強大到罕有對手的地步！

而要達到這一目標，又決非易事。

就是在這種情形下，哀邪決定暫時暗中依附千島盟，借千島盟的力量逐漸壯大自身。隱鳳谷是與驚怖流相距最近的一股較強勢力，有隱鳳谷的存在，對驚怖流勢力的發展就會有極大的壓制，哀邪早已有除去隱鳳谷之心。

哀邪原先雖自認爲驚怖流的勢力要強於隱鳳谷，畢竟驚怖流一直在暗中招兵買馬，積蓄力量，而隱鳳谷谷主尹歡卻「不思進取」，但擊敗乃至消滅隱鳳谷並非哀邪的最終要求，他還希望在消滅隱鳳谷之後，驚怖流仍能夠不爲樂土各族派所知。

若要達到這一點，就要求驚怖流有壓倒性的優勢，否則便無從談起。正因爲如此，哀邪雖是視隱鳳谷為眼中釘肉中刺，卻一直沒有動手。

直到盟皇對隱鳳谷也有了興趣，並派小野西樓前來樂土，與驚怖流聯手對付隱鳳谷。

這對哀邪來說，可謂是夢寐以求的事，他相信盟皇三大聖武士之一的小野西樓的實力！在哀邪的眼中，驚怖流迫於無奈依附盟皇，此次終於取得了實質性的回報，所以他欣然從命，並不遺餘力。

小野西樓沒有讓哀邪失望，但縱是有小野西樓這樣的絕世高手相助，隱鳳谷的奇兵迭出卻仍使驚怖流吃了不少苦頭。

雖然從人數傷亡的情況來看，驚怖流取得了一定的勝利，而且最終隱鳳谷也的確不復存在了，但哀邪十分重視的一件事卻沒有做到，那就是繼續掩藏驚怖流的行跡！

戰傳說、尹歡、歌舒長空、爻意、石敢當的突圍離去，就等於宣告哀邪這一期望徹底落空。無須多久，關於「曾一度被樂土諸族派消滅的驚怖流又死灰復燃」的消息將很快傳開，驚怖流又將陷入四面楚歌的境地，已在隱鳳谷一戰中折損了不少力量的驚怖流，還能支撐多久？

這正是哀邪在隱鳳谷消亡後仍不滿意的緣故。

雪上加霜的是與小野西樓的不歡而散，也許會僵化與唯一可以尋求幫助的千島盟的關係。所以哀邪一直惴惴不安，他不知道盟皇會偏向他還是小野西樓。雖然哀邪自知自己的所作所為的確是不折不扣地依盟皇命令去做了，但畢竟自己與盟皇的關係與小野西樓相比，定然是疏遠些。

就在哀邪心神不安的時候，青衣由隱鳳谷返回了驚怖流。

青衣的身分暴露固然讓哀邪有些失望，但青衣帶回的關於戰傳說、爻意、歌舒長空、尹歡等人的一些秘密，卻引起了哀邪的極大興趣，首當其衝的自是太隱笈！

既然歌舒長空說太隱笈仍在隱鳳谷，而隱鳳谷如今已成空谷，哀邪沒有理由不去谷中搜尋太隱笈的下落。歌舒長空武學修爲的突飛猛進既然是因爲太隱笈之故，足以證明此物非比尋常。

但在暗中派人前去隱鳳谷搜查了幾次後，哀邪卻失望了，偌大一個隱鳳谷，要找到太隱笈談何容易？那無異於大海撈針。

正當哀邪大失所望時，他的人又帶來了關於尹歡的消息，哀邪爲之一振，當機立斷，要好好把握住這一機會。

這一次，哀邪的計畫進展頗爲順利。

歌舒長空似乎對自己的處境越來越惡劣凶險竟漠不在意，他只是自言自語般地低聲重複著：

「太隱笈……太隱笈……」說著，他毫無血色的臉上竟浮現出了一抹笑意。

他實在沒有發笑的理由，所以他的這一抹笑意顯得格外刺眼、詭異。

驚怖流的人由青衣口中得知歌舒長空一直處於神志紊亂的狀態中，卻不知他的神志已恢復，所以見歌舒長空此時神色言行有些異常，也不以爲意，只是有些擔心一個神志混亂的歌舒長空，能否爲門主帶來他所欲得到的東西？

一條崇山峻嶺之間的陡峭山道上，尹歡與那神秘怪異的人一前一後沿著山道攀登。山道曲曲折折，而且長滿了雜草灌木，只能隱約看見一些道路的痕跡，看來這是一條人跡罕至的山道。

憑感覺，尹歡知道此時離自己與歌舒長空遭遇的地方至少已相距十六七里了，他也不知這條荒僻的山路會延伸到何方，亦不知這神秘的長手長腳、模樣古怪之人把他帶去何方。

到現在爲止，尹歡與此人共處的時間已超過一天了，他已不再如先前那樣感到此人容貌體型太過怪異，但心中的神秘感卻有增無減。

此人的聲音、五官都讓尹歡很難準確判斷出他的確切年齡，但此人年歲至少在五旬以上。

當他們跨過一條山澗時，那人忽然問道：「你爲何最終沒有殺歌舒長空？」

尹歡站定了，緩緩轉身，沉默了片刻，「並非每件事都有理由的，這件事也是如此——至少，我不知道自己這麼做的理由。」

那人也站定了，「你尚不知我會讓你做什麼事，便答應下來，而將歌舒長空交與你，你最終卻沒有殺他，這樣一來，可謂是一無所得。相比之下，你是否會感到後悔？」

「後悔？從一開始到現在，我有選擇的餘地嗎？」尹歡道。

那人笑了：「你是一個知道審時度勢的人，我既然將你救出，無論如何也要讓你答應我的條件，因為我相信你是能完成我心願的唯一人選，為了找到這樣一個人，我已尋找了三十多年，今日既已被我找到，我又怎會錯過？」

尹歡暗自驚訝，不明白對方這番話的真正用意，忖道：「三十多年前我尚未出生，他就已開始尋找如我這樣的人？但不知他所看中的究竟是什麼，他的武學修為又有多高？」

其實被怪人問及為什麼沒有殺歌舒長空時，尹歡的回答並非他的心裏話。

事實上尹歡之所以那麼做，並非沒有理由，在最後的那一瞬間，由歌舒長空眼神及神情的變化，尹歡驀然洞悉了一點：雖然歌舒長空的軀體尚未死去，但他原本自尊、自負、狂傲、不可一世的靈魂卻已死去！

在他劍下的歌舒長空所擁有的，只是已枯萎、空洞的卑微靈魂。誅殺一個精神上不再強大的歌舒長空，對尹歡來說，已毫無意義，他的仇人，是一個野心勃勃的歌舒長空，而不是一個徹底絕望的歌舒長空！

因為這一點，也因為已死去的尹縞，尹歡最終選擇了放歌舒長空一條生路。

對於尹縞，尹歡的情感是極爲複雜的，可以說正是有尹縞的存在，才有尹歡的悲劇。但事實上這並非尹縞自己的選擇，與尹歡一樣，尹縞的一生也是一個悲劇，他的悲慘遭遇是因爲他有一個充滿野心的父親，偏偏自己卻有著正直與善良之心！從某種意義上說，尹縞的痛苦決不比尹歡輕。

如果不是尹縞把真相告訴尹歡，尹歡將永遠也不知真相，而尹縞若不自殺，尹歡在隱鳳谷中便永無出頭之日。尹縞牽累了尹歡，也成全了尹歡。

如果說在尹縞把真相對尹歡說出之前，尹歡對尹縞只有忌恨，那麼在此之後，尹歡對尹縞的忌恨卻又消減大半，剩下更多的反而是對尹縞的尊重——甚至還有同情。

無論如何，能作出尹縞的那種選擇，都是值得尊重的。

尹歡相信即使尹縞對歌舒長空有極大的不滿，但他們兩者畢竟是親生父子，尹縞一定不願讓歌舒長空死去。因爲這個緣故，尹歡最終沒有殺在他眼中已無足輕重的歌舒長空。

既然如此，「復仇」當然也不再是尹歡對神秘人物應允的理由。除了對方所謂的他已「別無選擇」這一因素，更重要的是他內心深處也迫切希望自己能夠擁有更驚人的力量。

這個念頭，可以說一直深深地封存在尹歡的心中。

歌舒長空在他身上施加的殘忍手段，使尹歡的容貌過於俊美，幾近女子，這對自尊而敏感的尹歡來說，實是一種奇恥大辱，而這種堪稱男女莫辨的痛苦也困擾著他一生！

尹歡無法容忍他人因此而輕視他，而要實現這一點，最有效的途徑就是擁有足夠強大的實力！所以，即使事先不知此人要他做的是什麼事，尹歡也未多加猶豫便應允了下來。

尹歡顯得很隨意地問了一句：「這條路如此荒僻，不知將通向什麼地方？」

「稷下山莊——離坐忘城兩百餘里的稷下山莊。不過走此路卻要近一半路程，而且決不會遇到任何人。」

坐忘城乘風宮的廝殺已臻白熱化。

地司殺將戰傳說視作坐忘城的年輕統領，並未將之放在心上，不過此時他既已動了殺心，在坐忘城的地盤上，以少敵眾的他也不願太托大，所以無論是面對伯頌，還是戰傳說，他都願意全力以赴。

地司殺身經百戰，他十分清楚在這種情形下，最重要的就是要削弱對方的鬥志；而削弱對方鬥志最有效的方法，莫過於在短時間內擊敗對方的重要人物，以使對手心生無可抵禦的感覺。

在內心中，地司殺已將戰傳說視作第一個殺戮的對象，他相信只要在最短時間內擊殺戰傳說，就會對坐忘城的人形成比伯頌重傷更大的衝擊。

「九誅刀」橫握在手，地司殺屹立如山，鋒芒畢露，大有橫掃千軍之勢！兩眼神光懾人，顯得冷而且狠，讓人不由想起他操縱大冥樂土大部人生命的冷酷生涯。

戰傳說心頭也爲之微微一緊，他親眼目睹了地司殺一刀重創伯頌的情景，深爲地司殺的修爲所震撼，而此時當自己親身面對地司殺時，其感覺比預想的還要不好受。他儘量平穩自己的心緒以及呼吸，本能地感覺到只要自己稍露虛怯之態，對方將立即乘虛而入，予自己以最可怕的攻擊。

事實上，若論凌壓一切的氣勢，戰傳說實在無法與經歷了無數次殘酷血戰的地司殺相比。對於地司殺來說，體味生死一搏前的感覺，已是極爲熟悉而駕輕就熟。

戰傳說無法在這一點上與對方強拚，所以他決定避免地司殺在氣勢上給自己造成的壓力，只是以盡可能平靜的心態來迎接對方的主動攻擊。

戰傳說緩緩地拔出了貝總管贈與他的「搖光劍」，他拔劍的速度很緩慢，但因爲始終維持在一個完全相同的速度上，所以並不顯得沉滯，反而借此顯示出了一種沉穩與獨特的流暢。

而能在面對地司殺這樣的高手時做到這一點，無疑需要以強大深邃的心境作爲堅強的後盾，方能保持這種冷靜。

地司殺是何等人物，立時由這一點看出了戰傳說決不簡單！

他已再難相信對方只是坐忘城一名普通的年輕統領。

思及這一點，地司殺難免有些吃驚。

而戰傳說早已將自己的武學修爲提升至最高境界，在穩定自己心緒的同時盡可能捕捉探求對方情緒戰意的波動。地司殺一驚之際，戰傳說竟捕捉到了。

對於這一點，戰傳說大有驚喜之感，心中豪氣也爲之大熾，竟臨時改變主意，大喝一聲，搖光劍驀然出鞘，竟主動發動攻勢，劍出如行雲流水，「無咎劍道」的第一攻式「止觀隨緣滅世道」向地司殺席捲而出！

「萬象無法，法本寂滅，寂定於心，不昏不昧，萬變隨緣，天地可滅。」戰傳說甫一出手，便將「無咎劍道」的這極具攻擊力的「滅世道」發揮得淋漓盡致。

地司殺萬萬沒有料到眼前的年輕人竟敢主動出擊，不由又驚又怒，同時也驀然驚悟也許今日坐忘城勝負的關鍵並不在貝總管，而是在這小子身上！

心念閃動之際，地司殺已以玄奧快捷絕倫的步法倏然移前，毫不避讓地向戰傳說正面迎擊。雙方在這一刻竟同時採取了攻勢，針鋒相對，實是凶險萬分！兩人之間本就不遠的間距在雙方同時一往無回的攻勢面前，幾可忽略。

光芒閃動，搖光劍、九誅刀悍然相接。

「鏘！」地司殺的功力更爲深厚，硬撼之下，赫然將搖光劍震開。

戰傳說在搖光劍被震開之時，竟如同依附在劍上的一片毫無分量的輕羽般順著劍的去勢倒飄而出。

地司殺占了上風，刀芒暴盛，以更淩厲的刀勢橫劈而出，招式變化奇快，不予戰傳說任何喘息的機會。他自信戰傳說的劍法即使防守得再嚴密，但在他如滔滔不絕江水般的連續進攻下，其防守也必然會被擊得潰散，直至被一刀斬殺！但他的預測再一次落空了。

戰傳說在處於下風的情況下，手中的搖光劍竟未取守勢，而是在鬼神莫測的玄變之中，繼續以攻勢迎接地司殺的攻擊！

地司殺心中之震撼難以言喻。

如戰傳說這般在連人帶劍倒飛而出時還採取攻勢的，地司殺是聞所未聞。

更絕的是，戰傳說因爲是在退卻中採用攻勢，竟形成了似攻似守、似進似退的局面，看似不合常規的舉措，竟別具奇效，使戰傳說在拚殺一直處於下風的情況下，仍能有足夠充裕的應對空間。

地司殺暗忖這小子此舉如此出人意料，不可捉摸，他若不是瘋子，就是劍道天才。

他卻不知戰傳說這一式劍法的要訣便在於「止觀隨緣」，只要心中存有進攻之念，那麼無論形勢如何變化，都要將之視若過往雲煙，任憑心中的劍意發揮得淋漓盡致。

戰傳說之父戰曲之所以能憑「無咎劍道」挫敗千島盟刀客千異，正是因爲此劍法不落窠臼，奇想聯翩，不可以常理度之。此刻，戰傳說將「止觀隨緣滅世道」的精蘊處完全揮灑而出，其情形與地司殺預想的顯然已有不同。

刀劍再度正面相擊！

如此反覆，戰傳說一退再退，但搖光劍卻始終攻勢不改，除了位置的不斷後移外，雙方完全處於針鋒相對的對攻中。

只是戰傳說倒退之時，腳下青磚紛紛斷裂，越往後退，裂痕越深，足見戰傳說承受了不小的壓力。

地司殺看似占了上風，卻久攻不下，甚至對方竟一直未被迫採取守勢，地司殺心頭不由有些躁怒，刀勢倏變，驚人的刀氣破空聲中，九誅刀幻變莫測，幻現九道刀影，自不同方位、角度向戰傳說幾大要害同時疾如利矢般射去。

他已祭出了「九誅刀法」中的「株連九族」，此刀式攻擊面極廣，幾乎每個角度都可以對敵形成致命攻擊，如此一來，即使戰傳說欲再以攻對攻，也是難以同時應付九個不同角度的攻擊了。

這一手刀法不知浸淫了地司殺多少心血，祭出這一式，地司殺心頭閃念道：「你小子在樂土默默無聞，能死在『株連九族』之下，也算是你的造化了！」

此時，戰傳說已退至一個角落中。

也就在這一刹那，他忽然易攻爲守，憑「剛柔相摩少過道」形成嚴密的守勢，任憑地司殺攻勢如何強猛，其九誅刀竟無法穿透戰傳說的劍網；但無數次刀劍撞擊中，戰傳說漸感雙臂酸麻，再難久支。

在凌厲氣勁源源不絕的衝擊下，戰傳說雖勉力支撐下來，可他身後的牆體卻已無法承受，「轟」的一聲坍倒一大片。

幾乎就在牆體倒下的同時，「嗖嗖」聲中，兩股冷風不分先後地自身後向戰傳說奔襲而至。向戰傳說出手的是地司殺帶來的司殺驃騎，司殺驃騎的人在黑木堂外與乘風宮侍衛陷於混戰中，一時相持不下，誰也難以搶先進入黑木堂，正在膠著狀態中，這邊忽然坍下一堵牆，立時吸引了不少目光；而與這邊相距最近的兩個人正好是司殺驃騎，他們看到戰傳說與地司殺正在全力拚殺，雖然他們不知戰傳說是什麼身分，但既然與地司殺爲敵，他們當然不會放過自背後向戰傳說發動襲擊的機會。

本已應付得頗爲吃力的戰傳說突然再受夾擊，頓時處境凶險無比。戰傳說心中一凜，劍勢微露破綻！

這是地司殺苦苦守候的良機，以他的武學修爲，怎會將此時機錯過？一聲冷笑中，九誅刀如乘風破浪般覷準那一點破綻長驅直入！

戰傳說心知不妙，勉力向左側橫移，搖光劍疾揮，全力封擋地司殺必殺的一刀！

「噹」的一聲，一股壓力由九誅刀傳來，刀氣直逼戰傳說五臟六腑。戰傳說只覺喉頭一甜，噴出一口熱血。

但此刻情形根本不容他有片刻喘息的機會，體內雖是氣血翻湧，但他仍不得不冒著加重內傷的危險，勉強自腋下揮斬一劍，及時擋下來自兩名司殺驃騎的襲擊！隨後他便身不由己地側身踉蹌跌出。

未等他站穩腳跟，兩名司殺驃騎及地司殺已同時再次掩殺而至。

戰傳說心中暗暗叫苦，眼見地司殺的九誅刀如迅雷奔至，不可不擋，急忙豁盡自身所有修爲，再度祭起「剛柔相摩少過道」！

可惜他所面對的地司殺是在整個樂土屈指可數的絕世高手，其生死決戰的經驗更是罕有人能與之匹比，密如驟雨般的金鐵交鳴聲中，戰傳說已拚得力道虛浮，有一種透不過氣來的感覺，氣勢一弱，他再度身不由己地倒退。

他知道身後還有致命的殺手在等著他，但地司殺綿綿不絕的攻勢使他再也沒有精力分神應對。

就在戰傳說料定難逃一劫之時，致命的一擊卻並未由身後攻至，相反，卻聽得兩聲短促的痛呼在身後突然響起，緊接著便是人體倒地的悶響聲。

戰傳說突然發現地司殺神色驀然劇變，刀法也爲之一滯。戰傳說大喜，他已無暇去思索如地司殺這般人物何以會在如此關鍵的時刻犯上這種低級錯誤，也無暇去想以地司殺敢在坐忘城千軍萬馬中長驅直入的氣度，有什麼樣的變故可以讓他勃然變色？

他只知地司殺出人意料的變化，等於給了一隻腳已踏入鬼門關的他一個把那隻腳又從鬼門關抽出的機會。

沒有絲毫的猶豫，戰傳說立時施展「無咎劍道」中極具玄奧莫測變化的「八卦相蕩無窮道」，力挽頹勢，不但自地司殺的可怕攻勢中解脫出來，更借機加以反擊，竟將地司殺的手臂劃出一道淺淺的傷痕。

能僥倖脫險已是萬幸，戰傳說不敢奢求太多，見好就收，迅速退出一丈開外，嚴陣以待。

奇怪的是，縱是失去極爲有利的戰局，而且還略略掛彩，地司殺竟沒有因惱怒而追殺戰傳說，而是立於原地，神情愕然。

這時，戰傳說已看到倒在自己方才立足處左近的兩具屍體。目光旁移，這才知道是什麼人將自己救下。

但見殞驚天正持槍而立，與地司殺正面相對。高大而氣度沉穩的殞驚天，以及他手持的那杆長有一丈四尺，槍尖一點銀光炫目耀眼的神虛槍，兩者的氣勢完美無缺地融合在一起，讓人絕難輕視。

戰傳說頓時明白地司殺何以如此驚愕了。

縱是他智謀再高明，也決不會算到殞驚天死而復活！

殞驚天突然出現在乘風宮內，休說地司殺，連不知情的乘風宮侍衛也大吃一驚，不知所措；而戰傳說見到殞驚天時，心中所想的卻是殞驚天既然改變主意，提前現身，說明他已真正下決心與冥皇決裂了。

地司殺心頭百思不得其解，九誅刀遙指殞驚天，沉喝道：「你是什麼人？爲何假冒殞驚天？」

「我本就是殞驚天。」殞驚天以不容置疑的語氣道。

地司殺雙眼精芒暴閃，冷笑一聲道：「原來你沒有死！如此看來，所謂『甲察、尤無幾兩位皇影武士將你殺害』一說全是謊言！戲弄本司殺，撒下彌天大謊，坐忘城的膽子可真不小！」

殞驚天長笑一聲道：「坐忘城既未向冥皇稟告說殞某被害，也沒有向其他人透露這一說法，你又憑什麼斷知這一點？」

未等地司殺回答，他緊接著又道：「事實上，是冥皇對殞某不信任在先，所以你才會如此『及時』地出現在坐忘城中，不經本城主同意殺我所囚押的重犯，分明是不把坐忘城及殞某放在眼裏！」

地司殺實在不明白殞驚天何以會活生生地出現在自己面前，關於殞驚天的死訊，可是冥皇向他透露的，難道連冥皇也被欺瞞了？冥皇只讓他找到甲察、尤無幾，若是二人已死則罷，若是未死，將他們設法帶出坐忘城單獨密囚或者將之誅殺。至於爲什麼要這麼做，冥皇未向他透露。

冥皇不願透露的事不可多問——關於這一點，地司殺比誰都清楚。他執掌著京師以外，雙相八司以下的生殺大權，以前也早有過奉冥皇之令誅殺某人而不問理由的經歷。

地司殺明白對於萬人之上的冥皇，爲了大局而犧牲一部分的利益，哪怕有時是不近人情的，也是在所難免，成就霸業者，決不能有婦人之仁，強者的基業，無不是由亡魂白骨堆砌而成。

儘管對此次的矛頭是指向冥皇最親近的皇影武士感到有些意外，但地司殺仍是一如既往地無條件執行命令。

雖然當時已得到殞驚天的死訊，但自負的地司殺也並非毫無顧忌，畢竟要在偌大的坐忘城中找到甲察、尤無幾二人並非易事，時間拖延久了，恐怕會滋生變故。

當時，就在地司殺擔憂此事時，他的屬下收到密信，其內容竟是與甲察、尤無幾有關的。密信中告訴地司殺，尤無幾已死，甲察被囚押於坐忘城乘風宮黑木堂中，並詳細繪出了黑木堂在乘風宮的位置，以及通向黑木堂的途徑。此信言之鑿鑿，不由地司殺不信，況且地司殺對自己麾下人馬的探查能力頗有信心，決不會輕易將來歷不明的密信呈送於他手中。

果然，地司殺如願以償地找到甲察，並借機將之誅殺，本以爲大功告成，回頭在冥皇面前必受嘉許，沒想到坐忘城對他殺了甲察一事的態度如此強硬，以至於最後雙方不得不刀刃相見。

地司殺既不知甲察、尤無幾刺殺殞驚天的內幕，當然也就不知道坐忘城中除了四大尉將及貝總管等頭面人物外，還有戰傳說、石敢當這樣的高手。

更讓他措手不及的還有殞驚天突然的「死而復生」！

地司殺本以爲憑自己在大冥樂土的地位，一旦與貝總管等人發生衝突，在城主已亡、群龍無首的情況下，坐忘城戰士及乘風宮侍衛即使不會因自己的顯赫地位而對貝總管等人倒擊一戈，至少會有所忌憚，可事實卻並非如此，坐忘城戰士對他帶來的二百司殺驃騎的攻擊猛烈而毫不留情！

見到殞驚天時，地司殺心中恍然！他認定正是因爲事實上殞驚天並沒有死，才使坐忘城上上下下意志統一，極富凝聚力。他卻不知，連坐忘城內的人知道其城主殞驚天還活著的也是寥寥無幾。

地司殺認定殞驚天是以詐死設下的一個圈套，將自己誘來。既有此想法，他便斷定與殞驚天已再無緩和的餘地，當下毫不退讓地道：「本司殺有生殺大權，不但要殺你所囚禁的人，而且連你這以詐死詭計擾亂樂土秩序的逆賊也要一併斬殺！」

殞驚天大笑道：「你總算把此行的真正目的說出來了，可惜甲察、尤無幾殺不了我，你也難以得償所願！」

若說地司殺是爲了殞驚天而來，那也的確有些冤枉了，因爲地司殺本無針對坐忘城之意。此時聞聽殞驚天這麼一說，頓時怒焰狂升，沉喝一聲：「殞驚天，你太狂妄了！」

「了」字甫出，地司殺已如天馬行空般向殞驚天急速迫近。

殞驚天目光一沉，一丈四尺的神虛槍猶如被注入了靈性般倏然彈起，槍氣「哧哧」有聲，如驚濤裂岸般向地司殺捲去。

地司殺從對方施出的槍法中立即相信此人是真正的殞驚天！

九誅刀疾斬而出，在變幻莫測的重重槍影中，準確地捕捉到真正的目標，「噹」的一聲，九誅刀正好重斬於神虛槍槍尖上，神虛槍被震得橫向蕩開！

殞驚天似是預先便已知道會有如此結果，神虛槍被蕩開時，他的身形、手法同時以玄異方式倏然改變，一丈四尺的神虛槍已由他身前不可思議地移至他的身後，而他的身軀則如同與神虛槍連作一體，順著神虛槍被蕩開的方向旋身而出。

未等地司殺借蕩開對方丈四長槍槍尖之機欺身而入，槍尖一點寒芒借著去勢劃過一道驚人的弧線，再次激吐而出，如一抹驚電般連挑帶扎，直取地司殺的咽喉！

地司殺反應之快讓人嘆爲觀止，面對殞驚天這神出鬼沒的一槍，他處驚不亂，腳下一錯，身形倏矮，避過槍尖，如在冰面上滑行標射般閃身而進，殺機不減。

神虛槍走空而立即下壓，殞驚天試圖改刺扎爲回拉絞殺，以形成對地司殺的威脅，但地司殺的速度太快，神虛槍錯過了最佳的出擊時間。

一丈四尺的神虛槍在近身搏擊中顯得遠不如九誅刀有威力。殞驚天清晰地感受到來自九誅刀的致命殺氣，而且這股殺氣正以莫可逆違之勢向他迫近！

殞驚天下壓的槍尖終於與地面相撞。借著這一撞之力，一股力道由槍身傳向殞驚天，本已蓄勢而發的殞驚天如炮彈般沖天而起。

地司殺一刀走空！但殞驚天已再無借力之處，地司殺立即在他身下佈下刀網陷阱，只等殞驚天自投羅網。

殞驚天一聲長嘯，內家真氣瞬間提升至極限境界，神虛槍受其浩然內力的催動，發出驚人的顫鳴聲，如怒龍長嘯，極具震懾人心的力量。

神虛槍槍尖一點寒芒與陽光相輝映，泛射出奪人心魄的光芒，讓人頓時感到天地間所有的生氣與殺機都蘊涵於那一點寒芒之中，那一點奪目寒芒儼然有如生與死，光明與黑暗相互交替輪迴的質點，讓人決不敢小覷。

地司殺早已對神虛槍的奇特不凡加以留意，槍身的暗淡無光與槍尖的寒芒奪目對比如此鮮明。

當地司殺的注意力牢牢地鎖在那一點寒芒上時，視線中的那一點寒芒突然暴漲，以細微的一點無限擴大，直至佔據了地司殺視線所能及的所有空間。

地司殺心頭大震，神色立變，頓知不妙。

也就在此時，一道黑影從無限光芒中自上而下向地司殺疾射而至，勢如穿雲破日。

地司殺不敢怠慢，立即將「九誅刀法」中最後一式——「殺無赦」全力施展而出。

「殺無赦」乃「九誅刀法」中最具威力的一式，此式一出，但見刀浪排空，殺氣滔天，以地司殺為中心，周遭十丈之內皆在他強橫霸道的刀氣籠罩範圍之內，似乎要滅絕一切生靈。

左近的數名乘風宮侍衛及兩名司殺驃騎首當其衝，在倏然捲至無堅不摧的刀氣襲擊下，立遭重創，數名乘風宮侍衛非死即傷，連兩名司殺驃騎也一死一傷。

戰傳說察覺殺氣迫至，立即與之抗衡，他的武學修為遠在他人之上，未曾被殃及，但擋住刀氣的衝擊後，手中的搖光劍仍在顫鳴不已，足見地司殺這一刀的威力。

戰傳說暗暗心驚！

他卻不知，地司殺心中的震愕比他更甚，因為「殺無赦」全力劈出之後，他突然感到竟有刀行虛空、一無所獲之感。而那道破空疾射而至的黑影竟然憑空消失。唯有如破帛般驚心動魄的聲音卻有增無減。

那是長槍破空而至，與虛空劇烈摩擦時產生的聲音。地司殺憑著數十年的血戰經驗，察辨出這鋒刃破空聲中蘊藏著可怕的殺機。

「不好！」地司殺心頭暗叫一聲，威力絕倫的「殺無赦」未曾用老，他已豁盡自己的畢生修爲，硬生生止住這迅若奔雷的一式，其難度決不亞於讓奔湧的江水戛然而止。

也就在洶湧刀勢倏然頓止的那一刹那，那似乎籠罩、覆蓋了一切的奪目光芒驀然消失，神虛槍槍尖一點寒芒重現於地司殺的眼前，所不同的是，那一點寒芒已至對地司殺絕對構成致命威脅的距離之內。

如此虛實莫測、神出鬼沒的槍法，無論是地司殺，還是戰傳說，都是生平第一次見識。但戰傳說畢竟是旁觀者，而對於地司殺來說，神虛槍帶給他的震撼才是真正刻骨銘心的。

但地司殺終是在雙相八司中也算是實力不凡的人物，在生死攸關之際，他仍不失鎮定，幾乎是豁盡潛能，九誅刀法中擅於自保的「網開一面」被他揮灑得淋漓盡致。

九誅刀就如同從他的身體中「長」出來般貼身飛舞，使他的身軀頃刻間如同披上了一件銀光鎧鎧的銀甲。

如此錯綜複雜的變化，其實僅在電光石火的刹那間發生。

在一般人眼中所見到的只是地司殺一招所向披靡的「殺無赦」之後，忽反攻爲守。而殞驚天如天神臨世，神虛槍似暴雨般借著居高臨下之勢，向地司殺傾灑而至。

密集得讓人心驚肉跳的金鐵交鳴聲中，地司殺悶哼一聲，噴出一口熱血。

在殞驚天不遺餘力的攻擊中，地司殺因一招失算，終於受了內傷。

此時，殞驚天餘勢終盡，開始不可避免地向地面墜落。雖然憑著出神入化的槍法占了上風，但殞驚天自知贏得實是僥倖。若失之毫釐，只怕在地司殺的「殺無赦」面前，他將不死即傷。

事實上，在占了有利之勢時，自己竟沒能取得更大的戰果，這也使殞驚天又是驚嘆又是佩服。

但見地司殺借殞驚天攻勢稍懈之際，斜斜搶身掠出，順著斜掠時強大的去勢，地司殺連人帶刀撞向與他挨得最近的一名乘風宮侍衛。

那侍衛在此之前，已爲地司殺的無儔刀氣所傷，此刻見地司殺連人帶刀向自己撞來，他急忙揮刀便橫向疾斬。

「小心！」殞驚天話出之時，手中一丈四尺的神虛槍頓挫之間，再度向地司殺怒射而至。

殞驚天心知此侍衛根本無法與地司殺相抗衡，故試圖相救，但卻遲了一步。

只見地司殺手中的九誅刀看似很隨意地變幻了一個角度，事實上，立時與那侍衛的刀形成了一個交叉的「十」字，隨即地司殺重重地撞了過去。

「噹」的一聲，雙刀撞出奪目的火星。

那名乘風宮侍衛只覺一股奇大無比的力道由刀身狂湧而至，五臟六腑頓時如被千萬重錘狠擊，他立時慘叫一聲，七竅噴血，被撞得飛身跌出，頹然墜地時早已氣絕身亡。

地司殺也及時避過了殞驚天的一擊。

事實上，地司殺若是出刀，同樣可以憑九誅刀斬殺那名侍衛，而他之所以選擇了另一種方式，是因爲方才殞驚天一番驚人的攻擊雖已結束，但卻有空前氣勁鬱積於他體內，那是他苦挨殞驚天一番狂攻的結果，若不及時將這些氣勁排出體外，將後患無窮。

那侍衛便因這一點而成了犧牲品。

地司殺飛快地掃視了四周情形，發現自己帶來的司殺驃騎已漸顯敗象，從各個方向湧現的坐忘城之人越來越多，而且已不僅僅是乘風宮的侍衛，還有其他戰士，從這一點可以推斷已有更多的坐忘城所屬加入戰團。

而地司殺沿途一路佈置下的層層防守畢竟勢單力孤，在坐忘城四面出擊之下，已被各個擊破，無須多久，便將在坐忘城的「洪流」中被完全淹沒。

司殺驃騎固然悍勇，但以二百人放置於數以萬計的坐忘城戰士中，實是微不足道。

地司殺先前之所以能有恃無恐，是仗著自己的身分，以及殞驚天已「死」，坐忘城的力量難以凝集統一。而現在，他所倚仗的優勢都因雙方徹底撕下臉面以及殞驚天的重現而不復存在。

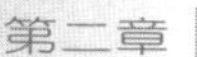

第二章　三大刑使

此刻，在坐忘城人眼中，他已不再是地司殺，而是坐忘城的敵人。

地司殺縱是心有不甘，也不得不在心中承認自己犯了一個錯誤，強闖黑木堂的舉措太冒險了。

正當他心神失措之時，目光掃見東向有一人影向自己這邊飛掠而來，憑此人的身法判斷，顯而易見又是一位如戰傳說這等級別的高手，而此人顯然不會是他麾下的司殺驃騎，也不是三刑使之一。

地司殺一驚未平，又爲此人的出現所驚，他心忖坐忘城竟成藏龍臥虎之地！非但殞驚天還活著，而且還有不少與殞驚天難分上下的高手。

僅殞驚天、戰傳說二人聯手，地司殺已無必勝的把握，若是再加上一人，他的處境將岌岌可危；而他的三大刑使看樣子也無法對他加以援手了。

地司殺眼見東向閃現的人影直取自己的側後方，似乎要與戰傳說、殞驚天兩人一起形成鼎足包圍之勢，一旦真的形成合圍，那自己也許就將命亡此地。

在極短的時間內，地司殺轉念無數，並對局勢作出了準確的判斷。

他知道，是該抽身而退的時候了。

戰傳說對匆匆趕來的人最熟悉，他一眼就看出此人是石敢當，不由心頭一喜！他看出了石敢當的確是要截斷地司殺的後路，當下立即向殞驚天招呼一聲，配合石敢當兩面剿殺，欲將地司殺困死於此地。

雙方四大高手同時想到一件事，地司殺心知最緊要的關頭到了，若不能趕在對方合圍之前衝出去，恐怕命將亡於此！他暗一咬牙，向石敢當那邊疾迎過去。

戰傳說知道地司殺的可怕，見此情形，是既驚又喜。驚的是地司殺會不會對石敢當形成致命攻擊，喜的是自己對石敢當的武功頗有信心，覺得石敢當應該不會很快被地司殺擊潰，這樣一來，自己及殞驚天將及時銜尾趕至。

地司殺與石敢當飛速接近之際，突然採取了似乎很不明智的舉動：他突然放緩速度，九誅刀一沉倏揚，地上一把傷亡者的長劍被挑得向石敢當疾射而去。

雖然動作極快，一氣呵成，但終究會因此而使地司殺的身速減緩，何況，以這種方式又怎能傷得了石敢當？

戰傳說暗自奇怪。

這時，那柄劍已飛速接近石敢當，石敢當自身也未將它放在心上，眼見飛劍射至，他胸有成竹地及時斜踏一步！石敢當自信此舉足以閃過這一擊。

孰料就在他閃避的同一時間，那把飛劍如中魔咒，突然改變方向，而且速度驟然加快，彷彿劍本身就早已料到石敢當會作出如此反應，非但未與之擦身而過，反而以更可怕的速度向石敢當心臟部位射至。

如此奇快，大出石敢當的意料之外！此時他剛處於舊力已竭、新力未生之際，飛劍來勢又如此迅猛，不由驚出了一身冷汗，情急之下，他已來不及作出更多反應，唯有以左臂直接封擋飛劍！

「嚓……」輕微的響聲中，長劍一下子自石敢當的手臂臂彎處穿過。

以這種萬不得已的方式略略緩和飛劍的來勢，同時也因劍與肉體的摩擦導致劍身的去向與原先有了細微差別，儘管這種差別是不易察覺的，但石敢當卻憑此爲自己爭取了極短的一剎那時間。

石敢當堪堪略一側身，「噗」的一聲，長劍在穿過他的左臂臂彎處之後，又扎入了他的右臂，並帶得他向後晃了晃。

石敢當在第一時間以左手將劍拔出！就在他拔劍之時，地司殺已自他的身側擦身而過，「轟」

的一聲，撞入黑木堂中。

地司殺之所以選擇這一途徑，一是因爲唯有這個方向戰傳說、殞驚天無法及時攔截他，二是因爲他還想帶著他的三大刑使同時離開坐忘城。

但甫一進入黑木堂，地司殺心便一沉，知道要帶三大刑使離開已是不可能了，因爲此時乘風宮奇營侍衛統領慎獨也已加入戰團，香小幽獨戰慎獨倒還能支撐，而右腕已斷的盛極與同樣受了傷的車向合戰貝總管，則完全是力不從心，在苦苦支撐。

地司殺有心要替三大愛將殺退強敵，無奈戰傳說、殞驚天已如不散陰魂般遙遙撲至，若不當機立斷，非但救不出香小幽三人，反倒連他自己的性命也要搭上。

地司殺心頭又恨又哀地暗自長嘆一聲，雙足剛一點地，立時又彈身沖天掠起，向黑木堂屋宇躍上，同時順聲向他的人下令：「撤出坐忘城！」他心中自知，此令雖下，但恐怕已毫無意義了。

戰傳說、殞驚天欲繼續追殺地司殺，但未等他們隨之掠上屋宇，便聽得一連串驚人的爆裂聲驟然響起，隨即便見無數碎瓦如漫天飛蝶般自上而下激射而至，雖是漫無目標，但因爲過於密集，其速又快，仍是頗具威懾力，兩人不得不以兵器格擋。

戰傳說、殞驚天同時想到這一定是地司殺借他的「地煞氣訣」修爲所施展的，所以才有如此大的聲勢。

僅此一緩，待戰傳說、殞驚天衝上屋頂時，已不知地司殺的去向，目光所及之處，只見乘風宮濃煙滾滾，火光吞吐不息。

兩人相視一望，只得就此作罷。他們知道即使傳令在四向城門守護的將士封擋地司殺，也是毫無意義，城中各大好手都已齊聚乘風宮，除他們外，試問誰又擋得住地司殺的去路？

他們所猜沒錯，方才地司殺的確是憑藉「地煞氣訣」在最緊要的關頭兩次挽救了自己，一次是在射傷石敢當之時，當時他在挑飛長劍的同時，暗中借地傳出「地煞氣訣」撞在那把劍上，才使劍身不但加速，而且改向，令石敢當這樣的高手也防不勝防；另一次則是剛才在他自黑木堂中脫身離去之時。

與此同時，當地司殺匆忙下達「撤出」坐忘城的命令時，非但沒有現實意義，反而對他的三大刑使及司殺驃騎產生了明顯的消極影響。他們本尚能憑藉頑強的意志支撐一陣，乍聞地司殺之令，頓使他們感到不妙，鬥志立時大減，竟兵敗如山倒，每個人各自爲陣，企圖突圍而出，但周圍的坐忘城戰士卻越聚越多，讓他們清晰地意識到已成籠中之獸。

殞驚天在黑木堂的大殿屋頂上，居高臨下地望著下方慘烈的廝殺，但見雙方不時有人倒在血泊中，生命在這一刻顯得那麼無足輕重，他心中不由有些不忍，遂大喝一聲：「放下武器，放棄抵抗者，坐忘城可饒其性命！」

其聲借渾厚無比的內力送出，如滾滾春雷，壓下震天廝殺聲，傳入每一個人的耳中。

但雙方已殺紅了眼，誰若先放棄抵抗，恐怕會立遭殺身之禍！有幾名司殺驃騎似乎也意識到大勢已去，聽得殞驚天的呼聲後，略一猶豫，大概是想放棄抵抗，誰知僅這麼一遲疑，立時有好幾件兵器自不同方位同時重重地擊中這幾人的身軀，將其捅成了馬蜂窩，當場斃命。

這一幕被殞驚天看了個清清楚楚，心頭不由爲之劇震。這時，他才真正意識到人的本性決定了要挑起戰爭是極爲容易的，可以有一百個理由，而要平息一場紛爭，卻要爲此付出百倍的努力與代價。

司殺驃騎倖存的人當中，有一人嘶聲喊道：「弟兄們，別中了他的毒計！他要借機擾亂我等的鬥志，反正我們今日已橫豎都是一死，倒不如與他們拚……啊……」話音未了，突然變成厲呼聲。

「了」字未出，一把單刀由他身後狠狠地砍入了他的後背，幾乎將其一刀劈成兩半。

單刀砍得太深，以至於刀刃卡在了骨縫中，持刀者用力拔了兩次也未拔出，不由大吼一聲，不抽反送，「喀嚓」一聲，單刀從這名司殺驃騎的前胸穿出。

此時，二百司殺驃騎倖存者已不過只有四五十人，而每個人所面對的都是數倍於己的力量。他們儼然如汪洋大海中的一葉孤舟，在被巨浪擊得碎裂之後，每一塊碎片再被巨浪逐一吞噬。

殞驚天心頭微嘆一聲，縱身躍入黑木堂內。

戰傳說明白殞驚天的心思，因此對其更爲欽佩。由於他擔心石敢當的傷勢，故未隨殞驚天進入黑木堂正堂內，而是掠向石敢當那邊。

此時石敢當的傷口已草草處理過，見了戰傳說，他苦笑一聲，「我對地司殺的『地煞氣訣』有所疏忽了。」

戰傳說見他談吐自如，知道他的確只是受了外傷，這才放心。

石敢當接著又十分疑惑地道：「方才那人，怎麼與殞城主如此相像？」

因爲此時坐忘城的力量已佔據了絕對的上風，所以兩人對答之時，也不會有什麼危險干擾。

戰傳說見石敢當一臉驚訝之色，心中暗自好笑，「他本就是殞城主。」

石敢當一怔，起初還以爲戰傳說在說笑，但見戰傳說一臉正經，並不像是在開玩笑，頓覺大惑不解。

戰傳說道：「其中詳情一言難盡，還是先看看貝總管那邊的情形如何吧。」

石敢當雖有滿腹疑惑，卻也知此時不宜久聊，只好按捺住疑惑之心，與戰傳說一起由正門進入黑木堂。

當他們進入黑木堂時，三大司殺刑使盛極已亡，車向、香小幽被擊敗後，各由兩名乘風宮侍衛將之牢牢制伏，再無反抗的可能。車向一臉汙血，眼神中透著決不屈服的光芒，不愧爲一條硬漢，連香小幽被擒後臉上也毫無懼色，目光針鋒相對地與他人的眼神正視。她的身子被兩名侍衛拉得向後微仰，使其豐滿誘人的身體曲線更是暴露無遺。

對於這樣的結局，戰傳說並不感到意外，三大刑使的敗亡只是遲早的事。而車向、香小幽之所以是擒而未殺，很可能是殞驚天的決定。

凡見到殞驚天的坐忘城戰士，無不驚得目瞪口呆，在黑木堂中的這些人中，除戰傳說、伯頌、慎獨、貝總管等知情者外，其餘剛趕至的人也是如此。若不是有貝總管等人在場，他們還真不知對殞驚天的命令是否該執行。

殞驚天見了石敢當，施禮歉然道：「殞某未盡地主之誼，反而讓石宗主受牽累了。」

石敢當望著「死而復生」的殞驚天，饒是他經驗豐富，也是無法猜透其中奧秘，見殞驚天向自己問候，一生不知經歷了多少場面的他也不由感到手足無措，忙道：「不敢，不敢，殞……殞城主客氣了。」心中卻暗忖道：「看他神情、言語、容貌，的確應是殞驚天無疑，倒真是古怪蹊蹺。」

這時，外面的廝殺聲漸漸平息，先還能聽到零星的金鐵交鳴聲，很快，連這零星的撞擊聲也沒有了。外面一下子變得沉靜了不少，但這種沉靜帶給人的卻不是輕鬆，而是沉重感，因爲，這是滲入了血腥與死亡的沉靜。

一場血戰，以坐忘城的勝利而告終。

但殞驚天卻並無什麼喜悅興奮之色，他看了看車向、香小幽二人，向慎獨道：「將他們禁押，好生看守，但不得爲難他們。」言罷，也不等貝總管慎獨回答，他已向黑木堂外走去。

戰傳說等人隨即也緊接而出。

當殞驚天步出黑木堂時，外面的戰鬥已結束，走廊中、牆角下、假山後，無處不是橫七豎八躺著的屍體，有司殺驃騎，也有坐忘城戰士。

衝入乘風宮的普通坐忘城戰士沒有忘記自己的身分，他們開始準備退出乘風宮外，其中部分受傷者由同伴挽扶著走出。而十餘名重傷後再也沒有反抗力的司殺驃騎被強迫向黑木堂跪成一排，他們的頸部被用力壓著，所以頭顱便不得不頂在地面上。

當殞驚天由黑木堂走出，站在正門前臺階之上時，包括乘風宮侍衛在內的坐忘城戰士齊齊停下了自己的任何舉止，目光一下子集中在了殞驚天的身上。

這時，北尉將重山河如一陣風般自人群中閃出，他身上血跡斑斑，也不知是他自己掛了彩，還是濺上對手的鮮血，雙矛似乎因爲剛才經歷了鮮血洗禮之故，寒光更甚，看樣子他似乎是要衝向黑木堂這邊。

殞驚天正在思忖該如何向坐忘城萬民解釋，見重山河也已趕至，便向貝總管吩咐道：「你與重尉一起將殘局收拾收拾；慎獨，你與我一道前去華藏樓。」隨後又向戰傳說、石敢當道：「殞某想去祭奠二弟孤天，二位願否與我同行？」

石敢當一怔，心忖道：「二弟孤天？難道被甲察、尤無幾所殺害的不是殞驚天，而是殞驚天的二弟？但怎麼可能整個坐忘城先前都未看出破綻。」

殞驚天之所以邀戰傳說、石敢當同行，正是想借此機會把真相告訴石敢當，而戰傳說雖已知真相，但因爲他與石敢當的關係是最密切的，要將這匪夷所思的事向石敢當解釋清楚，有戰傳說在場便省事多了。

殞驚天之所以首先想到要向石敢當解釋此事，自是出於對這昔日玄流道宗宗主的尊重。先前他秘密進入南尉府暗雪樓後，讓南尉伯頌約見了戰傳說而未約見石敢當，不是因爲他對石敢當有所不信任，而是因爲當時他本不想過早讓太多人知悉此事，但戰傳說因爲與此事有直接關係，故在受約之列。

石敢當一反平日的精明睿智，一時竟忘了該答覆殞驚天，而自顧沉浸在苦思冥想之中，戰傳說忙大包大攬代他答道：「我們理當如此。」

四人便向華藏樓方向而去。

殞驚天心知很難對眾坐忘城戰士解釋明瞭，故他有意暫且拋開此事，讓重山河等知情者先將此間情形轉述，這樣也省去了不少麻煩。

就在殯驚天將離開黑木堂時，貝總管問了一句：「城主，被俘的司殺驃騎當如何處置？」

殯驚天不假思索地道：「將他們放了。」

貝總管一怔，但還是應道：「是。」

當天色還沒有完全黑下來的時候，關於城主殯驚天還活著的消息便傳遍了坐忘城的每一個角落，每一個人的耳中。

乍聞此訊息，坐忘城所屬無不又驚又喜。這個夜晚，坐忘城在激動與不平靜中度過。

坐忘城外五六里遠的地方，一條通往京師方向大道旁的一個小山岡上，地司殺默默地站立著，目光望著坐忘城的方向。

山岡光禿禿的，幾乎沒有任何林木，更顯出地司殺的孤獨落魄。

現在他已沒有任何危險了，連部署在坐忘城外巡遊的人馬也一樣沒能困住他。在見識了他的身手後，坐忘城戰士便知道既已讓他突圍成功，那麼再要追殺，便顯得毫無意義了。

坐忘城戰士想到了這一點，而地司殺卻也同時料知坐忘城戰士會這麼想，所以他能夠毫不擔憂地在此止步。

但，他在此駐足等待又能等到什麼？無非是等到敗慘結局的確定。

而地司殺似乎決定要在確知結果後才肯離開。

當天邊出現血色的晚霞時，終於有一列人馬出現在地司殺的視野中。

這是一隊狼狽不堪的人馬，正是被俘後僥倖被殞驚天饒了性命的十餘名司殺驃騎，因爲有殞驚天的命令，他們才能夠穿過坐忘城的道道封鎖。

這十餘人都受了傷，有的人傷得還很重，不過他們的速度卻並不太慢，畢竟置身於充滿仇視處境中的滋味並不好受。他們本已做好了被處死的心理準備，沒想到殞驚天卻那麼輕易地放過了他們。這樣一來，他們本有的視死如歸的傲氣不知爲何反倒泄了大半。

出了坐忘城後，在城外一連撞見了幾支巡察的坐忘城戰士，讓他們數度受到驚嚇，不過皆是虛驚一場，那些人接到傳令，並沒有與他們爲難。

十餘倖存的司殺驃騎失魂落魄般跑出四五里之外，心緒這才稍稍平定。冷不丁有人無意間看見前方山岡上有一人影，不由嚇了一跳，心中閃過的第一個念頭就是殞驚天之所以放過他們，不過就是與他們玩了一個貓戲老鼠的遊戲，讓他們正爲死裏逃生而驚喜時，再派人在前面將他們截殺。

如此一想，頓時被嚇出一身冷汗！

很快，更多的人看到了在山岡上的地司殺，在最初的草木皆兵之後，他們終於認出那是他們的主人地司殺，一顆懸起的心方才「撲通」落地。

地司殺見到這十餘名屬下，心中頗有些感慨，暗忖道：「總算沒有全軍覆滅。」立即自山崗上掠了過來。

十餘人趕忙上前施禮道：「大人。」

地司殺微一頷首，「還有沒有其他人馬突圍出來？」

十餘人你看著我，我看著你，誰也沒有開口。

地司殺心道：「看樣子一定是沒有了，其實能有十餘人突圍成功，已十分不易了。」當下他又道，「你們先行一步，我爲你們阻擋追兵。」

十餘名殘存的司殺驃騎知道地司殺誤會了，其中一人囁嚅著解釋道：「大人，我們並非是突圍而出的，而是……他們將我們放出城外的。」

他終是不願說出被俘的事。

不過即使他們不說，地司殺也能推測出他們定已曾被俘。

地司殺的目光自眾人臉上一一掃過，他所看到的是十幾張沮喪而惶然的面孔，他們再也不是他引以爲傲的司殺驃騎了。

地司殺的心中掠過一道陰影。

眾司殺驃騎忽然感到地司殺的眼神隱有森寒之氣，心中不由得皆爲之打了一個激靈。

地司殺臉上擠出了一絲笑意，緩聲道：「殞驚天待你們頗為寬宏大量啊，所謂知恩圖報，你們應當好生記著他的這份情才是。」

眾人聽得此言，神色陡然劇變，急忙道：「大人，我等只知這是殞驚天對我司殺驃騎的羞辱，對他唯有刻骨之恨！」

地司殺嘿嘿一笑，道：「刻骨之恨？我相信不出十日，冥皇必將會征討坐忘城，那時你們就可向坐忘城報得這刻骨之恨。不過，在此之前，還需要你們為此付出一點代價。」

「只要能報此次挫敗之辱，我等願赴湯蹈火！」

眾人為方才地司殺的目光所驚懾，此時雖不知地司殺要他們付出的「代價」是什麼，卻也不顧一切地急於表白自己。

地司殺微微點頭，神色沉穆地道：「我們需要冥皇的憤怒以及樂土將士高昂的戰意，所以，你們必須——死！」

「啊！」眾人乍聞此言，幾乎無法相信自己的耳朵。

但九誅刀清晰而懾人的出鞘聲，明白無誤地提醒著他們，他們所聽到的是一個殘酷而不可思議的事實！

他們之中誰也沒有想到，他們沒有死在坐忘城，卻要亡於地司殺的刀下！

極度的驚愕，以及地司殺絕對凌駕於他們之上的武學修爲，使十幾名受傷的司殺驃騎根本未能作出什麼反應，森寒刀氣已如一陣代表死亡的風般席捲而過，十餘人就如同被伐倒的稻草般無聲無息地倒下了，拋灑的鮮血在空中劃出一道道弧線，與無邊的血色殘陽相輝相映。

頃刻間，所有的司殺驃騎皆亡於地司殺的九誅刀下。

九誅刀還鞘！

地司殺再也沒有等待下去的必要了，他轉身沿著大道向京師方向而去。

雖然手刃十餘名司殺驃騎時地司殺沒有猶豫，但這並不等於他的心情不沉重。無論如何，親手誅殺自己的部屬決不會是一件愉快的事情。

但地司殺卻也堅信自己必須這麼做，十幾名司殺驃騎的力量與樂土將士的士氣相比，可以說是微不足道，地司殺絕對不願看到因爲這十幾名倖存者的萎靡、一蹶不振而影響樂土將士的士氣，而且，這些人既然受了殞驚天的活命之恩，就有已被殞驚天收服、策反的可能，儘管只是「可能」，但地司殺也不能不防。

何況，地司殺要將在坐忘城中發生的事上稟冥皇，他希望他的話能使冥皇毫不猶豫地決定征討坐忘城，而不希望節外生枝。要保證這一點，最好的方式莫過於冥皇只能從他一人口中瞭解坐忘城所發生的一切。

地司殺相信殞驚天將這十餘人放出坐忘城不是因爲寬宏大量，而是借此瓦解對方的軍將士氣。將這一點與地司殺臆想中的殞驚天「詐死」一事聯繫在一起，地司殺對殞驚天更爲仇視。

坐忘城華藏樓中停放著殞驚天二弟殞孤天的靈柩，當黑木堂發生激戰時，整個乘風宮唯有華藏樓的侍衛兵力非但沒有抽調前往黑木堂，反而有所增加。

慎獨比較細心，想到殞驚天若突然出現在華藏樓，恐怕會使守護殞孤天靈柩的侍衛嚇一跳，故在快接近華藏樓時，慎獨對途經路旁的一名侍衛吩咐了幾句，那人趕忙由一條小路，抄近道趕向華藏樓，對華藏樓中的侍衛先略加解釋，以使他們先有心理準備。

但饒是如此，當殞驚天、慎獨、戰傳說、石敢當進入華藏樓時，眾侍衛仍是有些手足無措。

當殞驚天跨入華藏樓時，戰傳說發覺這血戰地司殺猶自神色若定的一代城主，此時腳步竟有些踉蹌，「手足被殺」一事對殞驚天的打擊之大可想而知。

小夭自被救醒後，就一直被軟禁限制了自由，她的情緒過於激動不穩定，當時若讓她前去華藏樓，恐怕會傷心過度而壞了身體，所以貝總管選了六名有些武學修爲而又能說會道的女眷守在她的身邊，半是強制半是勸慰。

奈何小夭的性格剛烈，又是城主千金，一旦清醒過來，立即哭叫著要去華藏樓，六名女子連同小夭的貼身美婢阿碧一道對小夭連說帶勸，也無濟於事，最後不得不依貝總管事先吩咐的那麼做，點了小夭的暈睡穴，這才暫時平息了此事。

但在小夭因暈睡穴被點而暈沉睡去時，幾女的心情再度變得忐忑不安，不知自己這麼做，待小夭再度醒來時，會不會生氣發怒，若是那樣，那麼方才她們的一番努力豈非前功盡棄？她們心中暗自祈禱小夭醒後能冷靜些。

就在小夭被點了暈睡穴後不久，黑木堂那邊一場廝殺開始了。

驚人的廝殺聲傳到這邊，讓守在小夭房中的七女大爲不安，不知究竟發生了什麼事，會不會對小夭的紅葉軒構成威脅，向外面的侍衛一打聽，得知乘風宮雖然廝殺慘烈，但坐忘城佔據了明顯的優勢，幾女這才略略放心。

阿碧聰明伶俐，擔憂之餘，忽然想起一個人來，面帶喜色地道：「我記起一個人來了，只要請來此人，定然既可保小姐安危，又可以勸住小姐，我這便去試一試。」言罷，也不與另六女多解釋，自顧離去。

她是小夭的心腹婢女，平時小夭待她如姐妹，所以雖是一婢女，卻沒有人敢小覷她，此時也只能任她自作主張，剩下的六女皆暗自揣測阿碧所說的會是什麼人。

不多一會兒，阿碧便回來了，果然領來了一人，美豔絕倫，原來是爻意。

幾女見是爻意，心中不由道：「阿碧所說的倒也不錯，爻意姑娘武功深不可測，有她在，乘風宮的情形再亂，這邊也不會出什麼事。而且她冰雪聰明，容顏絕世無雙，這樣的人物，即使是女人，也願意聽她的話的。」

奉命守護小夭的六女，其夫君都是在坐忘城有一定身分的人，自身也多是城中有數的美人，但此刻見了爻意，她們竟都不由自主地有了自慚形穢之感，而且沒有絲毫的嫉妒之意。

爻意與幾女相見之後，走到小夭仰臥的床榻前，看著合眼暈睡的小夭，但見小夭俏美而略顯稚氣的臉上猶有淚痕，如梨花帶雨。爻意不由記起昨夜清晨與小夭在庭院中相遇時的情景，那時小夭與她嬉鬧說笑，心緒頗佳，備顯可愛俏皮，顯然當時她沒有料想會有變故發生。

爻意心中不由生起憐憫之心，忖道：「從未聽坐忘城的人提及城主有夫人，而且現在也沒見小夭的母親來看她，想必小夭之母多半已不在人世了，如今豈非她已是孤身一人？不知以後要受多少孤伶之苦。」

思及此處，爻意不由聯想到自己也是母親早逝，而今自身更是遭受莫名奇變，與父親相隔兩千年時光！兩千年時光已過，父親及所有的其他親人定都已隔世為人，自己的遭遇，與小夭何其相似？爻意心中不由更為沉重。

正當她彎腰伸手欲爲小夭拭去臉上殘留的淚水時，忽聞外面響起了叩門聲，一年輕而極爲豐滿的女子上前將門開啓後，出現在門外的是一名侍衛，此侍衛對那女子低聲說了些什麼，那女子先是一臉不信之色，似乎還責備了那侍衛一句。

此女子的夫君是乘風宮侍衛中地位比昆吾、慎獨略低的「上勇士」，所以敢責備那名侍衛。

那侍衛一邊陪著笑臉，一邊解釋，一副信誓旦旦的樣子，最後在幾女疑惑的目光中退了出去。

那上勇士的美麗嬌妻迫不及待地向幾女低聲道：「方才此人說，許多城中戰士、宮中侍衛都親眼看到城主還活著，並且城主還出手殺敗了地司殺！」

幾女「啊」的一聲驚呼，本能地先將目光向小夭梨花帶雨般的臉上望了一眼，這才七嘴八舌地向那上勇士的嬌妻相問。

爻意也是無比吃驚。

而驚愕之餘，她的腦海中立時浮現出了一個念頭：「既然連小夭的父親都能『死而復生』，看來，這世間還是會有奇蹟存在的。那麼，我豈不是也並非決不可能再與父親相見？」

第二天，乘風宮的混亂局面已大爲改觀，所有死者，無論是坐忘城的人，還是司殺驃騎，都被坐忘城戰士奉殞驚天之命，將他們分別埋在城外東、西兩個不同方位的山坡墓地中。

依坐忘城的習俗，真正的英雄，是應埋葬在險峻的山峰之巔，勇敢戰士應埋在山坡上。而有罪的叛逆者、靈魂卑微者，則只能被拋入滔滔八狼江中。

所以，當殞驚天下令將司殺驃騎的死者也埋葬在山坡上時，不少人都有些意外。

但戰傳說得知殞驚天作出這一種決定時，卻並不覺得意外。殞驚天可以為戰傳說這樣一個不屬於坐忘城的外人而得罪地司殺，並作出了準備與冥皇決裂的決定，就足以證明他是一個真正胸懷無比寬廣的人，在他心目中，戰死的司殺驃騎是奉命而行，他們並不知內幕如何，所以他們都是不折不扣的勇敢的戰士。

戰傳說雖然能猜出殞驚天的心思，但卻也因此更為殞驚天擔心，擔心殞驚天這樣做會使坐忘城中的部分將士滋生不滿的情緒。要知道，並不是每一個人都能理解殞驚天將敵人尊為勇士這一舉措的。

果不出戰傳說所料，就在埋葬了所有戰死者之後不久，重山河怒氣沖沖地要將已埋下的司殺驃騎的屍體重新掘出，並拋入八狼江中。

重山河對司殺驃騎之所以如此恨之入骨，是因為司殺驃騎將乘風宮點燃之事。雖然經眾人奮力撲救，大火只燒壞了乘風宮小部分建築，但重山河仍是怒焰難平。

想到這座乘風宮是義父生前親自督建而成，暗含永遠歸順大冥樂土之意，如今卻被王朝地司殺的人燒毀，重山河恨不能將司殺驃騎殺個乾乾淨淨！

殞驚天下令將十餘名倖存的司殺驃騎放走，重山河已難以接受，而當他奉命在坐忘城東側安葬了坐忘城被殺戰士的同時，貝總管也奉命把司殺驃騎的人埋在城西的山坡上，等重山河回城後才得知此事，當時他便暴跳如雷，帶領自己的手下二百多人，便向城西趕去。

駐守西門的是幸九安的人馬，幸九安是四大尉將中唯一一個沒有參加乘風宮那場血戰者，他見重山河臉色鐵青地帶著二百多人直奔西門而來，心頭暗吃一驚，趕忙上前笑臉相問。

他們兩人雖都是尉將，但同時重山河還是老城主重春秋之義子，重春秋生前備受坐忘城屬眾敬重，所以在四大尉將中，重山河的地位或明或暗都要壓其他三尉將半肩。

重山河總算沒有完全失去理智，幸九安既笑臉相問，他也強自放鬆了繃得緊緊的臉，簡單地答道：「讓在坐忘城中殺人放火的狗賊安葬在山坡上，戰亡的坐忘城戰士不答應，我重山河也不答應！請兄弟讓一條道，我要將他們拋入八狼江中！」

幸九安暗吃一驚，心知人是城主吩咐人埋的，重山河這麼做，分明是與城主對著幹。自殞驚天成爲城主以來，兩人發生這麼明顯的衝突還是第一次，而在這種時刻發生這種事可不是什麼好事。

不過幸九安也感到將司殺驃騎死者埋葬於城西山坡上的確有些不妥，而且看重山河此時的神情，顯然是若自己不肯放行，他定會強闖！猶豫了一下，幸九安道：「重兄還是三思而後行。」

重山河見他口氣有些鬆動，便道了一聲：「多謝兄弟成全！」猛抽身下坐騎一鞭，疾衝西門而出，二百部屬緊緊相隨。

望著重山河絕塵而去的背影，幸九安神色凝重。

重山河行動迅速，當殞驚天得知此事時，一百餘具司殺驃騎的屍體已無一遺漏地被拋入了奔湧不息的八狼江中。屍體先是浮浮沉沉，但很快便被江水吞沒，直到離坐忘城很遠的下游，才又陸陸續續地漂浮到水面上。

向殞驚天稟報此事的乘風宮侍衛極爲不安，連大氣也不敢喘。

此時，殞驚天仍在華藏樓中，自他昨夜進入華藏樓後，就再也沒有離開半步，一直守在二弟殞孤天的靈柩旁，一宿未曾合眼。

中途小夭來過，當小夭見到父親的確還活著時，情難自禁地抱住父親痛哭一場，良久才被殞驚天勸住，而後殞驚天又將自己師門二儀門的事告訴了小夭。

小夭得知被尤無幾、甲察殺害的是自己的二叔時，心中亦極不好受，心想：「以前我早已見過二叔，但我卻一直將他當做父親，二叔也一定把我當做了他的女兒；可是直到他已離開人世，我才知道自己原來還有一個與爹爹一樣可敬的二叔。」

她恭恭敬敬地向二叔殞孤天行了九叩九拜大禮後，本想留在華藏樓與父親一起陪著二叔，但殞驚天卻堅決讓她離開華藏樓。

殞驚天之所以這麼做，是因爲他想與二弟兩人共處而再沒有第三人的時間盡可能多一些。

除了他們自己之外，沒有人能夠真正瞭解二儀門弟子兄弟之間榮辱與共、同進共退的情感，從某種意義上說，二儀門兩個互爲兄弟的卻各爲顯堂弟子、隱堂弟子者，他們已渾如一體，兩個人以一個共同的身分存在於世人的眼中。

除他們自身之外，即使是至親的親人，譬如子女，也是無法如他們自身那樣真正地理解他們之間的情感。

自戰傳說、石敢當離開華藏樓，小夭也被殞驚天責令離開後，除了偶爾殞驚天會召某人傳出一道命令之外，其餘的大半個夜晚，他都一直與二弟的亡靈默默相守。

爲稟報重山河掘墳棄屍一事而來的侍衛將此事向殞驚天稟報後，便忐忑不安地等待著殞驚天的反應。

不僅僅是他，坐忘城不少人都在爲此事擔心，因爲此次很可能發生衝突的人非旁人，他們一個是當今城主，一個是昔日城主之義子，二者之間關係的微妙可想而知。更要緊的是在此之前，他們並沒有出現過衝突，這反而讓人有一種不可捉摸的感覺。在這「山風壓城城欲摧」的時刻，城內若有不和，恐怕十分不妙。

殞驚天聽罷那侍衛的敘說後，沉默了很長一段時間，方輕輕地嘆了一口氣，只是道：「我知道了。」竟不就此事再多說什麼。

那侍衛心裏很不踏實，猶豫了一下，還是試探著道：「城主還有什麼吩咐嗎？」

殞驚天想了想，「通告全城，自今日午時起為二城主行七祭之禮！」

七祭之禮需歷時七天，在這七天中，逝者所有親友、僕從都只能素食，不可淋浴更衣，做到這些並不太難，最難做到的是行七祭之禮需有一人在逝者新墓旁結廬而居，日夜不離，共需居住七日，此人被稱之為「冥人」。

在這七天中，此人不可進食，不可睡眠，只許偶進清水，以示與死者「同生共死」之意。七日七夜不進食本已難以堅持，更可怕的是七日七夜不能睡眠，尋常人根本無法挨過。

所以更多人選擇的是雙祭之禮，三祭之禮。行五祭之禮的人已是少之又少，而七祭之禮似乎已是只在於樂土一些可歌可泣的傳說中才有。

那侍衛乍聞殞驚天此言，不由為之一震，不過想到坐忘城有數萬之眾，要找個人結廬而居度過七日，總是能找到的，故他接著又問道：「不知城主遣誰充任『冥人』？」

殞驚天看了他一眼，淡淡地道：「自然是本城主自己。」

「這……」那侍衛暗吃一驚，心想勸一勸，但又放棄了。

他追隨殞驚天多年，看殞驚天此刻的神情，便知道自己根本勸不了他改變主意。

辰時初，坐忘城已是全城皆白，連坐忘城戰士的槍尖刀柄上都纏上白綢布。

辰時末，自乘風宮通往東門的整條大道已被仔細地清掃得一塵不染，道路兩旁立起了五十一根漆了銀漆的木柱，柱子高約二丈，在每一根柱子上都用細小的竹片架著一隻經過特殊處理的雄鷹。雄鷹雖死，卻羽毛光亮，姿態栩栩如生，雙翅略張，似乎隨時都會從柱子上振翅飛走。

對於坐忘城來說，鷹，有著極為特殊的意義。

傳說在很久以前，坐忘城還未達到今日這種規模，而只是坐忘族聚居的一個大寨子，有一次它遭受了強大敵人的瘋狂攻擊，數倍於己的敵人輪悉進攻，縱是坐忘族戰士全力廝殺，仍是難以抗禦如潮水般擁至的強敵。

敵人射出的弓弩極為強猛，流矢飛鏢如亂雨般掠過虛空，又如亂雨般傾落在寨中，使坐忘族不少戰士還未能與敵人正面交鋒就已殞亡。眼見大勢已去，當時的坐忘族族王絕望之中，便親手殺死了自己的妻子！他不願妻子在淪陷後遭受敵人的凌辱。

族王共有四子，長子、次子、三次都已陣亡，唯有出生不到三個月的四子，一直由族王夫人呵護著。族王殺了妻子後，知道自己不久也將戰死，留下此四子，不知落入敵人手中後會有什麼樣的淒慘結局；於是他一狠心，正待將自己最後一個親人也殺死後再與敵人血戰時，忽聞天空中傳來振翅之聲，族王抬眼一看，只見無數雄鷹凌空撲下，如同一片烏雲突然降臨。

就在族王一怔神間，其中一隻雄鷹已飛速抓起襁褓中的四子，甫落便起，其他的雄鷹緊隨左右。

族王為這一幕驚呆了，一時不知所措。

敵人的勁弩也發現了這團由雄鷹組成的「烏雲」，當四子被那隻雄鷹抓著騰空而起時，密集箭雨頓時向空中紛紛射去。

就在此時，更驚人的一幕出現了，只見所有的雄鷹彷彿有一個共同的信念在指使著牠們；以驚人的敏捷與奇快的速度在抓扣著四子的那隻雄鷹四周穿掠疾飛，奮不顧身地以自己的身軀擋住射向四子的箭矢，而被圍在中央的那隻雄鷹則不顧一切地直衝虛空！

一隻又一隻雄鷹淒厲嘶叫著自空中跌落，眾鷹卻決不逃散。

與此同時，隨著群鷹的飛升，能射至牠們身上的箭矢也在逐漸減少。

當抓著四子的雄鷹嘶叫著完全衝出箭矢所能企及的範圍之外時，牠已是孤身一鷹，同伴全都殞命於箭下。

族王目瞪口呆地看著四子與那隻雄鷹越飛越遠，直至消失。

不久，族王連同他的族人全軍覆滅，坐忘族中只有一百多名未來得及自盡的年輕女子被敵人擒住未殺，淪爲敵人的淫奴。

坐忘族的敵人是十分強大的，他們在滅了坐忘族之後，所統治的已是原先五族領地的總和。因爲很少有人敢全力抵抗，所以其他被征服的各族還能保存自己族人的血脈，唯有坐忘族，是血戰到最後一刻。

四子被鷹擒走，死多生少，而且看清此事的只有坐忘族族王及少數幾個最早進入坐忘族大寨的人，所以在大多數人眼中，坐忘族已如雲煙般消散，永不復存在。

二十二年後，佔領坐忘族領地的大濁族人的眾多反抗者中，忽然多出了一個叫「乘風」的年輕人。

大濁族佔領著五族的領地，凌辱著五族的女人，奴役著五族的族人，他們對此起彼伏、或明或暗的反抗早已習以爲常，也毫不在乎，從來都是以大濁族將反抗者血腥鎮壓爲每次反抗的最終結局。

自乘風出現之後，大濁族漸漸地感到有些坐立不安了。乘風驍勇而多智，他所率領的人初時只有百餘人，但就是這百餘人在乘風的帶領下，神出鬼沒，一次次出奇不意地襲擊大濁族，使大濁族防不勝防，人人自危。

「乘風」之名便如插上了翅膀一般很快傳遍了大濁族的所有轄地，哪怕大濁族再如何掩蓋這件事，也無濟於事。

大濁族最擔心的事最終發生了，本來是各自為陣的五族反抗者開始共同尊奉乘風，本如一盤散沙的反抗力量，因乘風的出現而聚成一體，並且不斷壯大。

大濁族人大為驚慌，他們盡遣高手，欲除去乘風，但乘風仿若有著超越常人的異常靈敏的稟賦，在大濁族布下天羅地網時，他仍能在其中遊刃有餘，出其不意地發動攻擊。而大濁族遣出的高手也不斷死去，死在乘風的「風隱刀」下。

乘風成了大濁族的終結者，在乘風第一次為大濁族所注意後的第七年，大濁族覆滅在如洪流般不可逆違的反抗潮流中，以可恥的方式結束了命運進程。

直到那時，人們才知道，乘風就是坐忘族最後一代族王的四子！

乘風就是坐忘城的第一任城主，不過此時坐忘城中更多的已不是坐忘族的人，而是五族中其他四族中人。

對於這個傳說，因為年代久遠，值得深究的疑點也不少，比如鷹是最孤傲的猛禽，幾乎很少有人會看到成群的鷹。其二、四子被鷹擒走時才出生三個月，那麼，他又怎會知道自己的身世？並在長大後矢志爲父王、爲族人報仇呢？

儘管有不少疑團，但作爲坐忘城中人，對這一傳說卻是深信不疑的。何況，關於五族與大濁族的戰鬥，關於坐忘城神勇先祖乘風的傳說，並非僅有這一個，而是不計其數。

但有一點是確定無疑的，那便是自乘風之後，坐忘城中一直精心保存著九十九隻雄鷹的屍體，「九十九」這一數目，正好與傳說中將四子乘風救出的雄鷹的數目相同。

這些雄鷹都是以藥物精心浸製過的，並由專門的鷹役看護，數百年過去了，九十九隻雄鷹仍是栩栩如生。

鷹，乃是坐忘城尊奉的守護神，所以，當每一任城主去世之時，在將亡故城主送向墓地的通道上，都要請雄鷹守護，以使亡靈可以平安地到達天國。

殞孤天雖不是城主，但在殞驚天心目中，二弟殞孤天卻與自己一樣，是坐忘城的城主，二弟爲坐忘城而付出的決不比自己少，包括二弟的性命！

只是，因爲他們兄弟二人一個是師門顯堂弟子，一個是隱堂弟子，才會有這樣的區別。

所以，殞驚天要破例爲殞孤天奉上本唯有城主亡故才能享有的禮遇。而五十一之數，則是象徵著殞孤天五十一年無畏的生命歷程。

在坐忘城爲殞孤天行「七祭之禮」的第二天，戰傳說記起與晏聰的五日之約，頓覺不安，迫切想知道晏聰那邊是否已查出被自己所殺的白衣劍客的真實身分是什麼。

屈指一算，雙方約定的時間已迫在眉睫。前幾日坐忘城一直動盪不安，變故頻繁，戰傳說席捲其中，幾乎將這事忘了，而現在坐忘城顯得清靜了些，這才記起此事。

因爲「白衣劍客」的真實身分是什麼，關係著自己能否光明正大地以「戰傳說」自稱，加上戰傳說深感此事背後極有蹊蹺，故他急於瞭解真相。

戰傳說將自己的想法與爻意一商議，爻意不假思索地道：「既然如此，你便前去稷下山莊與晏聰見一面吧，這樣既不失信，也許還真能解開一個謎團。」

戰傳說有些意外，他忍不住說出了自己心中的擔憂：「坐忘城擊敗地司殺卻讓地司殺逃脫了，必有後患，而此事追根溯源，可以說是因我而起的，若是在我離開坐忘城後，坐忘城再遭劫數，我將……」

後面的話他未說出口。

爻意頷首道：「你所說的這種可能完全存在，但今日局勢，坐忘城只能等待，而難以有什麼主動之舉，所以誰也不知下一場爭戰會在什麼時候爆發。與其在這兒等待，倒不如暫且先去做同樣迫在眉睫的事。」

頓了頓，她輕嘆一口氣，方接著道：「其實，今日的坐忘城，急需在坐忘城以外，也有支持他們的力量。」

經她此言一提醒，戰傳說頓有所悟，暗覺爻意高瞻遠矚，比所有人都看得更遠！一旦冥皇得知不但兩大皇影武士死在了坐忘城，而且連地司殺也鎩羽而歸，就會將坐忘城這一連串舉措視作與冥皇徹底決裂的跡象，冥皇決不會就此甘休，無論是爲了大冥樂土，還是爲了殞驚天還活著，他都不能對坐忘城的舉動視若未睹。

以坐忘城一城之力，如何能與冥皇相抗衡？從這一點看，坐忘城再如何將城中的力量團結一致，發揮至極限，也是無法改變最終結局的。相反，只有將目光投於坐忘城之外，爲坐忘城尋找一條不必與整個大冥樂土作對的道路，或是尋機瓦解對方統一的意志，才有可能爲坐忘城找到突破口！顯然，除爻意之外，其他人都沒有想到這一點。

如今，坐忘城上上下下都在默默地準備著一場血戰，他們的先祖在與大濁族近百年的爭戰中形成了英勇的性格，但今日的英勇卻更多了悲壯的氣息，似乎每個人都料定除殊死一戰外，再無其他路可走。

連戰傳說也在不知不覺中被這種悲壯氣息所感染，下意識地覺得自己既然是始作俑者，就應該負起這個責任，任何試圖想置身事外的舉止甚至是想法都是可恥的懦弱！

直到爻意此言提醒了他，戰傳說忽然明白坐忘城今日的處境。現在，坐忘城已把自己自我封閉，猶如困獸，勇則雖勇，卻十分危險，而在遠離坐忘城之外若有坐忘城的力量與城池遙相呼應，那便等於是封閉的坐忘城延伸到外界的一隻觸角！

想到這一點，戰傳說心頭頓時釋懷，暗忖既然坐忘城缺少這樣一隻「觸角」，便由我來暫充這隻「觸角」，若到了最後關頭，我再與坐忘城並肩作戰便是。

思路一旦點通，戰傳說的心思頓時變得十分活躍，他甚至想到了玄流道宗。

石敢當曾是玄流道宗的宗主，借用這一層關係，也許玄流道宗就是第一個可以爭取的族派，而玄流道宗與坐忘城毗鄰，他們的背向的確十分重要。

想到玄流道宗，戰傳說記起前些日子乘風宮曾派人前往天機峰，將石敢當已至坐忘城的消息告訴於玄流道宗，按理此人應早已抵達玄流道宗所在的天機峰，返回坐忘城的時間也綽綽有餘，但到現在都未見有什麼動靜，也不知這其中又出了什麼旁枝錯節。

戰傳說既已決定暫時離開坐忘城，前去稷下山莊，便有些擔心爻意的安危。想了想，他道：「不如妳也與我一道前往稷下山莊一趟，如何？」

看得出爻意也不想與戰傳說分開，戰傳說與她的「威郎」酷似，使她已在下意識中將戰傳說視作她的親人，與戰傳說在一起才有踏實感，不至於時時刻刻都會想起在這世界上，自己是最孤獨的一人，所有的人對她來說都是陌生的。

聽了戰傳說的話，爻意的眼神中流露出了依依不捨。但最終，她卻緩緩而堅決地搖了搖頭，「若是你我都離開坐忘城，恐怕城中有人會有怨氣，以為我們要借機抽身而去，對自己惹下的禍端袖手不管，人心由此而渙散，對坐忘城十分不利。只要我留在此處，就不會有人有此猜測了。」

「為什麼？」戰傳說問道。

爻意俏臉微紅，心道：「這還用問為什麼嗎？」

看著爻意嬌美而略帶羞澀的容顏，戰傳說心頭一顫，終於明白過來。

爻意所指是坐忘城的人都已將他們視作了珠聯璧合的一對，只要有一人留在城中，另一人就決不會棄坐忘城而去。

戰傳說是忽然間由十四歲的少年躍過了四年的時光，故他對兒女之情的瞭解還不如爻意，只是隨著生理的變化，也慢慢地帶動心理的微妙變化，加上他平生第一次與年輕女子相處這麼久，由他人羨慕的眼神以及爻意的動人風情，使他對異性的情感開始逐漸萌生，但與同齡人相比，卻尚有差距。

也幸虧如此，否則與爻意這樣的絕世佳人朝夕共處，而她又心有所繫，戰傳說恐將痛苦不堪。

爻意岔過話題道：「其實冥皇要進攻坐忘城，也不是一兩天就可以準備就緒的。坐忘城城固池深，又早作準備，雙方定有一番僵持，你大可不必這麼早就爲我擔憂，我還要與你一同前去大漠古廟呢。」

戰傳說見她心意已決，也只好如此。於是他與貝總管打了招呼後，便獨自一人離開了坐忘城，趕赴稷下山莊與晏聰相見了。

八狼江自坐忘城城南一側環過，繼續向東北方向奔流而去，直至在卜城城南匯入樂土最大的雪江中，在匯入雪江前，八狼江還與稷下山莊擦身而過，在稷下山莊所控制的範圍內，八狼江的水勢相對平緩，江面也更爲寬闊。

被重山河及其部屬拋入江中的司殺驃騎的屍體在經歷了上游的沉浮不定後，到了稷下山莊，被水浸泡腫脹得變形，全浮出了水面。

一百多具屍體源源不斷地隨波而下，這一番情景實是讓人心驚肉跳。

稷下山莊莊主東門怒很快便得知此事，並且很快就查知所有死者皆是司殺驃騎。

聽完手下的人向他稟報了這一驚人的事實後，東門怒略顯肥胖的臉上的厚肉一連顫了幾次，並牙痛般倒吸了一大口冷氣。

「東門怒」其名顯得豪氣干雲，讓人一聽就不由想到一個滿面虬鬚、豹目環眼、腰粗膀闊、一臉傲氣的壯漢，而事實卻根本不是如此，東門怒臉白無鬚，平時笑容可掬，一團和氣，全身上下收拾得乾乾淨淨，十根手指上共戴了七個玉指環，言語間也是慢條斯理，讓人一見到他，就會不由自主地想起劍帛人。

在大冥樂土與極北劫域之間，本有一個狹小的劍帛國，人口稀少，最多的時候也不過三萬餘人，因爲此國擅於造帛、鑄劍二術，故被稱爲劍帛國。

劍帛國的人性情和順，雖擅於鑄劍，但自身卻極少有習武之人，相反善於經商買賣。僅憑這一點，要在武風鼎盛的蒼穹諸國立足顯然是不夠的。

儘管劍帛國使出買賣的精明與八面玲瓏，如牆頭弱草般周旋於諸強國之間，但終是沒有能夠避免亡國的結局，劍帛國不復存在，而劍帛人則如蒲公英般飛向蒼穹諸國，落於何方，便在何方紮根，並憑藉其精於買賣的天賦悄然壯大。

因爲他們沒有了自己的家園，在異國他鄉總是處處受到排擠壓制，尤其是當他們擁有了龐大的家資後，便會有人以種種手段強取豪奪，迫使他們又不得不再一次遷往異地。於是就如同又一陣秋風吹過，蒲公英又必須在秋風中飛向不可預知的他鄉。

所以，在每一個劍帛人的身上，都會隨身攜帶著一株曬乾的蒲公英，而且必然是花蕾初開的蒲公英，因爲那時的蒲公英無須飄飛異地他鄉。

亡國後，財富成了劍帛人深受打擊排擠的原因，而在財富被巧取豪奪之後，劍帛人要贏得略略的尊重，就必須又一次開始集斂財富，當財富再一次達到讓旁人羨慕的地步時，新的一輪巧取豪奪又將出現，如此周而往復，直到終老而死。

東門怒當然不是真正的劍帛人，劍帛人雖然有過人的聚財手段，但他們似乎也深知自己難以在一個地方長久立足，所以他們從不將自己的宅院居處構建得過於富麗華貴，反正最終大多是爲他人做嫁衣裳。

而東門怒的稷下山莊卻並非如此，尤其是東門怒日常起居的笑苑內，大大小小七間建築無一不是部署得精雅華麗，頗爲奢靡。

稷下山莊的勢力在樂土不算顯赫，而東門怒對這樣的局面也頗爲滿意，他沒有理由不好好享受安逸。難怪當聽說有近二百具司殺驃騎的屍體從八狼江流來，並沿經稷下山莊左近的江段時，他會如此緊張了。

「若是此事傳開，會不會有人把殺了司殺驃騎的罪名算在稷下山莊的頭上？」東門怒不安地問道。

他問的是他的五大戍士。

東門怒平時在笑苑中深居簡出，大多事宜都是由五大戍士爲他處理的。五大戍士之名分別爲高辛、史佚、眉溫奴、于宋有之、齊在。

高辛人如其名，年四十一，身形頎長但略曲背，加上一張瘦長的紅臉，被另外四戍士戲稱為「高醉蝦」。平時高辛鬱鬱少言，所以「高醉蝦」之名，也只有其他戍士或東門怒敢這麼稱呼他。

史佚與高辛年歲相仿，但卻顯得遠比高辛老氣橫秋，偏偏他有意蓄起了長鬚，乍一看，顯得足足比高辛長了十歲。

眉溫奴乃一美豔寡婦，其夫君本也是東門怒手下的一名戍士，名為唐昧，比眉溫奴年長七歲，三年前，正值血氣方剛的唐昧英年早逝，病重而亡。

于宋有之年三十，容貌清秀，長於口舌，性喜調侃，「高醉蝦」之名就是出於他口中。

齊在最為年輕，比美豔寡婦眉溫奴還要小三個月，其人身形高大，五官稜角分明，也沉默少言，但與高辛的鬱鬱不語不同，他是性情憨直，不擅言談，所以平時于宋有之幾乎將調侃齊在作為人生一大樂趣，齊在也不以為忤，一笑以對。

東門怒問的是他的五大戍士，其實最主要的是問于宋有之，因為于宋有之是五戍士中最富智謀之人。

于宋有之從容不迫地一笑，「決不會有人將此事與我稷下山莊聯繫在一起，莊主不必擔心。」

東門怒不解地道：「你何以如此肯定？」

于宋有之道：「因爲即使稷下山莊有加害司殺驃騎之心，也無力同時擊殺近兩百名司殺驃騎。」

東門怒聽罷，哈哈大笑，連連頷首道：「不錯，有理，我倒忘了這一點。」

眾戌士心道：「無力做到這一點，正說明稷下山莊實力不濟，莊主卻如此開懷，倒讓人哭笑不得。」

東門怒既不將此事放在心上，臉色便和緩了不少，他看了五戌士一眼，「這幾日周遭還有什麼異常沒有？」

五戌士依次搖了搖頭，「托莊主的福，一切如常。」在他們的印象中，莊主東門怒最愛聽的四個字，就是「一切如常」了。

果然，滿意的笑容自東門怒的臉上洋溢開了，隨即他舒舒服服地打了個哈欠。

看這情形，東門怒接下來要說的一定是「今日有些勞累，需回笑苑暫作休憩」，五戌士知道笑苑中有東門怒四位美夫人，回到笑苑，其實未必能得休憩。

齊在忽然有些不合時宜地道：「屬下有一事忘了稟報莊主。」

東門怒的笑容僵硬了些，「哦」了一聲，示意齊在說下去。

「兩眼泉的幾個獵戶昨天前來山莊，他們說今年恐怕不能準時將獸皮送來，請莊主准許他們延緩一些時日。」

東門怒有些不悅地道：「爲什麼？」

「據這幾個獵戶說，他們每年的獸皮都由一個叫『南伯』的老者爲他們鞣製，而兩天前他們突然發現此老已不知去向。」齊在稟道。

「突然不知去向？」東門怒把自己深埋在虎皮交椅中的身子挺直了些，自言自語般將齊在的話重複了一遍。

東門怒似乎不願在他的勢力範圍內出現「突然」二字，他所希望的是「一切如常」，所以他的眉頭擰了起來，沉吟片刻，對齊在道：「你去查一查此人爲何會突然離去。」

齊在恭然應是。

東門怒又補充了一句：「今日便去。」

齊在再一次應是。

在高辛等人看來，莊主此舉未免小題大做，過於小心翼翼。就算「兩眼泉」不把獸皮送來也無關大局，何況他們只是要延續一些時日而已。

當然，眾人也沒有必要勸止東門怒這一決定。

東門怒環視眾人一眼，說了一句眾人再熟悉不過的話：「我需暫且回笑苑歇息一陣子，莊中大小事宜，你們多操心些。」隨後便在兩個少年僕從的陪同下，離開議事堂，向笑苑而去。

五戍士中除齊在需前往「兩眼泉」查探外，其他四人便也各自散開了。稷下山莊的日子一直就是在這種平淡中度過，也幸虧東門怒喜歡捕風捉影，格外小心翼翼，似乎唯恐出什麼差錯，否則五戍士的日子將會過得更爲乏味。

東門怒不疾不徐地向笑苑走去，兩個少年在他一前一後。

笑苑很美，哪怕是在秋日，它也幽美依舊，讓人一旦步入其中，心神就會不由自主地放鬆下來。

但這一次東門怒進入笑苑後，他非但沒有心神放鬆，反而一下子變得高度緊張。立時止住不緊不慢的腳步，身板挺得筆直，如同一柄即將出鞘的刀，本是遊離不定、昏昏如夢如睡的雙眼倏然變得格外精亮，驟然收縮的瞳孔亮如刀之寒刃。

沒有其他任何更多的舉動，但剎那間，東門怒竟像是徹底變成了另外一個人。

跟隨在他身後的那名少年固然因東門怒的止步而止住身形，連走在東門怒身前的少年也突然感到某種異常，儘管他既沒有聽到異響，此時也沒有看到東門怒的異常反應，但此少年仍是條件反射般站定，並轉過身來，向他的主人望去。

東門怒的目光由左側丈許遠的地方迅速收回，轉而投向正前方，越過那少年的頭頂，望著遠方不可知的地方，緩聲道：「你們先到三夫人那邊等著，我想一個人在苑中走走，記住，不要告訴三夫人我已回到笑苑。」

兩少年對莊主此舉雖然頗感意外，但仍是恭順地依言離去。

少年人好奇的天性使其中一名少年在離去前，忍不住向方才東門怒的目光曾停留過的地方看了一眼——那兒有一棵朱槿，上面停著一隻淡黃色的蝴蝶，僅此而已，絲毫看不出有什麼異常的地方。

兩少年滿腹疑慮地走了。

走出一段距離後，曾留意到那棵朱槿以及朱槿上停著的那隻蝴蝶的少年心頭忽然一動，猛地似想起了什麼，不由低低地「啊」了一聲。

他的同伴一驚，惑然道：「什麼事？」

「沒什麼。」他若無其事地道。

他沒有說出實話，事實上，他之所以突然驚呼，是因為他無意中想到任何一種蝴蝶在靜止時都是併攏雙翅豎起的，但方才他所見到停在朱槿上的那隻蝴蝶卻顯然是平展開雙翅！

他是一個細心的人，否則也不會被東門怒留在身邊，不過這一次卻是因為東門怒的異常舉止，才使他會對一隻蝴蝶也如此留意。

轉彎之際，他忍不住借機向東門怒方才站立的地方掃了一眼，卻發現東門怒已不知去向，就像一顆被蒸發了的水珠般轉眼就不見了蹤影。

那少年幾乎再次失聲驚呼。

他心中有一股十分強烈的衝動，誘惑著他折身返回原處，去看看那隻淡黃色的蝴蝶是否也消失不見了。但最終，他還是按捺住了這股衝動，繼續隨著他的同伴一起向東門怒三夫人所居住的地方走去。只是，他的心緒已注定難以平靜。

第三章　完美藥師

與此同時，就在那少年滿腹疑慮的時候，東門怒已在出人意料的最短時間內奇蹟般地出現在稷下峰的半腰上。

稷下山莊是依著稷下峰而建的，東門怒常在手下人面前自詡精通風水之術，並說稷下山莊的莊門設在「震門」，而稷下峰在坎位，坎位爲火，震門爲木，火剋木爲凶，故令人將稷下山莊後隨山勢而建的圍牆再加厚了一倍，又自稷下峰掘土百擔，肩挑車推倒入八狼江中，說是此舉可剋稷下峰火氣。

這一番折騰後，東門怒仍不放心，還嚴令稷下山莊的人不得隨意攀越稷下峰，以免使稷下峰火氣外泄。

眾人早已習慣了東門怒苟安龜縮的脾性，對此倒也不以爲意，只需依言而行便是。稷下峰荒蕪一片，也無人願涉足其中。

東門怒的身影借著參天古木及山石的掩護，沿著陡峭的稷下峰飛速向上攀越，身形起落之間，快捷絕倫。

此時，休說有茂密的樹林遮擋，就算在稷下山莊有人湊巧撞見東門怒一閃而過的身影，也會以爲只是自己的幻覺。

東門怒正以驚人的身法掠走之際，倏然在一塊山岩上一點足，顯得有些肥胖的身軀借著這一點之力忽然止住了快不可言的去勢，整個身軀凌空側旋，其飛旋的速度竟出人意料的緩慢，彷彿東門怒只是一隻紙糊成的風箏，正被一陣風捲得飛起，其身法既精絕又奇妙。

地上淤積著的落葉此時突然飛捲著升起，胡亂地飛舞，落葉在東門怒身側飛旋的速度比東門怒自身飛旋的速度還快，而它們顯然是被東門怒攪起之氣旋所帶動的。

葉子沙沙而落，東門怒穩穩落定。

東門怒立足的地方前面二尺遠便是一棵需幾人合抱的槐樹，這棵槐樹在整個稷下峰都十分醒目，整棵樹的樹冠足足覆蓋了二三畝的範圍，稷下山莊五戍士中的于宋有之將此槐樹戲稱爲稷下峰的突起「喉結」。

而從位置上看，若將整個稷下峰比作人的上半身，這棵槐樹正好處於喉節位置。

東門怒站定後，自懷中小心翼翼地掏出一物，攤在手心。

赫然是一隻淡黃色的蝴蝶，雙翅展開，約有半個巴掌大小，一動不動地趴在東門怒的掌心處。

若是細觀，便可看出此蝶竟非真蝶，而是精心以黃絹製成，只是無論是雙翅還是色彩、頭、足、鬚都是那麼的栩栩如生，足可以假亂真。

東門怒將手中的絹蝶攏起，忽然在槐樹旁半跪下，垂首恭聲道：「東門怒參見主人！」

周圍靜寂無聲。

東門怒姿勢卻沒有絲毫改變，依舊靜靜地等候著。

終於，竟真的有「沙沙」的腳步聲在不遠處響起，向東門怒這邊而來，越走越近，直至在東門怒身前停下。

「起來吧，你來得很及時，沒有辜負我對你的期望。」一個如暗含金屬質地般的聲音響起。

「謝主人。」東門怒謝過之後，方站起身，這才正視他的主人。

出現在他面前的是兩個人，一個形容怪異，手足長得異乎尋常；而另一個年輕男子的五官則近乎完美無缺，此人正是尹歡。

尹歡隨著那模樣怪異的人在崇山峻嶺中穿行了漫長的距離，最後在稷下峰駐足，但那人並未進入稷下山莊，而是讓尹歡先留在稷下峰，自己獨自下山。在很短的時間內，他便返回了，不久東門

怒匆匆而至。

在趕赴稷下峰的途中，那容貌怪異者告訴尹歡，即使他今後傳授其武學，尹歡也不必視他為師，因為與其說他們之間有師徒關係，倒不如說是雙方各有所需。

對於這種說法，倒有些出乎尹歡意料之外，但無論怎麼說，此人對他也是有救命之恩，尹歡不便冒昧直問。

對於尹歡此問，那怪人道：「我比你年長，你只需以『羽老』稱呼即可。」

尹歡在隱鳳谷中就已聽說過稷下山莊莊主東門怒之名，而且還知道有好事者喜歡將東門怒與他相提並論，稱他們兩人乃樂土各族派中最貪圖安逸、不思進取的當家人，不過兩人彼此間從未謀面。今日尹歡見識了東門怒的身法修為，知道東門怒與自己一樣，平時的貪圖安逸全是假象。而他稱羽老為「主人」，即顯示出羽老有非比尋常的來歷，也可以看出羽老的確有驚世修為，否則怎能駕馭東門怒這樣的人物?尹歡對羽老興致更濃!

東門怒見了尹歡後，略顯意外，不過他倒未能將眼前的尹歡與隱鳳谷主聯繫起來。

羽老望著東門怒，以其獨特的聲音道：「養兵千日，用在一時。這些年來，你將稷下山莊打點得還不錯吧?」

「稟主人，東門怒一直不敢有所懈怠，稷下山莊的勢力所及範圍內，一切都在屬下的把握之中，稍有風吹草動，都可以在最短的時間內作出反應。」

不知為何，東門怒對尹歡顯得並無戒備。

羽老「嗯」了一聲，從其表情上看不出他對東門怒的回答是否滿意。

羽老輕輕地吸了一口氣，以凝重的語氣輕聲道：「縱是雪江亦會渾濁，靈族永世忠誠不渝。東門怒，你是否相信這一點？」

東門怒恭敬而簡略地道：「東門怒堅信不疑！」

雪江即是樂土最寬大的一條江，也是樂土最清澈的一條江。雪江終年清澈，即使是在洪水期，各支流的渾水沖入雪江後，也會很快清澈。

雪江江底佈滿了平整而光滑的乳白色的岩石，透過江水，整條江都顯現出銀色光澤，「雪江」之名，就是由此而來。

在樂土人心目中，雪江是一條永遠潔淨清澈的江，世人常以「雪江渾濁」來表達決不可能發生的事情。

聽完羽老這一番話，尹歡暗暗驚詫，心忖不知羽老口中所謂的「靈族」是指什麼？

樂土疆域廣闊，千百年來，各族各部忽戰忽和，部族的數目因為時而有部族被吞併，時而又有部族分化，所以變化不定。但在相對的某段時間內，卻並不是不可知的。尹歡就知道今日樂土大大小小共有十九族，但在這十九族中，卻根本沒有靈族，就算上溯數百年，也是如此。

所以，尹歡更不知靈族爲誰「忠誠不渝」，但由羽老的神色語氣來看，此事應非比尋常。

而羽老把自己認爲至關重要的事在尹歡面前毫不掩飾地透露出來，說明他有絕對的自信能控制尹歡，尹歡若是出爾反爾，恐怕會引來殺身禍端。

聽完東門怒的話，羽老點了點頭，緊接著又搖了搖頭，「靈族中的無畏者當然能做到這一點，但靈族當中，也有良莠不齊，比如術裔此賊，便背叛靈族，投效不二法門，從此使靈族人處境更爲艱辛。」

他的眼中閃著駭人的光芒，看得出他對所謂的「術裔」充滿了刻骨之恨！而最讓尹歡吃驚的莫過於羽老說「術裔」投效的竟是不二法門！難道，來歷神秘的靈族竟是以不二法門爲敵？

不二法門僅修持弟子就有九千之眾，其勢力之盛，實非言語所能形容。除了三十年前驚怖流曾公然與不二法門作對外，再沒有其他族派繼驚怖流後塵。

三十年前，驚怖流爲自己的舉動付出了慘重的代價，最後只能棲身於亂葬崗偷生至今日。何況今日的不二法門力量已比三十年前更爲強大，各族派對不二法門亦無一句怨言，何以偏偏靈族對不二法門似乎十分不滿？

而羽老所說的術裔又是什麼人？

就在尹歡心中閃過這一疑問時，羽老像是猜中了他的心思一般轉而向他問道：「你是否想知道術裔是什麼人？」

尹歡很巧妙地答了一句：「他應在不二法門中有頗高的地位。」

他這麼回答，其實並未直接回答羽老所問，但同時卻又暗示著他的確在思索著這一問題。

至於爲何作出術裔在不二法門中地位不低的判斷，當然是依據羽老對此人十分忌恨這一點推斷的，若只是法門中一個普通修持弟子，又怎能對他人構成多少威脅？

羽老臉上擠出了一個古怪而勉強的笑容，他緩緩地道：「你說得不錯，他在不二法門中的地位不低，他就是所謂的不二法門四大法使中的靈使。」

尹歡怔怔地望著羽老，一個字也說不出來。

這一次，他是真正的驚愕欲絕了！

齊在對莊主東門怒之令向來是不折不扣地執行，在東門怒吩咐他前去「兩眼泉」這個不起眼的地方查清「南伯」爲什麼會突然不知去向後，齊在立即遵令而行，儘管他心中對東門怒此舉有些不以爲然。

他當然不會料到「南伯」的真實身分是當年名聲赫赫的「藥瘋子」南許許。

「兩眼泉」的獵戶每年都要向稷下山莊送上獸皮，所以認得五戍士中最年輕的齊在。

當齊在出現在「兩眼泉」時，他們立即猜到了齊在的來意，向稷下山莊請求延長時日呈送獸皮本就讓眾獵戶心中不安，此時一見齊在出現，忙自告奮勇地把齊在領向南許許曾住過的木屋。

眾獵戶這麼做自是急於向齊在證明他們並沒有說謊。

此時，正是午後，午後的陽光碎碎地灑滿了一地，小村落裏的幾隻獵犬偶爾會突然竄出，但迅即又以同樣快捷的速度折回原處，牠們都是訓練有素的，決不隨意吠叫。

齊在站在南許許的屋外，輕叩木門。

他身後的獵戶道：「我們已進去一次了……門是虛掩著的。」

齊在點了點頭，示意聽到了，卻再度叩擊著木門，並加大了力道，直到確信屋內的確無人回應時，他才雙手推門。

門果然是虛掩著的，應聲而開了。

一股硫黃的氣息撲面而至。對此齊在倒沒感到什麼意外：既然此人常爲這些獵戶鞣製獸皮，當然免不了有一屋硫黃的氣味。

齊在跨入屋內後，就站在門前有意無意地擋著身後獵戶，使之無法入內。他只是奉命來此地看個究竟，而一個鞣製獸皮的老者的離去又能藏有什麼驚人的秘密？所以齊在不想顯露出一副興師動眾之勢。

那幾個獵人倒也知趣，很快便各自在找個藉口退走了。

當閒雜人都已退去時，齊在的目光已經將屋內的情形掃視了一遍，感覺中，此屋並無什麼異常之處，屋內的桌椅物什有點亂，一個獨居的老者屋內擺設較爲零亂是再正常不過了。唯一有些醒目的只有那張寬大得有些離譜的椅子，但這又有說明什麼？

齊在在屋子裏仔細地查看了一番，仍一無所獲。

最後，他的注意力停留在屋子後側的那扇門上，略加思索，他毅然上前，拉住門上的一個拉環，用力一拉，門一下子被拉開了。

一股難以分辨的氣味與一股涼颼颼的風一起向齊在撲面而來。

緊接著，「砰」的一聲，前面不遠處有一物墜落地上，並且還在地上滾動了一段距離，聽聲音應是木桶竹罐之類的物什。由於門後的光線比外屋暗得多，齊在的目光一時還難以適應這種改變，故什麼也看不清。

過了片刻，齊在的眼睛這才適應過來，他已看出門後是一條狹長的通道，通道兩側是木壁，光線暗淡，想要看得更遠些已是不可能。

縱是如此，齊在仍是察覺到了不尋常的地方：此屋並不大，除去外間外，按理後屋決不應出現這麼狹長的通道。

除非此通道其實已不屬於屋子的一部分，而是延伸到木屋後面的山腹之中。

儘管這事本身並不能說明什麼，卻足以引起齊在的更大興趣，他決定要進去看個究竟。爲了方便行事，他取出了石火與火絨。

「喀嚓，喀嚓……」石火與火鐮的敲擊聲有節奏地響著，並順利地引著了火絨，通道也爲之一亮。

齊在正待借機打量通道內的更多情形時，忽聽得「砰」的一聲，身前兩丈多遠的地方突然爆現出一團巨大的光球，灼灼火焰一下子將通道截斷，齊在視線所及的不是再是暈暗，而是讓人難以正視的炫目火光。

火光以驚人的速度膨脹、蔓延，通道兩側的木壁立時著火，火勢更猛。

齊在心中之驚愕難以言喻，只是猶豫了片刻，火勢便已強到迫使他不得不向後退避。

此時，齊在已斷定莊主東門怒此次讓他來查個究竟，並不是捕風捉影，就算是巧合，也是歪打正著。顯然，在齊在推門而入時，聽到的物什墜落聲，是屋子的主人早已準備好的某種藥物傾倒的聲音。

藥物與木門相連在一起，只要一推門，這種可以引燃大火的藥物就會傾倒，而且屋子的主人還算準了推門而入的人必然會借用燭火等照明探路，當火源出現時，藥物如水汽般蒸騰開，便會被火源引燃。

一切部署得天衣無縫！齊在心知他已遇到了一位高人。

一間草廬，幾株疏梅。

這是顧浪子生活了十幾年的地方。

廬中只有一些簡單用具，廬外只有一張石桌。這幾乎就是顧浪子生活的全部。

月上樹梢時。顧浪子在石桌旁自斟自飲。十數年來，不知多少個夜晚，他都是這麼獨自一人度過的，除非晏聰在他身邊。

今夜，他就在等待著晏聰的歸來。

顧浪子相信晏聰一定會順利找到南許許，並說服南許許助其一臂之力。他對晏聰一向很有信心，包括當年他允許晏聰打入六道門伺機查明其姐晏搖紅被害的真正原因時，他也對晏聰充滿了信心。

果然，當他喝下的酒開始在他體內散發酒力，使整個身子漸漸發熱時，他聽到了熟悉的腳步聲。

堅定、自信，但又決不莽撞的腳步聲，當他側過身子向身後望去時，正好看到晏聰繞過山路的最後一個拐彎處，出現在他的視野中。

聽罷晏聰講述了與南許許相見的經歷後，顧浪子頗有感慨地嘆了一口氣，「他說得不錯，我與他都是屬貓的，有九條命。唉！他能活到現在，也真的是一個奇蹟。」

感慨之餘，顧浪子自石桌旁站起身來，「你將這裏收拾收拾，待他來時，為師再與他同飲幾杯。」

晏聰一怔，不知顧浪子話中之意，脫口道：「誰？」

「當然是你的南前輩。」

晏聰瞠目結舌道：「他怎會到此地？」

顧浪子胸有成竹地道：「他不但一定會到此地，而且定然是在半個時辰之內。」

「為什麼？」晏聰將信將疑，他本非喜歡追根刨底之人，但這一次他卻不能不問。

「因為要讓南許許完全信任一個人，實在是太難了。雖然他的確幫了你的忙，但這並不等於他對你不再存有戒備。」顧浪子緩聲道。

「師父的意思是說，南前輩會一直暗中追蹤我，以查明我所說的身分是真是假？」

顧浪子點了點頭。

晏聰心頭滋味百般，他忍不住又道：「但他既已對弟子出手相助，就算事後發現我所說的有詐，也木已成舟，他追蹤我並查明真相又有何用？」

顧浪子搖了搖頭，「你把他想得太簡單了。一個曾經讓整個樂土武界為之震撼、不安的人，絕對有其不凡之處！為師相信在你與南許許作別之時，便已中了他所下的毒。」

「啊！」晏聰一下子呆住了。

看師父顧浪子的表情，顯然不是在說笑，晏聰暗自體味著近段時間來自身的變化，一時間卻未曾察覺出有什麼異樣的感覺。

不過高手用毒，無形無色，無感無知，這是再正常不過了，何況如南許許這般用毒的宗師級人物？而顧浪子卻絲毫沒有慌亂之色，彷彿指出晏聰已中了南許許之毒的人並不是他。

他自顧道：「藥與毒看似互反互剋之物，其實兩者之間相隔不過一紙之距而已。就如同生與死、晝與夜，看似截然相反，其實相距只在毫釐間。至毒之物，何嘗不是至妙奇藥？反之亦然，所以『藥瘋子』其實也是『毒瘋子』。」

晏聰腦中靈光一閃，豁然開竅，心情頓時釋然，他明白師父之所以毫不緊張，是因為師父料定南許許必然會出現。

南許許既是繫鈴人，當然也就能成為解鈴人，有他出手，自己所中的毒即使再可怕，也是應手

而除。而南許許之所以會下毒，只不過是提防萬一自己是假冒顧浪子弟子之名。更何況，此事還只是師父的推測而已。

正當晏聰思緒滿懷時，顧浪子的目光忽然向西向一掃。

與此同時，已爲晏聰熟知的南許許的聲音從那個方向傳來：「顧兄弟在酒中浸泡了數十載，倒沒有被泡糊塗，我南許許的一點伎倆，全被你猜知了。」

晏聰不由又驚又喜，同時還有些尷尬難堪。其實在南許許的屋中，他已經是處處小心了，不但滴水未進，而且儘量不與屋中的物什相觸，沒想到南許許仍能在神不知鬼不覺的情況下對自己施毒。

此時南許許已自隱身處走了出來。

月色依稀，視線難以及遠，但由那極爲消瘦的身影仍是可以看出來者的確是南許許，世間恐怕再難找到比他更消瘦的人。

顧浪子面向南許許所在的方向靜靜地站著，看似十分平靜，但他身側的晏聰卻分明感受到師父的激動。

明月以不易察覺的速度在夜空中緩緩滑動。

直至南許許已在十幾步之外，顧浪子才開口道：「沒想到有生之年，我們還能再相見。」

他的語氣顯得有些平淡，但誰又知道這番話後面隱有多少感慨？

南許許哈哈一笑，指了指晏聰還沒來得及收拾的石桌，「顧兄弟活得可比我逍遙得多，泡在酒中的滋味定勝過泡在毒中百倍。」

「錯。對我來說，一杯酒入口，也許還未來得及落入腹中，就已人頭落地，白白糟蹋了一杯酒，這等滋味，也決不好受。」顧浪子道。

南許許自懷中取出一個小瓷瓶，扔向晏聰道：「分四次內服，每日一次，可完全解除你體內之毒。」言罷轉而對顧浪子道：「顧兄弟太低估自己了，若是你如此不濟，就不會有人處心積慮要取你的性命了。」

顧浪子大手一揮，大聲道：「如此明月，不可辜負，休得再提大殺風景的話題，今夜無論如何，你得陪我喝上幾杯。」

南許許微笑不語。

東門怒半坐半臥倚在一張特製的軟榻上，他的三夫人屈膝跪坐於一側，以巧妙嫻熟的手法為他揉捏著頸肩部位。除美貌嫵媚外，三夫人這一手功夫也是東門怒對她最為寵愛的原因之一。

稷下峰中那敏捷如獵豹的東門怒已重新變成了眾人熟知的模樣，以至於戌士齊在向他稟報前往

「南伯」家中一行經歷時，心中暗自嘀咕莊主有沒有用心聽。

待齊在將事情的前前後後稟報完，東門怒才把微閉的雙眼睜開，隨後又將斜倚著的身體慢慢坐直，這才看了齊在一眼，「如此說來，你並沒有查出他為什麼會突然離去？也不知道他的真實身分了？」

齊在無奈地點了點頭，「屋內突然起火後，屬下一人根本無法在短時間內控制火勢，而大火必會很快引來其他村民，若屬下留在那兒，反而不妙，只好退出。想必就算此人留下了什麼線索，也會毀於那一場大火中。」

東門怒皺了皺眉道：「這人行事好不縝密，但願他對稷下山莊並無惡意，否則這樣的對手實在不易對付。」

三夫人身子微微前傾，依偎在東門怒的身上，柔聲道：「莊主，也許妾身可設法解除莊主的心頭之憂。」

東門怒「哦」了一聲，戲謔道：「若是真的，那我便封妳為第六戍士！」

齊在的神情頓時有些不自在，東門怒雖是戲言，卻讓齊在感到被輕視了，而且被輕視的不僅是他，還有五大戍士整體。

好在三夫人此時頗為善解人意，她道：「五大戍士是稷下山莊之棟樑，人人皆為忠勇之士，我一介弱女子，怎敢躋身戍士之列？」

東門怒哈哈一笑，「是我失言了，是我失言了，卻不知妳有何良策妙計？」

「既然對方不願留下線索，那麼莊主只要設法傳出謠言，讓他得知我們稷下山莊已掌握了某種線索，可以借此查出他的真實身分，相信此人一定會有所舉措。」三夫人道。

東門怒讚許地道：「引蛇出洞的確是一條可行之計。」

頓了頓，他又道：「不過多一事不如少一事，就算此人的確頗有來歷，也未必會是稷下山莊的敵人，與其引火自焚，倒不如嚴陣以待，多加防備。齊在，從今日起，你與高辛等人要領人輪流在通向稷下山莊的路口把守，不可讓可疑人物輕易接近，防禍患於未然。」

齊在一怔，頗有些失望。

他覺得三夫人的計謀雖非上策，但只要略加商議部署，就不失為可行之計，沒想到莊主卻主動放棄了。

既然是這樣的結局，那先前又何必前往「兩眼泉」？

沒等齊在再說什麼，東門怒已顯得很疲倦地打了個哈欠，隨後道：「齊在，你往返奔波，一定辛苦了，先去歇息吧。」

齊在只好退了出去。

待齊在離去後，三夫人隨口戲言道：「莊主，你讓齊在他們嚴加防範，可如今有卜城三萬精兵向坐忘城進發，若是他們要取道稷下山莊，又如何能防範呢？」

三夫人自信憑東門怒對她的寵愛，對她這種不痛不癢的揶揄不會發怒。

東門怒「騰」地坐起，一臉愕然地道：「三萬精兵?!」

未等三夫人回答，他緊接著又追問一句：「爲什麼沒有人向我稟報此事？」

東門怒臉上有罕見的怒意！

三夫人見狀也不由收斂了笑容，「高辛、于宋有之欲稟報此事時，遍尋稷下山莊也找不到莊主你。加上這些人馬是徑直向坐忘城進發，你平時又一再吩咐屬下不可隨意插手與稷下山莊無關的事，所以在你回到莊中後，暫時還沒有人向你稟報。」

東門怒下了軟榻，負手慢慢踱步，他喃喃自語般低聲道：「三萬精兵，大冥樂土已很久沒有調動過這等規模的人馬了。」

「所幸無論如何，此事與稷下山莊都不會有直接關係。莊主，我看你臉色不太好，何不由我爲你放鬆放鬆？」三夫人柔聲道。

東門怒像是沒有聽見三夫人的話一般，沉吟道：「八狼江中的近兩百具司殺驃騎的屍體終於引起了一場軒然大波，稷下山莊恰好處在卜城、坐忘城之間，這一場變故，會不會波及稷下山莊？或許……」

三夫人見東門怒神情凝重，忙起身下榻，依偎過來，挽著東門怒的右臂，媚聲道：「莊主是有福之人，就算有什麼事，也不會牽連稷下山莊的。莊主，你已有好幾天沒有理會人家了。」

東門怒側過臉來，伸手捏了捏三夫人的下巴，輕聲道：「是嗎？」言語顯得有些心不在焉。

三夫人低聲「嗯」了一聲。

透過長衫，三夫人感到東門怒的肌膚繃得很緊。

晏聰知道師父顧浪子的酒量很高，沒想到昨夜他與南許許同飲，很快就醉了。南許許雖然沒醉，卻也已有些神志迷糊，他對著早已沉睡過去的顧浪子喋喋不休地說著話，語意雜亂，聲音模糊，晏聰一句也沒有聽清，而顧浪子自顧酣然入睡，鼾聲如雷，直到天快亮時，兩人才安靜下來。

晏聰起了個大早，將一片狼藉的草廬及周遭收拾了一番後，天才大亮。他坐在石桌旁歇息，心卻並不平靜。

在他的印象中，師父一向十分謹慎，無論在什麼情況下，他頭腦都保持著足夠的清醒，雖然常常飲酒，但卻從不曾醉過。

晏聰已漸漸地明白師父之所以如此警惕而謹慎，多半是因為年輕時的遭遇以及之後的處境使他不能不時刻保持戒備，甚至有時候晏聰會想到師父恐怕永遠也不會信任外人。

而顧浪子昨夜的表現，證明晏聰的猜測並不正確。至少，顧浪子十分信任南許許。在自己弟子身邊時都時刻保持清醒的顧浪子，卻在與南許許共處時完全放鬆了心神，從而看出他對南許許的信任可見一斑。

這讓晏聰的心情有些異樣。

這時，身後響起木門被推開的聲音，晏聰收斂心神回頭一看，是南許許自草廬中走出。南許許的臉色顯得蒼白，但比起平時的青色，反而順眼不少。

晏聰忙起身施禮，現在他對南許許已是以「南伯」相稱，而不再稱之爲前輩，這當然是出於南許許與顧浪子非比尋常的交情的緣故。

南許許深深地吸了一口氣，極爲消瘦的臉上顯現出陶醉般的神情，他嘆了一口氣，「唉，已不知有多少年沒有像昨夜那樣輕鬆了。」

晏聰微笑著道：「只要南伯高興，不妨索性與我師父從此都在一起，我師父也一定很樂意的。」

南許許不置可否地笑了笑，忽然想起了什麼似的，「我給的藥，你已按時服過了吧？」

晏聰點頭道：「服過了。」

南許許以讚許的目光望著晏聰，「雖然你最終還是中了毒，但我卻看出你很有智謀，換作他人，在我屋中恐怕早已中了十餘種毒素了。」說完嘆了一口氣，接道：「你出現得太突然了，我已有數年沒有與任何武界中人相接觸，所以不能不留點神——對了，那幅畫所繪出的人像，你看出是什麼人了嗎？」

晏聰搖頭道：「沒能看出。」

「沒有看出就對了。」南許許有些詭秘地笑著道。

晏聰心中一動，隨即臉上掠過一絲驚喜之色，他斷定此事背後必定藏有玄機，於是忙恭敬地道：「請南伯指點迷津！」

南許許感慨地道：「你真是給我顧兄弟長臉，一點就通。那幅畫何在？」

晏聰忙回到草廬中將那幅人像取出，南許許向石桌桌面指了指，示意他將畫卷攤開，晏聰依言照辦。

南許許仔細地打量著這幅畫，他的神情十分專注。此畫本就是他繪成的，故晏聰對南許許看得如此投入有些意外。

端詳了許久，南許許將目光移開，也不轉身，自顧呼道：「顧兄弟，你也過來吧。」

連呼兩次，顧浪子真的從草廬中走了出來。

南許許這才回頭向顧浪子道：「畫中的人在生前與你是敵是友？」

顧浪子不假思索地道：「此人生前易容成戰曲之子戰傳說的模樣，與我有淵源的只是戰傳說。」

「戰曲？是擊敗千異的戰曲嗎？」

「正是。」

晏聰心道：「看來南伯也並非完全與世隔絕。」

南許許沉吟片刻，目光先後掃過顧浪子、晏聰二人，這才道：「這幅畫所繪人像與死者真正的面目已是八九不離十，但你們一定都未能看出此人是誰，是也不是？」

晏聰、顧浪子相視一眼，均點了點頭。

南許許道：「雖然容貌已繪出十之八九，但人與人之間的區別，除了五官容貌外，還有另外很重要的一點，那就是——眼神！」

「啊！」晏聰心頭一亮，頓有恍然大悟的感覺，以至於低呼出聲。

在此之前，晏聰便已感覺到畫中之人似曾相識，但這種感覺又有些遊移不定，此刻南許許的話一下子提醒了他，他斷定畫中之人自己一定認識，只是因爲畫中人像的眼神與他認識的人的眼神並不相同，才有這種似是而非的感覺。

晏聰的心莫名地激動起來，在記憶中飛速搜尋此人究竟是誰。

南許許繼續道：「人的眼神十分複雜，有的純潔，有的兇悍，有的呆滯，按理，要看出此人是誰，就需要嘗試以各種各樣的眼神與他的五官相配合。但是，憑我的直覺，卻知道真正屬於此人的眼神是哪一種。」

顧浪子忍不住打斷他的話，顯得有些急切地道：「聽你的口氣，似乎已看出他是誰了？」

南許許古怪地笑了笑，「由死者頭顱的骨齡來看，死者年齡不會超過三十，這樣年輕的人，對於已隱於世外二三十年的人來說，是不可能熟識的。」說到這裏，他頓了頓，方接著道：「所以，我所認識的，應是與死者有密切關係的長輩，確切地說，是有著血緣關係的長輩，這樣一來，他們的容貌便有許多相似之處！」

聽到這兒，顧浪子已完全明白了，他只瞥了石桌上那幅畫卷一眼，便像是猛地想起了什麼，脫口驚呼：「難道是他?!」

「誰？」晏聰見師父神色異常，好奇心大奇。

顧浪子沒有回答，而是望著南許許。

南許許向晏聰道：「取一枝筆來。」

晏聰為難地道：「我與師父居住此地，從來不曾用筆。」

南許許知道晏聰所言不假，想了想，自顧走向爐灶那邊，拾得一小截黑色的木炭來，對著那幅畫凝視了少頃之後，以木炭為筆，在人像眼部略加塗改後，將用剩下的木炭一扔，直起腰來，「你們看吧。」

晏聰忙上前觀摩，一望之下，頓時大吃一驚，愕然道：「怎會與他有關？」

由坐忘城通往稷下山莊的途中，戰傳說正在趕路。

按走過的路程推算，他自忖完全能夠在與晏聰約定的時間之前趕到稷下山莊，所以便放緩了前進的速度。

大冥樂土從建立到穩固統治之前，曾經歷了無數次鏖戰，為便於大軍馳騁，在樂土各要塞城池之間修築了不少寬敞的馳道。因為稷下山莊處於坐忘城與卜城之間，所以由坐忘城前往稷下山莊大部分路徑都是馳道。

不過由於多年沒有大規模戰事，馳道已漸漸地荒蕪，也罕見有行人。戰傳說策馬而行，一路上幾乎只聽到自己坐騎的馬蹄聲。

眼看離稷下山莊越來越近，戰傳說急欲向他人打聽前往稷下山莊是應沿此馳道一直向前，還是另有岔道，但偏偏遲遲未見一個路人。

又行了一程，忽聞前方有密集的腳步聲，戰傳說心頭暗喜。他問路心切，偏偏前面的馳道恰好是轉彎處，視線被擋，戰傳說雙腿一用力，催馬向前，迅速繞過拐彎處，只見前面竟有不下百人在馳道上匆匆趕路，有推著獨輪車的，有牽著牲口的，有挑著擔子的，拖兒帶女，推幼扶老，顯得繁雜而慌亂。

當戰傳說突然出現在他們面前時，更引起了一陣不小的慌亂，不少人駭然止步，甚至掉頭就跑。前面的往後退，後面的往前擁，本就無序的隊伍頓時更為潰亂，人群中幾個小孩同時放聲大哭，幾隻牲口受了驚嚇，慌亂地咩叫著左衝右突，場面混亂不堪。

戰傳說大惑不解，不知自己的出現何以會引來這麼大的慌亂。他急忙翻身下馬，無意中看到人群中唯有一人顯得很鎮定，此人膚色白皙，身上所著衣衫也是乾淨俐落，與其他人大為不同。

戰傳說忙徑直向這人走去，走到此人身邊，施禮道：「幸會了。」

那人上上下下打量了戰傳說一遍，臉上慢慢地展露出笑意，開口道：「有什麼事可讓我為朋友效勞的嗎？」

戰傳說一呆，心道：「途中偶遇，他便以朋友相稱，倒真的十分熱心。」心裏想著，他指了指周圍混亂的人群，詫異地道：「在下有一事請教：為何諸位一見我便這般慌亂？」

那人道：「我等所畏避的其實不是朋友你，換了其他任何人突然出現在面前，都會使我等驚慌失措。」

戰傳說這才留意到此人的語調顯得格外柔軟，似乎在他的語聲中，有一根柔韌的絲線貫穿著，頗有些與眾不同。

「爲什麼？」戰傳說不解地問道。

這時，眾人或許已看出戰傳說並無惡意，又是孤身一人，也便漸漸安定下來了，不近不遠地圍在戰傳說四周。

面對戰傳說的疑問，那人也有些驚訝地道：「難道朋友還不知道卜城有三萬精兵正向坐忘城進發？」

「啊……」戰傳說真的是大吃一驚，看來，坐忘城真的要面臨巨大的考驗了，而且這場考驗來速之快，出人意料。

那人又道：「誰也不知道爲什麼卜城會突然兵發坐忘城，雖說都是樂土子民，但三萬兵將過處，就猶如洪水席捲，要真的做到秋毫無犯幾乎不可能。若是真有戰事一時相持不下，戰禍將更不知會蔓延到多大的範圍，附近的百姓唯有先行回避了。」

戰傳說這才明白爲什麼眾人如此驚慌，原來他們已成驚弓之鳥，稍有異常便驚慌失措。

戰傳說於是道：「在下是途經此地，本想找人問路，恰好遇見你們。」話是對他身旁之人說的，但聲音卻有意提高，讓周圍的人都能聽見，以消除眾人對他的戒備之心。

那膚色白皙之人道：「大軍一至，方圓百里都不是容身之所，朋友還是早早回避爲宜。」

戰傳說道：「多謝提醒，不過在下與人有個約定，不能不赴約。」

那人一邊點頭一邊道：「朋友是否沒有合適的去處？若是如此，不妨隨我們同行，我物語保你萬無一失。」

戰傳說心道此人看似客氣，其實並不會輕易相信他人。

思忖間，他猛地意識到什麼，有些意外地道：「物語？莫非你是劍帛人？」

以「物」爲姓的只有劍帛人，物姓人在劍帛人中占一半以上。年少時，戰傳說隨父親一同前往荒漠古廟的途中，所遇到的劍帛人全都是以「物」爲姓。而且此時戰傳說也記起自己先前曾遇到的劍帛人與此人一樣，皮膚異常白皙，語則格外柔和。

果然，物語點頭道：「不錯，我是劍帛人，也是樂土人。」

劍帛國消亡後，劍帛人流散各地，爲了儘量不被排斥，劍帛人總是自稱也是樂土人。因爲劍帛國既已不復存在，他們又終年在樂土境內，這麼說也不無道理。

不過，這麼說只是劍帛人爲生存所需的違心之言。劍帛人無論在什麼地方，總是保存著許多原有的習俗，而且極少有劍帛人孤身一人生活在樂土人之間，他們往往是三五成群，形成一個小小的群體。所以戰傳說發現這群人當中再不會有第二個劍帛人時，頗覺有些意外。

物語見戰傳說一時不說話，以爲他被自己說動，趁熱打鐵道：「與他們一樣，只需十兩銀子，你就可隨我前往一個萬無一失的容身之地，此價十分公道，朋友一定不要錯過機會。」

戰傳說這才明白這個劍帛人何以會獨自一人出現在眾樂土人之間，原來他只是做一樁買賣。

他先是覺得有些好笑，隨即想起了什麼，臉色有些不悅了，沉聲道：「眾人流離失所，已是不幸，你豈可再趁機發橫財？」

物語被他責問，並不惱怒，依舊笑著道：「朋友教訓得是。不過此事絕無勉強之處，他們與我互情互願，各得其所，再說要爲這百多號人找到容身之處，難免要花些銀兩，我至多也只是掙些辛苦錢而已。」

劍帛人大多都善舌辯，而且此刻物語又是以笑臉相迎，戰傳說一時倒無言以對了。

他看了看周圍的人，說了句顯得有些突兀的話：「你們若是到了萬不得已時，不妨去投奔坐忘城試一試。」

話剛出口，戰傳說自己就意識到此話毫無意義。

果然，眾人臉上都有了不屑的笑意。

劍帛人物語以慣有的精明圓滑地道：「我等會記住你的話，多謝了。」

戰傳說知道再沒有與他們細談的必要，於是問道：「你們可知前往稷下山莊的路徑？」

「稷下山莊？」物語哈哈一笑，隨即收斂笑意，正色道：「你應沿原路折返一程，遇到的第一個岔路口便是通往稷下山莊的路途。」

戰傳說道了聲：「多謝指點。」便翻身上馬，撥轉馬首沿來路折回。

他心中頗爲不安，掛念著坐忘城的局勢，現在，他只盼儘快見到晏聰後早日返回坐忘城。

戰傳說按物語所說的路徑而行，不過半日，就已與稷下山莊相隔不遠了。他的去路被八狼江擋住了，站在八狼江這一邊眺望江對岸，只見稷下峰傲然聳立，峰下稷下山莊的樓舍錯落有致。

他的目光沿著江岸搜索著，果然在不遠處發現了一個渡口，不過渡口處並無船隻。

非但渡口處沒有船隻，而且連江面上也不見船隻。八狼江到了這一帶已變得平緩，開闊的江面上一片空蕩，除了忽起忽落的水鳥，唯有奔騰不息的江水。

走近渡口，在江邊一艘船底朝天反扣著的殘船旁，戰傳說見到了一塊石碑，石碑露出地面一尺高，有一面已佈滿了苔蘚，另一面刻著「無言渡」三字，字的凹痕內塡塗的是朱紅色之漆，襯色則是黑色。

樂土境內的各色招牌、石碑大多都是採用黑底紅字，不二法門的「獨語旗」亦是由紅、黑兩色組成，世人常常效仿。

見此處果然是無言渡，戰傳說鬆了一口氣，眼見日正當午，四周空無一人，他便坐在了那艘倒扣著的殘船上，等候晏聰的到來。

他卻不知渡口及江面之所以不見任何船隻，是因爲無言渡屬稷下山莊管轄，稷下山莊五大戍士依照東門怒的指令加強了防範，其中就包括把無言渡的船隻都撤到對岸。

卜城三萬兵力逼近坐忘城的消息，在他們剛一出發時，就已爲坐忘城探兵所得知，並迅速向城主殞驚天稟報了這一消息。

得知此事時，是殞驚天爲其弟殞孤天執「七祭之禮」的第三天。

從卜城直奔坐忘城，約有三百里行程，若是單人單騎，至多二日便可抵達，不過大軍行程不比孤身奔襲，三萬軍士能在三天之內到達坐忘城下已屬不易。故殞驚天只是吩咐城中加強防範，多備箭矢、糧草、滾石檑木，並密切留意卜城兵馬的動向，他自己卻並未立即返回坐忘城。

貝總管、四大尉將依言而行的同時，對殞驚天長時間滯留於坐忘城外有些不放心，在原來的三百名乘風宮侍衛的基礎上，又加派了三百名坐忘城戰士，肩負護衛城主之職。

在戰傳說抵達稷下山莊「無言渡」的時候，已是殞驚天執「七祭之禮」的第四天；而此時卜城大軍已推進至距坐忘城二百里遠近的地方，其中有小股先鋒人馬更是長驅而入，直抵坐忘城百里之外，與坐忘城派出巡探的人馬幾乎是擦身而過。

不過雙方都沒有發動攻擊，但此事卻使坐忘城所面臨的爭戰變得更爲真實而迫在眉睫，戰爭的氣息空前凝重，坐忘城內鑄兵庫日夜開工，此起彼伏的鍛鍊聲及鑄兵庫內的爐火，彷彿在不斷地提升著整個坐忘城的溫度，沸騰著坐忘城戰士的熱血。

並非每個人都能理解這場迫在眉睫的戰事的來龍去脈，他們這些年來已習慣了安寧平靜的生活，與積極備戰的軍士相反，這些人顯得慌亂茫然。

在「七祭之禮」的第四天，貝總管、四大尉將、乘風宮奇營侍衛統領慎獨齊出坐忘城，前往殞孤天墓地與殞驚天共商應敵之計。

殞驚天連續四天獨自靜處於祭棚中，祭棚收拾得極爲潔淨，但其中的擺設也十分簡陋，除了香案與祭品外，就只有一張梨木椅。

貝總管等六人進入祭棚前，殞驚天先讓眾侍衛退出十丈開外，六人亦自動將身上的兵器解下，交與侍衛後方才進入祭棚。

四日來，殞驚天不眠不食，神情已略顯憔悴，看到這一情形，伯頌等人心頭暗自擔憂。

若在平時，以殞驚天的武學修爲，執「七祭之禮」當然不會有何影響，但如今是大敵當前，卻應另當別論了。

卜城位處坐忘城東北方向，坐忘城首當其衝的最受威脅的應是東門，所以先是由東尉將鐵風向殞驚天稟報卜城大軍的種種動向，以及坐忘城備戰的情況。

聽罷，殞驚天沉吟了好一陣子，方開口道：「按理卜城之軍的推進速度應該更快一些，今夜子時前，大部分人馬都可以接近我坐忘城百里之內，而事實上他們卻沒有做到這一點。」說到這兒，他有意停頓了一下，像是等待其他人抒發己見。

果然，伯頌道：「城主的意思，莫非是說卜城人統兵無序，行動遲延，戰鬥力並不可怕？」

殞驚天搖了搖頭，「這些年來，樂土東、西、南、北四邊城中，長年累月經受頻繁血戰洗禮的只有卜城，相對而言，卜城戰士的戰鬥力應是最強的。」

聽到這兒，伯頌不由疑惑地道：「那城主的意思是？」

「如果不出我所料的話，卜城之所以行動遲緩，十有八九是因為卜城內部存在著意見相悖的兩股力量——換而言之，卜城中有不少人並不想與我坐忘城為敵。」

貝總管嘆了一口氣，「卜城、坐忘城同樣肩負捍衛樂土之責，雙城之戰，其結局顯然是親者痛仇者快——而卜城的舉動，顯然是迫於冥皇之令，身不由己，唯有以消極延緩應對了。」

殞驚天點了點頭，「卜城兵力略多於坐忘城，但至多也不過四萬人。此次，卜城兵發坐忘城號稱有三萬餘眾，若是屬實，豈非是投入了卜城大半兵力？卜城不比坐忘城，一直以來無時無刻不面臨著來自千島盟的威脅，若卜城城內如此空虛，豈不是十分危險？冥皇不會想不到這一點，所以卜城三萬人馬兵發坐忘城的說法，值得懷疑。」

他的目光依次掃過伯頌、貝總管等人，又緩聲接道：「我相信卜城派出的兵力實際上應在一兩萬人之間，而並無三萬之眾！」

「若僅憑一兩萬人，對我坐忘城應不會有致命的威脅！」鐵風信心十足地道。

坐忘城兵力兩萬有餘，在雙方兵力大致相等的情況下，佔有城池之固以逸待勞的守方自是佔有絕對優勢，鐵風此言甚合情理。

「運兵之策，在於出奇制勝。卜城兵發坐忘城昭然於眾，毫無『奇』字可言，種種跡象表明，其實卜城兵發坐忘城的意圖，並非真的要與坐忘城一番血戰決出雌雄，而是要在氣勢上予坐忘城以極大的壓力！以我之見，與卜城一戰，並非不可避免。」殞驚天終於說出了他最重要的觀點。

「迄今爲止，卜城並未公開宣告他們起兵的目的何在，一切只是依常理推斷，這一點也頗有些奇怪。」幸九安道。

「大軍交戰，生靈塗炭，樂土難得安寧數十年，不能在我等手中輕易毀去。」殞驚天以不容置疑的語氣道：「你們切記一點：決不可先行攻擊卜城人馬，以守爲上，不到萬不得已，不要輕易開戰，同時儘早探明卜城此舉的真正意圖！」

祭湖，是傳說中樂土人的誕生之地，充滿了無限神秘玄機。它在樂土人心目中的地位，就如同阿耳大神在阿耳四國人心目中的地位一樣。

大冥樂土京師「禪都」所處位置在祭湖南面，與祭湖相距百里。只是爻意卻指出，「武界神祇」之王並非世人口中的玄天武帝光紀，事實如何，已被兩千年時光掩藏得嚴嚴實實，試問誰又能確定孰真孰假？

禪都的中央地帶，就是大冥樂土權勢核心所在地——紫晶宮。

紫晶宮分為南廷北殿兩大部分，南廷是冥皇與后妃居住生活之處，而北殿部分則是冥皇理政場所。

北殿由七個部分組成，依照北斗七星位置分佈格局，分別謂之天樞殿、天旋殿、天璣殿、天權殿、天衡閣、開陽閣、搖光閣，其中天樞殿為主殿，但搖光閣卻以其獨處一隅之幽靜而深受冥皇青睞，更多的時候，冥皇是在搖光閣中。

此刻，搖光閣外的廣場上，有一身形高挑的中年人正默默肅立，漸漸西斜的陽光將他的影子慢慢拉長。

此人膚如玄鐵，面目如鷹，赫然是雙相八司中的地司殺！

地司殺是爲面見冥皇而來的，他在此已等候了足足半個時辰。

地司殺在大冥樂土的地位絕對不低，讓他在殿外等候這麼久，是前所未有的事。

地司殺自敗出坐忘城後，立即日夜兼程趕赴京師禪都。因路途遙遠，在地司殺趕至禪都時，卜城兵馬早已逼臨坐忘城。

地司殺雖然略略收拾了一番，但仍難掩風塵僕僕，一臉疲憊，不再刺眼的陽光自斜側照在他的身上，使之五官、神情掩藏在一抹陰影中，無法看清。

終於，傳令史走出了搖光閣，出現在地司殺的視野中。

「地司殺大人，你可以入見冥皇了。」

沒有人能夠否認冥皇是大冥樂土最具魅力的男子之一。

他那唯我獨尊的無上王者威儀與他雄偉挺拔的剛健英姿天衣無縫地揉合在一起，形成難以抗拒的威懾力，使人完全忽略了他的年紀，而且會自內心深處萌生出頂禮膜拜之感。

事實上，從容貌來看，誰也無法看出冥皇已五十開外，他的氣度，以及他的一舉一動，都幾近完美無缺。

地司殺見到冥皇時，冥皇尊釋正端坐於楠木金漆寶座上。

地司殺向高踞寶座上的冥皇行了叩拜之禮後，冥皇尊釋稟退內侍，室內僅剩君臣屬二人。

地司殺再次跪下，稟道：「臣屬有負冥皇信任，請冥皇賜罪！」

冥皇尊釋閉上了雙眼，靠在寶座扶手上，沉默了好一陣子，方睜開雙目，微微一笑道：「你不是依我之言，已將甲察除去了嗎？」

地司殺心頭微微一震，不安地道：「但隨臣屬前往坐忘城的二百司殺驃騎卻全軍覆滅。」

「這不能怪罪於你，誰會料到殞驚天會死而復生？你求見我就是為了向我請罪？」冥皇尊釋的語氣出奇溫和，聽不出他對地司殺有任何責備之意。

地司殺將心一橫，「臣屬另有不解之處。」

「講！」

「臣屬受挫於坐忘城後，立即借助卜城靈鴿將遭遇稟告聖皇，同時臣屬也立即馬不停蹄地趕赴京師，途中便聽說冥皇已下令以卜城三萬人馬進發坐忘城，聖皇雷厲風行，行事英明果決，臣屬佩服得五體投地。只是臣屬自坐忘城一行後，深感坐忘城上下同心，防備嚴密，卜城雖也是善戰之師，但坐忘城卻擁有地勢之利，若是欲以卜城三萬人馬困陷坐忘城，實是難以奏效，望聖皇明察！」

冥皇尊釋先道：「平身吧。」

地司殺謝過之後，方站起身來。

冥皇尊釋居高臨下地望著地司殺，高深莫測地一笑，接著道：「若是告訴你所謂的三萬人馬其實也只是誇大之詞，真正的數目不過是一萬餘人而已，你又當如何想？」

地司殺大吃一驚，以至於忘記了身分場合，脫口道：「那更是必敗無疑！」話已出口，他才意識到對冥皇尊釋這麼說話，實是大大不敬。

好在冥皇尊釋並未動怒，他緩聲道：「那麼，照你看來，應當如何方能攻克坐忘城？」

地司殺吸取了方才的教訓，沉吟了片刻方道：「要想取勝坐忘城，必須在兵力上佔有較大優勢，而且需師出有名。殞驚天身爲城主，卻以詐死惑亂人心，窩藏王朝欽犯，殘殺司殺驃騎，圖謀逆主分裂，討伐殞賊，自是天命詔然，而我大冥樂土兵多將廣，要調集更多兵力，並非難事，據臣屬所知，僅卜城就有四萬精兵。」

地司殺領去的二百司殺驃騎全軍覆滅，這對他來說簡直奇恥大辱！故一心想著如何攻陷坐忘城，擒拿殞驚天。地司殺堅信殞驚天詐死是爲了設下陷阱，引自己貿然進入坐忘城乘風宮。

冥皇尊釋一直很平和的神情忽然一沉，冷冷地道：「真是目光短淺，毫無見識！」

地司殺凜然一驚！

「若是抽調兵力過多，千島盟、阿耳四國或劫域趁機發難，使我首尾難以兩顧，豈不危險？」

「這……」地司殺一時語塞。

「當然，內患亦不可不除，殞驚天膽敢將你的二百司殺驃騎全部殺害，足以顯示他包藏禍心！我早已有所察覺，所以才派出甲察、尤無幾，欲一探究竟，沒想到殞驚天竟搶先下手，使我折損甲、尤兩大臂助！」冥皇聲音低緩地道。

地司殺心中忖道：「冥皇讓我前往坐忘城時，只吩咐或是將甲察帶出坐忘城外，或是將之除去，卻並未告訴我爲何要這麼做。當時我的人並不在京師，所以也無暇多加思索，便立即遵照冥皇旨意而行，原來甲察是因爲這個原因落入殞驚天手中的。若是讓太多人知道冥皇早已對殞驚天不信任，而暗中追查，恐怕讓人心寒，冥皇讓我除去已落入殞驚天手中的甲察，也是無奈之舉，以免甲察洩露出真相。」

地司殺當然懂得做大事者不能有婦人之仁，所以根本不會覺得冥皇捨棄甲察有何不妥。

在地司殺看來，也只有當殞驚天有不軌圖謀時，冥皇才會設法對付。否則，冥皇又何必無風起浪，使自己的樂土動盪不安？

於是，地司殺道：「尤無幾、甲察兩人之死，這筆賬都應算在殞驚天逆賊身上！」

地司殺離開坐忘城後，首先取道卜城，借卜城的靈鴿向冥皇啓奏。在此期間，地司殺見到了順著八狼江淌下的司殺驃騎的屍體，這使他對坐忘城之恨達到了極致！一生之中，他尙未受到過此等羞辱！

冥皇尊釋像是看透了地司殺的心思，胸有成竹地道：「坐忘城亦屬大冥疆域，與之拚得魚死網破實乃下策，之所以卜城人馬已出兵四日尙未將用意公之於世，就是要讓殞驚天心存僥倖，以爲可以避免一戰。這樣一來，才能兵不血刃地包圍坐忘城，否則單單是完全接近坐忘城，也要付出很大的代價！」

地司殺一方面覺得冥皇這一部署甚是高明，同時又不明白冥皇爲何要讓坐忘城毫不費力地完全收縮，而不是將他們引出城外，在更大範圍內遊動作戰，從而借機消弱坐忘城的力量。

地司殺有辱君命，冥皇未怪罪於他，已是萬幸，方才之所以提出疑慮，實是因爲對殞驚天恨之入骨，只恐殞驚天會躲過此劫，現在既知冥皇早有周密安排，地司殺即使還有不解之處，亦再也沒有勇氣提出來了。

但他也不會放過向主子表現自己的機會，恭聲道：「殞驚天身邊高手甚多，臣屬不才，願爲聖皇盡綿薄之力，與卜城協力破敵。」

聽得此言，冥皇尊釋顯出很感興趣的神情，他道：「殞驚天身邊都有一些什麼樣的高手？」

於是，地司殺便將乘風宮一戰的大致情形向冥皇敘說了一遍。

聽罷，冥皇尊釋半晌不語，眼神深邃莫測。

地司殺就那麼靜靜地立著，半晌，冥皇尊釋才冷冷一笑道：「區區一個坐忘城，竟有這麼多高手，足見殞驚天的野心，不過諒他再如何處心積慮，也是無濟於事！」

他眼中精光亮起，語氣卻十分平和：「你奔波千里，一定辛苦了，坐忘城之事，我自有安排。」

話已至此，地司殺縱然心有不甘，也不能再多說什麼。

「無言渡」之約是晏聰提出來的，但當晏聰經「藥瘋子」南許許的提醒，窺破畫像的秘密，得知死者有著非比尋常的身分後，對是否按時赴約、是否要把真相告訴戰傳說有些猶豫了。

躊躇不決之下，晏聰將此事告訴了顧浪子，請師父定奪。

顧浪子反覆思量之餘，「以你的眼光來看，陳籍此人是否可信？」

晏聰鄭重地點了點頭。

「那麼你應當前去赴『無言渡』之約，並且要將我們知道的實情全部告訴他。假冒戰傳說的人是被陳籍所殺，如果陳籍不知此事內幕，將十分危險。」顧浪子當機立斷，「此時離你們約定的期限已沒有多少時間了，你應即刻出發。」

「弟子明白了。」晏聰答應一聲，「我會按照師父的意思去做的。」

「速去速回。」南許許在一側補充了一句，「也許我與你師父都不能在此久住了。」

晏聰一怔。

顧浪子看了看南許許，微嘆一聲，「你也有異樣的感覺嗎？」

南許許神色凝重地點了點頭：「是不祥的預感，卻不知是不是我的過分敏感。」

未等顧浪子開口，另有人已先他而道：「你的預感沒有錯，只可惜這種預感對你來說，仍是來得太遲了。」

三人齊齊循聲望去，只見西北方向二十丈外的土丘上，一老者負手而立，青衣飄揚，形容古拙，超凡氣度顯露無遺。

來者赫然是不二法門四使中的靈使！

晏聰等三人的心頭都爲之劇震，顧浪子、南許許皆與不二法門有夙怨，正因爲如此，兩人方隱居數十年，今日忽見靈使，心中之震撼可想而知。

晏聰暗中觀察師父的反應，但見顧浪子雖然有震愕之色，卻依舊穩立原處，目光毫不回避地迎向靈使那邊。

「顧浪子，沒想到你果真還活著！十九年前，世傳你已被梅一笑所殺，而且你與梅一笑的一戰有不少人目睹，所以從不曾有人懷疑此事有詐——唯有老夫例外。」

「哦，我還以爲借梅一笑的高明之策，足以瞞天過海，再無一人會察覺其中有詐。」顧浪子道。

「你可想知道這其中的原因？」

「原因何在？」顧浪子道。

他與靈使相距二十丈有餘，一問一答從容應對，似乎毫無芥蒂，反而像是促膝而談。但晏聰卻清晰地感覺到在這份平靜背後所隱藏的森然殺機，而且在悄然滋生、蔓延，如同一張無形的網，緩緩撒向方圓二三十丈範圍之內。

靈使的注意力似乎一直在顧浪子身上，對晏聰、南許許近乎視而不見。雖然彼此相距甚遠，但晏聰仍是感覺到靈使的目光雖內斂，卻仍神光迫人。

只聽靈使緩聲道：「因爲就在你與梅一笑一戰後不過數個時辰，我就遇到了梅一笑。」

晏聰心頭「咯噔」了一下，不由暗忖道：「難道，會是梅前輩把真相透露給了靈使？」偷瞄一眼師父顧浪子，卻見他神情如故，毫無驚訝疑惑之色。

靈使目光一閃，隨即哈哈大笑道：「梅一笑救你倒也值得，看來你根本不懷疑是梅一笑向我透露了真相。」

晏聰暗吃一驚，不明白靈使憑什麼瞭解師父心中的想法。

對於這一點，南許許與顧浪子都心知肚明，靈使之所以被稱之爲「靈使」，是因爲他有著遠逾常人的洞悉他人心靈的能力，能由他人的氣息、心態、眼神等諸多細微變化洞察他人的喜怒哀樂；而將他自身此種修爲發揮至極致的就是「破靈訣」。

靈使的絕學「破靈訣」憑藉其強大的內力與真元，對他人的意志形成空前強大的壓迫力。對方爲「破靈訣」氣機所牽引，在其言語、眼神、姿勢的暗示下，心靈便會幻現靈使所暗示之物，逼真至極。

先前戰傳說殺了六道門門主蒼封神，爲六道門所不容時，正是靈使以「破靈訣」使六道門旗主之一的晉連自行暴露當年殺妻罪惡，從而使蒼封神的真面目大白於眾，戰傳說也因此而化解一劫。

這一經歷晏聰也在場，但他對期間的種種玄機卻未必知悉。

顧浪子不曾言語，似在等待靈使繼續說出下文。

果然，靈使接著道：「遇見梅一笑時，老夫感到在梅一笑身上有得償所願的喜悅心境，而老夫對他的品性頗爲瞭解，知道即使他擊敗了同樣是樂土有數高手之一的顧浪子，也不會在對手身亡之後心存喜悅，當時老夫對此還不能確定。後來，梅一笑結識了你們天闕山莊的二小姐，也就是你的一個姐姐，並由此引起了一場不小的風波，最後梅一笑不顧一切與天闕山莊二小姐顧影結爲伉儷，並退隱山林。以梅一笑的性格，如果他當年真的殺了你，一定心有內疚，就決不可能與顧影結爲夫婦。依照這一點，我便堅信你並沒有死在梅一笑的劍下。後來，我查驗你的墳地，果然是一副空棺。」

「你太惡毒了，連死人都不放過！」南許許忍不住大聲插話，神情氣憤至極。

不知爲何，顧浪子看了南許許一眼後，有些遺憾地嘆了一口氣。

靈使冷冷一笑，「顧浪子，你不必爲南許許遺憾，他就算不開口，本使也早已知道他的真實身分，『藥瘋子』縱然化身萬千，也無濟於事！」

晏聰這才知道師父爲何嘆息，同時，不由再度爲靈使過人的洞察力所驚愕。

靈使繼續道：「本使之所以未把自己發現的真相公之於眾，是想讓你自以爲僥倖避過了天下所有人的耳目，這樣你才會有所鬆懈，難免有遺一日暴露行跡，可出乎我意料之外的是你竟能一藏就是十幾年！」

「梅一笑設下此計救我，我事先也毫不知情。如果他事先與我商議，我一定不會同意的，因爲我不想欠他太多，也不想以詐死來掩藏自己的行跡。」顧浪子聲音低緩地道。

「但最終你還是按著梅一笑設好的路走了下來。」

「梅一笑那一劍刺入我的軀體，離取我性命相隔不過一紙之薄，雖未致命，卻也讓我立即暈死過去，而且那種感覺與真正的死亡相差無幾！所以，後來我才能明白以前所不能明白的道理，才能看透以前所不能看透的東西。事後回想起暈死前一瞬間的萬念俱灰，我明白唯有活著，其餘的一切堅持才有意義，否則，一死百了。而且，我也不能辜負了梅一笑，一旦讓世人知道我還活著，知道是梅一笑有意救了我，那非但他的一世英名很可能不保，而且還會有性命之憂。」

顧浪子一口氣說完這些，似是因爲憶及當年之事而心緒激動。

靈使忽然不屑地輕笑一聲：「恐怕梅一笑決不會想到你會比他活得還要長久！顧浪子，數年前梅一笑與千異決戰龍靈關時，你又身在何處？梅一笑被殺，你仍不肯拋頭露面，你的忍耐與冷酷讓老夫十分佩服！」

顧浪子倏然色變，臉色變得極爲蒼白。

南許許猛地意識到什麼，向靈使怒喝道：「卑鄙！你有意讓顧浪子分神。」

「哈哈哈，對付你們這種武界敗類，用什麼手段都不過分！」

長笑聲甫起時，靈使驀然向前疾踏一步，身前秋草如同受了驚嚇般倏分倏合，而靈使的整個身形似在水面滑行一般，在草叢上方以快不可言的速度疾射而至。

第四章　四大玄兵

狂飆突進之時，靈使猶自背負雙手，凜冽逆風使他所著青衣獵獵作響，凜然萬物的氣勢向晏聰三人疾迫而至。

一時間，三人竟無法分辨出靈使所攻擊的第一目標是誰，故而三人不約而同地作出了反應；而對於靈使來說，無論三人作出的是什麼樣的反應，他都已達到了預期的目的。一旦顧浪子無法確知他所攻擊的目標是否會是晏聰、南許許，那麼因爲擔憂晏聰、南許許的安危，顧浪子必然難以全神應敵，而這正是靈使所欲達到的效果。

殺機迫在眉睫，而自己的兵器「斷天涯」卻在草廬之中，情急之下，顧浪子無暇多想，雙掌齊出，掌風如無形長刀般凌厲疾掃，數丈之外的草木爲掌風所牽引，連根拔起，向靈使席捲而去，雖只是斷木弱草，但破空射出之聲卻是驚心動魄。

晏聰亦立即拔劍自保，顧浪子以刀成名，晏聰雖爲其弟子，但此前爲查明姐姐晏搖紅被殺真相而進入六道門，六道門爲劍門，故晏聰這些年來一直攜劍而行。

一方面，晏聰與大多數武道中人一樣，對不二法門元尊及「法門四使」尊崇萬分；尤其在靈使助他報了家仇之後，更讓他對其心生仰戴之心，靈使在舉手投足間便撥雲見日使真相大白的超絕風範讓晏聰心儀不已。另一方面，晏聰又深知師父與不二法門有不可化解的仇隙，否則靈使決不會連續十幾年二十年都在試圖追查師父的下落，鍥而不捨。

身爲顧浪子的弟子，晏聰注定要與不二法門與靈使爲敵，但在晏聰離開六道門返回師父身邊之前，顧浪子一直未向他透露半點真相，晏聰非但不知師父與不二法門的夙怨，甚至連師父的真實身分都不知道。

對不二法門的敬仰，已在晏聰心中根深蒂固，要在極短的時間內完全改變他的看法，這決不現實！所以，在揚劍出鞘的那一刹間，晏聰心頭竟感一陣茫然。

心神恍惚間，驀聞顧浪子大喝一聲：「小心！」晏聰一驚之際，駭然發現無數斷草如箭般漫天射至，目標齊指自己一人！

靈使已然從容化解了顧浪子的攻擊，並借顧浪子的攻擊反噬晏聰，而且出手毫不留情。如箭斷草來勢之疾之猛，更勝先前！

晏聰手中長劍光芒暴熾，幻作光盾，籠罩於自身三尺範圍之內。

密如驟雨的激烈撞擊聲持續衝擊著晏聰的心神，幾乎使他氣息大亂。僅僅是一些弱草，但與晏聰手中之劍相撞時竟有驚人的力道，且方位、角度、速度百變莫測。

晏聰劍勢頓滯，光盾亦即刻消失，他「啪啪啪」一連退出數步，且在間不容髮間接連更換劍勢，最後總算免去兵器脫手之厄。

但他已感到虎口劇痛，且有黏濕生出，顯然虎口已裂！晏聰雖竭力把持，手中之劍猶自持久顫鳴，似乎劍也在心悸不已。

晏聰的目光不敢自靈使身上錯開一瞬，自也不能顧及手上的傷勢。

南許許顯然亦受波及，不知何時已由石桌的一側移至另一側，他雙手用力按著石桌邊緣，身子前傾，似在竭力穩住自己的身形。

靈使駢指成劍，遙指顧浪子眉心，以平穩卻奇怪無比的步伐欺身而進。

憑藉這平淡無奇、毫無詭變的攻勢，靈使竟對顧浪子保持了始終如一的強大壓力，並予晏聰、南許許心靈以極大的衝擊。

顧浪子的瞳孔不斷收縮，彷彿是在畏避陽光，而眼中的光芒卻比陽光更亮。他的身軀憑空飄起，如同一片毫無分量的輕羽。

靈使的指尖與他的軀體始終保持在六尺之距，兩人似被無形的紐帶緊緊連在一起，並以一個固定不變的姿勢憑空飄掠，情形近乎詭異。

一進一退，最先力竭的，必是顧浪子無疑！力竭之時，豈非就是他命喪靈使指下之時?!

靈使與顧浪子在極短的時間內，已以此獨特的方式向草廬方向迅速接近。

雖只有極短的瞬間，但晏聰卻感到像是經歷了一個輪迴那麼漫長，內心深處已萌生虛脫之感。

「喀嚓」一聲，厚厚的石桌竟被南許許壓斷一角，而南許許仍像未曾知曉，額頭冷汗涔涔。

「轟」一聲暴響，顧浪子的身軀撞碎了草廬的門扉，巨大的撞擊力使本就不甚牢固的草廬轟然向這一側傾倒，顧浪子的身軀頓時沒入其中。

靈使毫不猶豫地緊隨而入！

晏聰的心莫名緊縮！

「鋃鐺」一聲，長刀脫鞘之聲倏然響徹整個天地，此聲充滿了壓抑已久之後終破樊籠的激蕩之氣，頓時一掃方才晏聰、南許許心頭的壓抑。

長刀脫鞘聲中，剛剛坍落的草廬復又四分五裂，朝不同方向轟然倒下。

塵埃飄落，復歸寂然。

廢墟中，靈使、顧浪子各據一角，遙遙對峙。

「斷天涯」已握於顧浪子手中，顧浪子單手持刀，刀身斜指地面，通體黝黑發亮的「斷天涯」彷若是一件來自地獄的兵器。

「『長相思』、『斷天涯』、『玄流九戒』、『紅塵朝暮』乃四大齊名的奇兵，『斷天涯』落在你這種人手中，是明珠暗投，未免可惜。」靈使漠然道。

顧浪子的目光落在「斷天涯」刀身上。刀寬而厚，呈一片玄黑色，黑得幽幽發亮。

漸漸地，顧浪子那雙顯得過於冷酷的雙眼中有了一絲暖意，他淡淡地道：「是否可惜，還是見識了我的無缺六式再做定論吧。」

靈使自負地冷笑道：「二十年前你的『天闕六式』勝不了我，今日的『無缺六式』也難免有落敗的下場，這片山野，將是你的葬身之地！」

說到這裏，他順手自身旁坍塌的廬頂中抽出一截枝條，胸有成竹地道：「今日本使就憑它勝你，完成我法門維護武道公正的神聖職責！」

南許許忽然怪笑一聲，譏嘲道：「在老朋友面前，就不必再拿腔作調了吧？不二法門是什麼貨色，你我心知肚明，此處也沒有外人，你又何必費勁爲不二法門臉上貼金？」

靈使長嘆一聲，似若悲天憫人：「將死之人，多言何益？不二法門公正不阿，天下共知，縱是殺人千百，亦不曾有一人死得冤屈。你南許許當年救了九極邪教教主勾禍一命，便是人神共怒的死罪！」

晏聰心道：「九極神教之禍亂是當年轟動整個樂土的大事，關於其教主勾禍重創後又被南伯救起的事，幾乎是眾口一詞，應不會是靈使強加於南伯身上。救勾禍一命，後患無窮，以此罪加諸南伯身上，的確不爲過，卻不知南伯會作何解釋？」

卻見南許許眼皮一翻，滿不在乎地道：「勾禍的確是我保了他一條命，但我爲何要這麼做，相信你比我更清楚。」看他的神情，顯然是不願在這件事上與靈使分辯。

晏聰頗覺有些意外，忖道：「不論有什麼理由，救勾禍之命終是大錯，其後不知又有多少人爲此喪命。」

靈使不再理會南許許，轉而向顧浪子道：「你們三個人的性命皆繫於你的刀身之下，你可莫讓他們失望。」言下之意自是暗示一旦顧浪子落敗，南許許與晏聰根本不堪一擊，必死無疑。

晏聰雖已承受了靈使的一擊，但直到這時才確信靈使將連他也不會放過！這使他心頭大爲憤怒，暗忖靈使決不可能知道自己是顧浪子的弟子，僅僅因爲此時自己也在場，他就要取自己的性命，未免太霸道無理！

南許許斷定靈使說這番話是爲了讓顧浪子牽掛自己與晏聰的安危，從而影響其刀道修爲的發揮，心念急轉之下，他大聲道：「顧兄弟大可放心，我南許許不單是藥瘋子，還是毒瘋子，休說殺我，就是敢接近我三丈之內的人也沒有幾個！」

顧浪子微微點頭，心道：「不論你這麼說是否誇張，你的心意我卻是知曉的。」

他不知靈使有沒有召聚其他不二法門的人，故自忖還是速戰速決為妙。心念即定，顧浪子胸中刀意大熾，肆意縱橫，並不斷膨脹攀升至全新的高度。

晏聰感到師父忽然之間像是完全成了另外一個人，但見屹立如山，鋒芒畢露，大有橫掃千軍之勢。甚至，連他那縱橫如溝壑的深深皺紋中，似乎也蘊藏著堅毅的力量，眼神更是沉穩如千年磐石。

「斷天涯」似乎更為幽亮，雖色澤幽黑，此刻卻比當空明日更為引人注目。

刀，儼然已與顧浪子融為一體，成為他不可割離的一部分。

靈使無比清晰地捕捉察辨到了顧浪子身上的這種變化，亦感覺到了絲絲刀氣如無孔不入的水霧般，在悄無聲息中向自己這邊延伸過來。

靈使知道，這只是顧浪子的試探，但一旦為對方捕捉到他的氣機有何空檔，這種試探性的接觸將會在短得不可思議的時間內轉化為絕對致命的一擊。

靈使的臉上浮現出了一抹從容自若的淺淺笑意，顯得舉重若輕——這是世人在法門四使身上最常見到的表情；但能在顧浪子凌然刀勢壓迫前依舊保持這份從容自若，無疑需要無比強大高深的心境作為堅強的後盾。

為了讓顧浪子安心對敵，南許許一直以鎮定示人，但此刻，他的心卻已高高懸起，再也無法保持表面的鎮定，目不轉睛地注視著場上的每一絲變化。他那極不正常的膚色此時更顯灰鬱，而消瘦的臉龐則更顯瘦長，幾近刀脊。

對於晏聰來說，他一生之中尚從未身臨如此巔峰之戰。原有的緊張、憤怒、疑惑，不知不覺中已被拋至九霄雲外，剩下的只有對絕世武道修為本能的敬仰與嚮往。

他的靈魂似乎也已被這無言對峙、於無聲處聞風雷的局面所攝走，在一種半迷離的狀態中竭盡所能地以自己一呼一吸，以自己所視所聞乃至所嗅，去細細體味其中只可意會不能言傳的滋味。

靈使手中柔韌的枝條忽然微微一顫，隨後震顫的幅度不斷加大，枝條在虛空中劃出一個又一個的圓弧。看似雜亂無章，事實上，靈使卻借此破壞了顧浪子向他延伸而至的力的靈氣，並以自身無上修為在身前佈成了一道再難逾越的氣機屏障，使顧浪子的試探性接觸無功而返。

顧浪子目光一跳。

靈使嘴角處浮現出的笑意更為醒目！

顧浪子心頭刀意已攀至無以復加之境。雖然未能探明靈使的虛實，但顧浪子亦已不能不出手。否則，刀意一竭，以靈使心境之高明，必能及時察覺，若是借機發難，顧浪子必敗無疑。

一聲大喝，顧浪子主動發起了攻勢！

「斷天涯」破空而出，沉揚頓挫之間，在虛空中劃出一道道起伏莫測的弧線，暗合攻與守兩種變化，刀勢雖然有長驅直入的霸氣，卻又步步為營，能將攻與守揉合得如此天衣無縫，而且各具驚世威力，決不簡單。

顧浪子甫一出手，便將天闕六式衍化而來的無缺六式中的「透迤千城」發揮得淋漓盡致。與靈使之戰，他自知毫無保留實力的資本。

靈使與顧浪子已是老對手，乍見此刀勢，脫口呼道：「此式定是由『逍遙千城』洐化而來。」言語之間，他已以玄奧快捷絕倫的步法倏然前移，竟是毫不避讓，以攻對攻。

手中枝條竟穿破如驚濤駭浪般的重重刀氣，準確地擊在了「斷天涯」刀背上，電光石火之間，靈使憑藉手中僅有拇指粗細的枝條與「斷天涯」數度撞擊，因為力度、角度拿捏得妙至毫巔，竟絲毫不落下風。

「無缺六式」中的「透迤千城」，講求使自身立於不敗之地後再圖克敵制勝，顧浪子之所以先以這一式攻襲靈使，就是先試探靈使虛實，一試之下，顧浪子深感近二十年不見，靈使的武學修爲已更為深不可測，幾乎已至無跡可尋的超然境界。

「無怪乎靈使敢在發現了我與南老兄弟的行蹤後隻身而來，而不擔心功虧一簣，只是不日又是怎樣發現我們的行蹤的？」

顧浪子心頭飛速閃念間，手中「斷天涯」卻沒有絲毫頓滯，眼見靈使如影隨形而至，刀勢倏變，一改逶迤曲折之風，雙腕運力，「斷天涯」自下而上全速斬出，其勢之盛，宛如一道黑色弧虹縱貫天地。

是「無缺六式」的第二式：刀斷天涯！

一刀甫出，似乎頃刻間已將大千世界生生劃爲兩個截然分離的部分：一邊爲生，一邊爲死。

縱是強如靈使者，在這一刀面前，亦不得不暫作退避。

不得不取退勢之時，靈使眼中殺機卻更甚！

連他自己都記不清已有多久的歲月無人能將他逼退半步了，雖然在「刀斷天涯」前，他毫髮無損地抽身而退，且沒有絲毫敗跡，但被迫退卻的事實卻足以讓靈使無法接受。

「負隅頑抗，只會死得更慘！」冷喝聲中，靈使手中的枝條突然脫手飛出，向顧浪子面門疾射而至。

顧浪子揮刀疾擋，枝條被利可斷金削鐵的「斷天涯」一擋，竟發出類似金鐵交鳴般的撞擊聲，非但未應刀而斷，反而向虛空激射而上，直入數十丈高空，其劃空而過的嘯聲驚心動魄。

靈使沉聲喝道：「當它落地之時，便是你殞命之際！」他的聲音並不甚響，卻無比自信，讓人不由自主相信他所說的一切都將成爲現實。

這，便是絕對強者才有的壓倒性的心靈之力。

有時，它對對手戰意的摧殘甚至比重創對手更爲嚴重。

但，顧浪子終究是顧浪子，亦決不會如此輕易被摧垮戰意，他毫不示弱地大喝一聲：「好！就讓你我在最短的時間內作個了結！請試一試這式『天地悠悠刀不盡』吧！」

顧浪子如天馬行空般掠空而起，人刀合一恍如一體，怒射向靈使！

一股改天易地、吞滅萬物的肅殺氣勢剎那間籠罩了極廣的範圍，連晏聰、南許許也備感壓力。

刀芒暴閃，幻象無數，重重刀影組成一團包含無盡殺機的黑色旋風，一下子將靈使捲裹其中，密不可分、疾不可辨的刀影如濤濤江水般向靈使當頭罩下，似乎無始無終，綿綿不絕。

靈使在兵刃加身前的那一剎那驀然出手！

若是僅憑肉眼，普天之下，只怕無一人能夠窺破顧浪子這一式「天地悠悠刀不盡」，這一式刀法以快疾絕倫的搶攻使每一個細微變化即使有所漏洞，也因爲接踵而至、絲絲入扣的下一變化的驚人殺傷力而完全彌補，真正是所謂天網恢恢，疏而不漏。

但靈使卻憑藉自身對武道奇蹟般的感悟，摒棄肉眼所見，而以心靈去感覺顧浪子這一式刀法乘之機的存在。

「天地悠悠刀不盡」所牽動的氣流被靈使在第一時間迅速捕捉，而靈使腦海中立時幻現一道道玄奧複雜的弧線。那是「斷天涯」在虛空中滑行飄掠的軌跡！

就在死神即將吻在靈使頸部的那一瞬間，靈使的嘴角再度浮現出了絕對自信的笑意。

這種自信的笑在這等情形下出現，極具震撼人心的力量，堪稱在生與死的邊緣如閒庭信步。

這種自信與從容，已是冷酷得可怕——對生命的冷酷！

晏聰、南許許都未曾察覺到靈使在與死神近在咫尺時的神情；而顧浪子卻看得清晰無比。那一瞬間，一股寒意自他腳下升起，直透心底！從來未將生死放在心上的顧浪子也不由爲靈使在生死之間進退自如、遊刃有餘的心度所震愕。

同一瞬間，靈使出手了。

他的右掌竟不可思議地穿透了重重刀影，讓人感到他的右掌一定是虛幻的影子，否則面對幾可破碎虛空的刀鋒，他的右掌又豈能倖免？

但事實上，靈使的右掌卻的的確確穿透了重重刀影，以快如鬼魅的速度搶在被「斷天涯」斬殺之前，閃電般直插顧浪子胸前要害！

這一幕，晏聰、南許許都看到了，兩人的呼吸齊齊頓滯，他們二人誰也沒有料到不過在眨眼之間，形勢會如此變幻莫測，急轉而下。

除了驚愕，兩人腦海中是一片空白，他們已無法作出更多的反應。

一聲悶哼，血光乍現，兩道人影同時倒飄而出。

「斷天涯」卻是斜向拋射，而不再是在顧浪子手中。

身形甫定，靈使腹部赫然出現了一道驚人的刀傷，那片血光竟是來自於靈使身上！

反觀顧浪子，身上並無明顯傷痕，誰也不知道靈使的掌勢是否擊中了他的胸前要害。

「噹！」「斷天涯」飛出數十丈後，深深插入山岩中，火星四濺。

靈使擲出的枝條射向虛空的去勢終盡，開始墜落。

靈使伸手捂了一下腹部的傷口，手上立即沾滿了鮮血，他將沾滿鮮血的手伸至自己眼前，眼中流露出驚訝的眼神，像是對自己的受傷難以置信。

「這一式『刀道何處不銷魂』如何？」顧浪子話未說完，驀然噴出一口熱血！晏聰、南許許齊驚呼，想要上前，卻被顧浪子以目光阻止了。

「刀道何處不銷魂？」靈使沉聲道，「不錯。像你這般視刀如命之人，能夠超越爲刀所困的境界，棄刀傷敵，實是大出我的意料，恐怕這也是『刀道何處不銷魂』的精髓所在吧？」

顧浪子點頭道：「天地廣袤，決非一己之力所能擁有，故擁有即等於失去，放棄何嘗不是另一種擁有？刀道亦是如此！給刀以最大的自由，讓它克敵制勝，那才是對刀的最大尊重。」

此時，那截枝條已下落過半，且下墜的速度依舊在不斷加快。

「能看透這一點，也不枉你在山野中隱匿近二十載。但現在你人傷刀落，還能憑什麼應戰？就讓本使以『三劫妙法』送你一程！」

雙掌倏合頓錯，呈陰陽式交疊胸前，頃刻間，一團氤氳之氣突然籠罩於靈使身側，似霧非霧，靈使的身形亦變得模糊不清。

南許許皺眉忖道：「從未聽說靈使還有『三劫妙法』這一修爲，恐怕決不簡單。」

那團氤氳之氣越來越濃，靈使的身形飄然而起，竟無依無靠懸於虛空，情形詭異。

與此同時，那截一直在不斷下墜的枝條亦如有了魔力，靜懸於空中不再下落。

那團如霧般的氣團不斷膨脹，色澤亦由白色轉爲淡青色、青色、暗青色，並席捲向顧浪子。

莫非，這團暗青色的霧團便是殺機之所在？顧浪子眼中閃過堅毅的光芒，他要孤注一擲作最後一搏了！

無形殺機迅速以靈使、顧浪子爲中心瀰漫開來。

插在岩石中的「斷天涯」忽然發出驚人的震鳴聲，就在顧浪子即將被暗青色氣旋席捲的那一刹那，整個身形突如巨鵬般掠空而起，其速之快，已至無形，空間的跨越竟在一念之間，而不再受時間的約束。

山岩崩碎，「斷天涯」幾乎在同一時間沖天射出，以穿雲破日之勢直取虛空！

人與刀揉合作一處的無匹氣機形成一股空前強大的氣旋，使十餘丈之內的草木翻湧，如海浪般起伏不定。

瞬息間，顧浪子已在出人意料的高空高擎「斷天涯」。人刀再度合二為一，顧浪子自上而下，凌空劈出驚天地、泣鬼神的一刀！

刀破虛空，其軌跡簡單直接，卻暗蘊天地至理，通體墨黑的「斷天涯」竟有奪目光芒閃現，頓時猶如神兵天降，氣勢迫人。

「斷天涯」刀身光芒越來越盛，倏地迸發出比裂日更炫目的豪光。

虛懸空中的靈使右掌驀然一揚，一道豪光如電貫出，目標所指不是顧浪子，而是顧浪子手中的「斷天涯」。

豪光與「斷天涯」自身的光芒全速相接，一聲破日裂雲的激越錚鳴聲後，「斷天涯」刀身上的光芒突然消失，變得十分暗淡。

「斷天涯」依舊凌空勁劈而下。

顧浪子已察覺到「斷天涯」的異變，但此時縱是心中驚愕，也是如箭在弦，不得不發。

而就在這時，晏聰、南許許駭然發現籠罩於靈使周身的暗青色氤氳之氣在極短時間內分化、重組，赫然化為一柄巨大的虛形氣刀——「斷天涯」！

在顧浪子手中「斷天涯」尚與靈使有數丈距離時，那高達數丈、幻虛不定的巨刀已以一瀉千里之勢衝破顧浪子的刀氣之網，一下子貫穿了顧浪子的軀體。

顧浪子大叫一聲，仰首倒跌而出，手中「斷天涯」赫然碎為千萬碎片，其情形與被實體兵刃擊中驚人的相似！

顧浪子雖然受挫，但他最後一擊的威勢卻未了，刀勢凌空劈過，地面上出現了一道縱貫二十餘丈距離的巨大裂痕，塵石飛濺，擋者披靡。

奈何，這對靈使已毫無威脅。

晏聰、南許許目瞪口呆，他們無法相信顧浪子就如此落敗了，也無法相信與「長相思」、「九戒戟」、「朝暮劍」並為四大奇兵的「斷天涯」竟就這樣自武道消失。

眼見顧浪子如斷線風箏般跌出，頹然墜地時，晏聰、南許許方如夢初醒，不約而同地向顧浪子那邊掠去。

顧浪子身上沒有刀傷，卻大口大口地吐著鮮血，臉色煞白如紙，半跪於地，竟無力起身。當晏聰、南許許兩人趕至時，他只能勉強吐出二個字：「快……走……」便一下子撲倒在地。

晏聰大叫一聲：「師父！」飛身上前猛地抱住師父，心頭既驚且哀。

心神恍惚間，隱約聽到靈使陰冷的聲音傳來：「他的五臟六腑已被虛化的斷天涯刀氣重創，就是神仙也救不了他，你們二人正好與他同行！」

此前晏聰對不二法門對靈使都十分崇仰，而此刻卻感到靈使的言語說不出的陰戾，毫無宗師風範，反倒更像一個嗜殺魔鬼！

晏聰霍然轉身，只見靈使正以快如鬼魅的身法向這邊逼來，氣勁夾裹，出手毫不容情，駢指如劍，直取晏聰要害。

由靈使的言行舉止來看，他似乎早已淡忘了自己曾爲晏聰解過圍，或者雖然記得，但在他心目中卻根本不值一提，只要此時晏聰是與顧浪子、南許許在一起，無論如何也必須死！

晏聰心知今日自己已難免一死，將心一橫，心道即使是死，也要死得轟轟烈烈。右手一揚，長劍疾出，劍法快至無跡可尋，唯有劍氣與殺氣以神鬼莫測的軌跡縱橫閃掣，交織成可絞殺萬物的攻勢，劍勢隱含陰戾之氣。

靈使一往無回的攻勢竟然略略一滯，他的臉上流露出一絲複雜的神色，輕哼一聲：「大易劍法？」

似乎大易劍法讓他想起了什麼，招式臨時改變，化劍指爲爪，徑直抓向晏聰腕部，對銳利劍鋒竟是視若無睹，其自負可見一斑。

晏聰所用招式既非顧浪子所傳，也不是來自六道門，而是其祖父晏道幾自創而成的「大易劍法」。數十年前，晏道幾誤入異域廢墟，十日之後自廢墟脫身而出，得保性命卻性情大變，變得暴戾躁亂。返回家中後，便閉門不出，半個月過後，忽然廣約九大劍門高手，向他們公然挑戰，最終竟以一己之力大挫眾劍道高手，從此，「大易劍法」成爲武道中四項最爲玄奇的武學之一。也正是大易劍法爲晏家帶來了滅頂災禍！

晏聰一言不發，劍身曲伸之間如靈蛇幻動，在空中留下無數令人目眩神迷的光弧。

靈使輕哼一聲，竟不得不易招再進，大易劍法之精妙由此可見一斑。

可惜雙方實力終究相去太遠，靈使很快便尋隙而進，一指彈在劍脊上，竟然響起震耳的劍鳴聲。晏聰只覺手中之劍如同被注入了生命一般，再難把持，劍尖「嗡」的一聲顫鳴，竟然反噬向自己的咽喉！

晏聰只需棄劍，自能爲自己爭取時間，但面對靈使這樣的高手，棄劍無疑於自尋死路。

別無選擇，晏聰不顧右手整條手臂又麻又痛，虎口亦是鮮血淋漓，以自己全身修爲奮力把持手中之劍，與此同時，整個身軀亦同時順勢向後倒去。

他清晰地聽到骨骼斷裂的聲音，那是因爲用力過大，他的手指被由劍身傳來的靈使的力道生生扭斷。

「唪！」晏聰只覺胸前一痛，雖然避過了致命一劍，但反彈回來的劍仍是自他胸前飛速劃過，在胸前留下深約半寸的傷口。

晏聰倒抽了一口冷氣之際，整個人正好重重斜跌地上，並順勢滑出丈許遠。

劍仍在手——但對於一個劍手來說，傷在自己的劍下實是奇恥大辱！但實力的懸殊使晏聰並無多少羞辱之感。

事實上，也根本不容他有空暇顧及這些，他未敢有絲毫停滯，劍身在地上一壓，人已借力彈起，想也不想，大易劍法全力傾灑而出。

劍出之後，晏聰才發現靈使並未乘勢而進，而是以一種奇怪的表情望著自己方才倒地的地方。

一劍走空，晏聰偷眼一掃，才知那一劍劃傷自己的同時，也劃破衣裳，使揣在懷中的那幅畫像墜落於地，被勁風拂過，正好使之展開於靈使的視野之中。

晏聰當然知道靈使爲何對這幅畫像如此關注，因爲畫像中所描繪的人的容貌，與靈使竟有幾分酷似，所不同的只是靈使比畫中人年老許多。

晏聰驚訝地看到靈使在吃驚之餘，臉上顯露出幾乎從未在他臉上出現過的表情，那是極度的絕望與憤怒！

南許許借靈使分神之際突然發難，向他身後疾撲過去。

靈使心境之高明使任何風吹草動都難以瞞過他，南許許出擊時，他頭也不回，右掌疾出，迎向南許許。

晏聰由南許許能暗中跟蹤自己而不暴露，斷定其修爲應在自己之上，雖然無法與師父相比，但靈使也難輕易應付。此時師父已失去戰鬥力，晏聰決定與南許許聯手一搏，希望出現奇蹟，除此之外，他們已沒有任何其他機會。

晏聰正待掠身再進之時，驀然發現南許許面對靈使滴水不漏的封阻，非但沒有退縮，反而徑直迎上。

這一變故突如其來，不僅是晏聰，連靈使也爲之一愕。

一聲低沉而驚心動魄的悶響聲中，靈使的右掌如同一柄短刀般深深穿入南許許的右肩窩中，立時鮮血濺射，緊接著，南許許被這一擊的餘勁震得倒跌出數步。

晏聰心中一沉，如墜冰窖！他萬萬沒有想到僅一個照面，南許許就已慘敗，而且敗得莫名其妙。

但很快，晏聰便意識到這其中必有玄機，只是他一時還無法猜透。

果不其然，南許許手捂傷口，呵呵怪笑道：「你上當了！難道你不知道我早已身中奇毒，可謂是體內的每一滴血液都有劇毒？以掌傷我，無異於自取滅亡！」

晏聰大愕！

靈使神色倏變，神色頓顯更爲可怕，其目光讓人遍體生寒。

靈使揚起右手，目光凝視沾滿鮮血的手掌，並未發現有何異樣，他的眼中閃過狐疑之色，忽然冷笑一聲：「南許許，你以爲用這樣的話就能騙過本使？就算真的有毒，以本使的武學修爲，毒素也休想侵入體內！」

受傷後的南許許臉色更爲難看，幾乎讓人不忍正視，他道：「以我『藥瘋子』花費十餘年的時間也無法完全瞭解的毒，豈是這麼簡單？若真如你所說，那麼我『藥瘋子』之名也真是一文不值了。」

靈使正待說什麼，忽地感到右掌的肌膚格外乾澀，並且有一絲涼意，他心頭劇震，彷彿親眼目睹毒物正從千萬毛孔中向其體內滲透！

對「藥瘋子」南許許醫術的高明，靈使是再清楚不過了，當年能將勾禍救活就是一個明證。同時，靈使也知道南許許體內的確有奇毒，而這種毒則是南許許爲了有爲勾禍治傷的機會，而自願讓他人在他身上留下的。

九極神教的人不可能輕易相信南許許，畢竟他們對南許許並無恩惠，按常理，南許許不必冒著得罪諸多武道門派的危險而救勾禍。但南許許既主動請纓，而且除南許許之外，也再無他人能救得了勾禍性命，權衡之下，九極神教的人接受了南許許主動提出的方法，那就是任九極神教的人先在南許許身上下一種奇毒，再由南許許爲勾禍醫治。這樣，南許許必然不敢借醫治勾禍的時間而對勾禍暗下毒手，而是會全力以赴。

如此交易，也堪稱奇聞，不過若非如此，南許許也不會有「藥瘋子」之名。

後來，南許許果然醫好了勾禍，但不知爲何，最終南許許卻沒有得到九極神教的解藥。

對這些事，靈使是大致知情的，加上此時右臂的反應，他終於相信了南許許的話。

靈使有心制住南許許後再強索解藥，但一則自己中毒後再運用內力不知會不會有危險。南許許武功雖然遠不如顧浪子，但他與晏聰合力一處，也許能拖延幾招，誰也不知那奇毒會不會在這段時間內趁機侵入心臟。二來，南許許聲稱他自己沒有解藥，而這句話十有八九是實話，那麼自是交不出什麼解藥了。

僅僅是片刻的躊躇，靈使忽覺右臂無比沉重，定睛一看，只見右臂竟已腫脹逾倍，衣袖早已被脹得四分五裂。

「可惡！」靈使暴喝一聲，直取南許許而去，一招甫出，殺機畢露，顯然他對南許許已恨之入骨。

無與倫比的蕭肅殺機讓晏聰頓感呼吸困難，心生末日來臨般的絕望。

南許許一死，他將獨木難支。別無選擇，晏聰硬著頭皮揮劍自斜刺裏殺出。

靈使隔空一腿疾掃晏聰！狂飆突起，四周的空氣都冷卻下來。

晏聰目光所見赫然是重重刀影向自己席捲而至，而且是師父的「斷天涯」形象，氣浪排空，勢不可當。驚愕之中，晏聰只聽得刺耳兵刃斷折之聲，隨即心中一痛，眼前閃過一片淒豔的血紅色，大叫一聲，頓時無知無覺。

醒來之時，晏聰發現自己倒在地上，與自己相距不遠的地方就是那張熟悉的石桌，這讓晏聰心生錯覺，以爲自己只是在極短的時間內失去知覺，很快就恢復了。

但很快他就發現事實並非如此，由天色的變化，由周圍的一片死寂，都可以察知時間已有所推移。

他掙扎著支撐起身子，這才留意到自己的劍已折，手中所握的只有一柄不及半尺的殘柄，而胸前也是一片血污。僅僅是這樣一個簡單的動作也讓晏聰感到十分吃力，但他總算支撐起上半身了，視野也由此可以環及四周。

首先，映入他視野的是靈使。

靈使就在他側後方盤膝而坐，雙目微合。晏聰心頭一沉，一下子回到殘酷的現實中來。

南許許、顧浪子竟然都無影無蹤了。

唯有地上的斑斑血跡，以及撒滿一地的「斷天涯」碎片在昭示著這裏曾有過一場惡戰。

晏聰的心像被突然抽空了一般空落，茫然忖道：「師父與南伯怎麼都不見了？他們是生？是死？」

「不用擔心，他們都活著。不過，南許許能讓顧浪子的性命維持多久卻不得而知了。」身後傳來靈使的聲音。

晏聰未曾開口。他心中忖道：「聽他說話，絲毫感覺不到有中毒的跡象，難道奇毒也奈何不了他？師父與南伯竟能脫身離去，實是萬幸。對了，他爲什麼不殺我？」

只聽得靈使繼續道：「晏聰，本使當初見你竟能以一己之力在六道門中掀起軒然大波，並使六道門中隱藏多年的隱密終被揭穿，就感到你這小子很不簡單，沒想到，你除了有是晏道幾之後這一特殊身分外，還有顧浪子弟子這一更不尋常的身分！人最難做到的就是保守秘密，你年紀輕輕就要保守兩個天大的秘密，且不是一天兩天，而是數十年，這讓本使也不得不對你刮目相看。」

晏聰心道：「原來他並沒有忘記我與他曾在隱鳳谷附近的求名台遇過一次。聽他此時的語氣，似乎並不急於殺我，否則在我未醒轉過來時，他完全可以取我性命，我何不試探一下他的真正用意？」

想到這兒，晏聰道：「我與六道門的恩怨，多虧靈使相助了結。但今日你傷我師父，使他性命垂危，生死未卜，身爲其弟子，我縱是自知力量微薄，也要與你以死相拚。當日靈使助我之恩，也只能等來生再報了。」

靈使哈哈一笑，「你倒恩怨分明，不過不二法門公正無私，只要是爲武道昌盛，縱是天下皆怨亦無妨；若是武道勢微，縱是天下皆對法門感恩戴德，於我法門又有何用？更不用說只是你這樣一個無名的年輕小子，對我靈使、對法門是感念恩德還是懷有刻骨之恨?!」

晏聰不由怔住了！他雖然沒有親眼目睹靈使此時的神情，但由這番話中，晏聰所感受到更多的顯然是一種超越常人的慨然之意，而不是惺惺作態。

這讓晏聰有些糊塗了。若是在這一戰之前聽到靈使這番話，晏聰決不會感到有什麼意外，但經歷了這一戰，目睹了靈使種種舉措之後，籠罩在靈使身上的光彩早已退去，這時再聽靈使這麼說，卻是出乎晏聰的意料之外了。

「你對你師父的過去知道多少?」靈使忽然轉變了話題。

晏聰無言。

「相信你一定知之甚少，因爲像他這種人的過去本就是不能讓他人知道的，包括他身邊的人都不例外！而不二法門在世人心目中如何，你應心知肚明，本使與你師父之間孰是孰非不難想像。」

晏聰當然相信師父，他搖搖晃晃地站起身來，正面向著靈使，大聲道：「若是靈使心中坦蕩，那麼何不讓我師父與不二法門把一切都說出來，讓世人來評判孰是孰非？」

一口氣說完這些話，晏聰只覺得自己的肺腑猶如被抽乾了空氣，沉悶無比，胸口一陣接著一陣地抽搐著劇痛。

「可笑！」靈使斷然喝道：「這些年來，顧浪子有無數機會可以將所謂的真相公之於眾，爲何卻從不見他的蹤影？」

晏聰一時無言以對。但同時他又忖道：「他爲什麼要與我爭論這些事？我不過是一個微不足道的無名之輩，能不能說服我又有什麼區別？」

既想不明白，晏聰索性不去理會，靜等靈使有什麼新的手段。

靈使似乎也失去了耐心，左手一揚，一道白影向晏聰這邊飄然而來，在離晏聰兩丈遠的地方墜落於地，是那幅人像畫卷！

「此畫像你是由何處得來？將它帶在身上又有什麼用意？」靈使沉聲問道。

晏聰心道：「你終於沉不住氣了。」表面卻毫不在意地道：「畫像是他人交給我的——怎麼，難道靈使覺得這幅畫像有什麼非同尋常的地方？」

靈使目光逼視著晏聰，像是在審視晏聰是真的不知情還是假裝糊塗。

半晌，他聲音略顯低沉地道：「沒有人能夠在本使面前耍花樣，你若不知趣，我自有辦法能讓你開口！你是一個很不簡單的年輕人，但你的缺點也正是自視太高，以爲憑自己的心計可以把握一切！嘿嘿，你完全錯了，真正能把握一切的是實力！若不是你自視太高，自作聰明，我又怎能通過你找到顧浪子？但願今日你不要再重複同樣的錯誤！」

靈使不愧是凌駕眾生的人物，其智謀也決非常人可比。無論是晏聰還是顧浪子、南許許，其實心中都有一個疑惑，那就是靈使是如何追蹤至此的？

此時，靈使忽然指明問題出在晏聰的身上，換而言之，便是晏聰行事不慎留下隱患，這對晏聰的自信心顯然打擊不小！自信心受打擊之後，晏聰的心理難免會受到影響，靈使便將有機可趁。

果然，靈使的話讓晏聰的心頭大吃一驚，他將近些日子的行蹤回憶了一遍，卻並未發現有什麼重大紕漏，會讓人懷疑他與師父顧浪子有什麼聯繫。莫非，這只是靈使的手段？

靈使像是猜透了晏聰的心思，索性點明：「你可記得你曾殺了幾個坐忘城的人？」

晏聰神色微變，心道：「難道那幾人中有人活下來了？」

「雖然你出手乾淨俐落，無一活口，但本使卻從他們身體上的傷口推斷出取他們性命的是『大易劍法』，畢竟這樣獨特的劍法並不多見，本使又恰好曾見識過，而且我還知道普天之下會『大易劍法』的只有你一人。」

「所以你就暗中追蹤我？」晏聰道。

他的確曾殺過幾個坐忘城的人，那是他與戰傳說在坐忘城外那片林中相遇後的事。當他與戰傳說定下了稷下山莊外「無言渡」之約後，兩人便分開了，戰傳說直接返回坐忘城，而晏聰因爲要取走假冒戰傳說的劍客的首級，所以遲走了片刻。就在這時，數名坐忘城戰士正好遇見了晏聰在以利劍取下白衣劍客的首級，晏聰心知此事絕對不宜外傳，否則自己將很難向世人解釋此舉的用意，無奈之下，他只好將幾名坐忘城戰士殺了，沒想到靈使竟能由被殺的幾名坐忘城戰士身上發現線索。

沮喪懊悔之餘，晏聰忽然想到，就算靈使看出幾個坐忘城戰士是死在大易劍法之下，但師父顧浪子與大易劍法並無關係，就算靈使知道殺人者是自己，也絕對不會推理到自己是顧浪子的弟子，照此看來，靈使追蹤自己的初衷並不是爲師父顧浪子而來，而是另有目的。難道他這一目的是爲了替被殺的坐忘城戰士討還公道？

思及此處，晏聰立刻又否認了這一點，忖道：「雖然我有不得已之處，那幾個坐忘城的人也的確死得有點冤，若在平時，靈使要爲幾個死得不明不白的人討還公道也並非不可能，但這事的蹊蹺之處並不在這一點，而在於靈使爲什麼要返回那片樹林中！」

想到這裏，晏聰再聯想到畫像中人的容貌與靈使酷似這一點，他已徹底明白了。於是，他道：「當時戰傳說已被陳籍所殺，此事已了，你爲什麼要重返那片樹林之中？莫非，你還有未了之事？」

「住口！」看似一直胸有成竹的靈使忽然勃然大怒，連五官都有些扭曲，大家風範蕩然無存。

他近乎咬牙切齒地道：「小子，老夫的事，還輪不到你胡亂猜測！說！這幅畫卷是不是南許許那老賊頭交給你的?!」

晏聰倒抽了一口冷氣。

靈使何等人物，立時由其神情變化看出真相，他「騰」地霍然起身，人影微晃，已逼近晏聰咫尺間，一字一字地道：「果──然──是──他！」

左掌一揚，地上的那幅畫像飄入他的手中，靈使卻不再看畫像一眼，他的眼睛瘋狂而陰戾，讓人難以正視，在他的目光籠罩下，晏聰只覺得自己的身軀、靈魂都在一點一點地變冷，如墜無底的冰窖。

「你們一定在猜測死於陳籍那小子劍下的戰傳說並不是真正的戰傳說，而是由人易容而成，並且，你們還窺破了真相，發現亡於陳籍劍下的人與老夫有關。」

說到此處，靈使的臉部肌肉在抽搐，並擠出了生硬而可怕的笑容：「聰明！你們都很聰明！不錯，被殺者的確不是真正的戰傳說，而且確實與老夫有淵源。」

他的聲音忽然壓得很低，且隱含絲絲寒氣：「你是不是很想知道他究竟是老夫什麼人？嘿嘿，恐怕你做夢也不會想到，他——是我唯一的兒子！」

當南許許爲畫像更改了眼神後，晏聰終於將畫像中的人與靈使聯繫在一起了，當時他便感到極度的震愕。

有誰會想到讓整個樂土爲之不安、被不二法門全力追殺的人，會是與靈使有特殊淵源的人？更勿論說是靈使的兒子了。此刻，這不可思議的事卻由靈使親口說出。

晏聰、戰傳說、爻意、石敢當、顧浪子等人一直想知道的謎底此刻終於揭曉了。但晏聰此時的感受卻不是欣喜，而是極度緊張！靈使把這個天大的秘密向他透露，決不是好兆頭。

晏聰全神戒備——但他亦知道面對靈使這樣的高人，此舉其實毫無意義。

「陳籍殺了我兒子，他死定了！而讓我兒死後仍不得安寧的人，也要付出慘重代價！」

晏聰倏覺勁風襲至，未等他作出任何反應，整個身軀已被一股奇大的力量撞得高高拋起！身在空中，他清晰地聽到自己軀體內傳出的骨骼折斷聲，以及如泉水噴湧般低低的汩汩聲，似乎有一隻無形的大手在用力地攪動著他的五臟六腑。

晏聰似乎聽到自己撕心裂肺地大叫一聲，而事實上，這只是他的錯覺，他根本沒能叫出聲來，急速噴湧的熱血迅速充盈了他的喉管，狂噴而出，淹沒了他的呼叫聲。

如同一隻被折了翅膀的鳥兒一般，晏聰在無助地飛出足足十幾丈遠後，頹然墜地。

在無可形容的劇痛襲來時，晏聰料定這一次自己必死無疑。

但墜地之後，他卻發現自己還活著！只是整個身子的每一個部分似乎都不再屬於他自己。

當他好不容易將被鮮血迷糊了的雙眼睜開時，首先看到的就是一隻在有節奏抽搐著的手，那應該是他自己的手，但他已感覺不到手的存在，雖然那隻手仍與他連作一體。甚至，此時晏聰已不再感到疼痛，代之而起的卻是疲憊，極度的疲憊，好像整個身子很快沉入到一個無邊無際的黑洞中。

他的視野中除了自己那隻依舊在抽搐著的手之外，又多出了一雙腳。他很想抬頭看一看這雙腳的主人，但卻無力做到。

靈使的聲音在他的頭頂上響起：「陳籍殺了我兒子之後，還當著老夫的面提出疑問，他懷疑被他殺了的人並不是真正的戰傳說。雖然老夫當時打消了他的疑慮，但現在看來，其實他根本沒有真的相信，所以他要與你攜手查明真相。你與此事並無關聯，我兒被殺的時候你也不在場，按理並不會捲入此事，我兒子的畫像也不應該出現在你身上，肯定是陳籍指使你這麼做的。由南許許那兒得到這幅畫像後，你就應該去與陳籍相見了——告訴老夫，你們約好在什麼地方相見？」

無論晏聰想說出什麼，都已吐不出一個字了。

靈使嘆息一聲，「你又何必維護陳籍？他終究必須以命償命的。既然如此，我就要讓你親手將陳籍引向死路！非但如此，我還要讓你心甘情願地替我取了顧浪子、南許許的狗命！」

晏聰在心裏大叫著：「這決不可能！決不可能！」卻依舊無法開口，他內心本能地抗拒著靈使所描述的可怕後果，但同時他又知道，以靈使的絕世修爲，以及失子之後的極痛極恨，這一切並非決不可能出現。

莫可名狀的恐懼佔據了晏聰的心靈，這種驚懼比面臨死亡更可怕。

他感到靈使的手已輕輕地搭在了他的後背，他頓時有一種眼看要被這隻手引向地獄，引向魔劫，卻又無法掙脫的絕望感覺。

一股氣流由靈使掌心處滲入晏聰的體內，並以不可抗拒之勢向他全身蔓延開來。晏聰感到自己的軀體正一點一點地與靈魂脫離，其靈、肉相離的痛苦竟比萬刃加身更難熬百倍。

無邊無際、無始無終的黑洞飛速吞噬著他的意識，與此同時，晏聰感到自己的肉體在無限膨脹，急速消亡與急速增長兩種截然相反的感覺同時作用於他身上，終於使他完全崩潰。

一聲仿若來自阿鼻地獄的狂嘶之後，晏聰一下子暈死過去。

稷下山莊外的「無言渡」一片寧靜。

對於知道卜城三萬大軍已直撲坐忘城的戰傳說來說，「無言渡」的寧靜非但不能讓他的身心享受這份清閒，反而更增添他心中的焦躁。

此時太陽已開始西斜，這一天眼看就要過去了，戰傳說真不知若是晏聰在天黑之前還不來，自己是否還應該繼續等下去。

就在他漸漸失去耐心時，忽見八狼江上游出現了一艘船影，向下游飄來。有船就有人，這還是戰傳說自到「無言渡」後第一次看到希望。

雖然沒有一躍而起，但戰傳說的目光自那艘船出現後就再也沒有離開過，始終追隨著船隻，眼見那船越來越近，漸漸地連船頭划開水面的聲音以及「嘰嘰咕咕」的操櫓聲都能聽到。

戰傳說站起身來。

船並不大，三四丈長，船艙由蘆葦所編成。戰傳說見那船在離渡口還有三十幾丈距離時，船頭略偏，竟是直奔「無言渡」而來，心中更喜。想到與晏聰之約畢竟是不宜張揚的事，才按捺性子沒有上前招呼。

船，終於靠岸了，江水被船沖得一蕩一漾，洗刷著渡口的石堤。

一隻手伸出了船艙，扶在了船艙的側壁，戰傳說一見這隻手便一下子洩了氣：來者決不會是晏聰，因為晏聰的手不會這麼清瘦而蒼老。

正當他大感失望之際，那人已自船艙中走出，立於船頭，迎著戰傳說這邊望過來。

乍見此人，戰傳說心頭不由為之一怔，一時回不過神來。

他萬萬沒有想到來者竟會是不二法門四使中的靈使！

但見靈使在船頭負手而立，青衣飄揚，看到戰傳說時，他那古拙的容顏並未像戰傳說一樣顯露出驚訝之色，彷彿他早已料到戰傳說會在這兒出現一般。

戰傳說有些不知所措，定了定神，方向靈使施了一禮，有些尷尬地笑道：「陳籍不曾料想會在此巧遇靈使前輩。」

靈使從容躍上岸來，嘿嘿一笑道：「也算不得巧遇，因爲老夫來此本就是爲見你而來的。」

戰傳說暗吃一驚，心道：我與晏聰在「無言渡」約見，知道的人並不多，難道靈使是從坐忘城那邊知曉這件事的？

想到靈使的聲望如日中天，備受尊崇，就算是爻意和石敢當前輩將這件事告訴靈使也不足爲奇。

這麼一想，戰傳說心中頓時釋懷，便道：「不知靈使前輩有何指教？」他料想靈使急著要見自己，一定有要緊之事。

「會不會是靈使得知那白衣劍客的屍體失蹤，而且後來又有幾名坐忘城戰士在那兒被殺，所以靈使要向我詢問？」戰傳說心中如此思忖著。

靈使的臉上不露喜怒，他緩步向戰傳說走近，「你來此處是爲等晏聰而來，是也不是？」

戰傳說心道：「難道是晏聰告訴他的？若真是如此，自己如否定此事，那便是對前輩的大大不敬了。」思緒飛速轉念，於是他點頭道：「正是。」

「你們相約在此見面是爲了什麼事？」

此時，靈使與戰傳說相隔已只有四丈距離了。

「這……」戰傳說一時難以回答。

他之所以感到爲難，是因爲在他殺了白衣劍客後，曾當著靈使的面指出那人並不是真正的戰傳說，沒想到卻沒能從死者的臉上揭下人皮面具，也不能以其他方式證明死者是易過容的，當時靈使似乎很是不悅。如果自己此時對靈使以實相告，說與晏聰在此相見是爲了查清被殺的白衣劍客的真面目，那豈不是對靈使、對不二法門陽奉陰違，有意作對嗎？何況到現在爲止，自己根本不知晏聰所說的方法能不能成功，若萬一失敗了，那將更爲棘手。

因此無論如何，自己也不能說出真相！

正當戰傳說尋思著該以何種藉口把這件事情搪塞過去時，卻聽靈使道：「事實上，你與晏聰一直在懷疑那白衣劍客並不是真正的戰傳說，而是由人易容而成，所以試圖想方設法查清死者的真實身分，是嗎？」

靈使的聲音頗爲平和，但戰傳說卻如聞晴天霹靂。他只覺得腦中「嗡」的一聲，思維出現了短暫的空白。

「他怎麼對此事知道得如此清楚？看來我已不可能再對他有所隱瞞了！」略略定神後，戰傳說決定把真相告訴靈使。

他有些不安地道：「前輩智謀過人，什麼事也無法瞞過前輩。不錯，我們的確堅信被我所殺的白衣劍客不是真正的戰傳說，而且這一點我已得到初步的驗證。我與晏聰此舉並不是有意欺瞞前輩，只是想在所有真相都一清二楚之後，再告訴前輩。」

靈使眼中閃過一絲異樣的光芒，他長長地出了一口氣，嘆道：「真是後生可畏啊！後生可畏，後生可畏！」

他一連說了三遍「後生可畏」，戰傳說忽然由此感到氣氛有些異常。

不！不是氣氛有些異常，而是靈使的言行舉止有些異常！雖然戰傳說無法具體說出異常在何處，但這種感覺一旦萌生後，就再也揮之不去。

戰傳說已心生警兆！

連他自己都不明白自己怎會心生疑雲，按理，自己本不應該對靈使有所懷疑，雖然在關於那白衣劍客是不是真正的「戰傳說」這件事上，靈使與他有過分歧，但這並不奇怪，白衣劍客的易容術太高明了，如果不是因爲自己才是真正的戰傳說，或者那白衣劍客假冒的是另外一個人，戰傳說也不會心生疑竇。

此刻，戰傳說心中既有對靈使固有的尊崇與信任，同時又已悄然萌生某種警惕，內心極為複雜。

靈使似乎也頗為激動，平靜了少頃，方道：「白衣劍客被殺後，你已查過，並沒有發現他有易容過的痕跡，按理，你不會再對此事有何懷疑，沒想到事實上卻並非如此。所以，你一定是知道某一個非比尋常的秘密，或者，在你的身後有高人指點，才讓你如此固守己見，是也不是？」

「秘密？」戰傳說心頭閃過一個念頭，話鋒忽然變得暗含鋒銳：「前輩既然懷疑在下知道什麼秘密，這豈非等於說前輩也知道那白衣劍客並不是真正的戰傳說？」

靈使灰白相間的眉頭一跳，沉聲道：「老夫只是覺得你一直不肯對此事甘休，一定是有非比尋常的理由罷了。」

戰傳說毫不鬆口地道：「那為何前輩不認為這是在下捕風捉影、無事生非，而要認定這是在下知曉某一個秘密？」

話一出口，戰傳說為自己的咄咄逼人暗吃一驚。

靈使知道自己再一次低估了眼前這個年輕人，他此行的目的首當其衝便是要殺了「陳籍」，為兒子報仇，同時他還希望在「陳籍」死前，能從其口中套出一些秘密。

靈使堅信眼前這個年輕人之所以能斷定被殺的白衣劍客不是真正的戰傳說，決不會是巧合，也不會是「陳籍」有過人智謀，而是另有內幕，而這一內幕對靈使來說，一定是至關重要的，若不查清，那麼即使殺了「陳籍」，事情的真相恐怕仍是掩蓋不住。

正是因爲顧忌這些，靈使才強壓心頭的刻骨之恨，沒有在見到戰傳說的那一刻立即出手。

而此時，靈使意識到自己的手段恐怕已難以奏效，對方始終不肯透露更多的內容。既絕了此念，靈使便再也按捺不住心中的怒焰，他冷笑一聲，沉聲道：「你猜得不錯，老夫也知道被你所殺的白衣劍客不是戰傳說，而是由人易容而成。」

頓了頓，他繼續道：「而且，老夫知道得比你更多！除了這一點之外，老夫還知道他易容之前的真正身分！」

戰傳說將信將疑地望著靈使。

靈使自懷中取出那張畫像，在戰傳說面前徐徐展開，邊展開邊道：「你所殺的人易容之前的容貌，就是此畫上的人的模樣。」

戰傳說定睛一看，不由失聲驚呼：「此人怎會與前輩如此相像？」

靈使將畫像收起，森然一笑，「這有什麼奇怪的，因爲被你所殺害的人，就是老夫的唯一兒子！」

戰傳說更是驚得一句話也說不出來！他感到靈使的眼中有無窮無盡的殺機在湧動，這使他頓時明白自己此時的處境已是危在旦夕。

「老夫一向自忖武道修爲足以傲視芸芸眾生，沒想到唯一的兒子在我眼前被殺，而我卻不能將之救下，甚至還要強顏歡笑，更要忍受兇手對他的肆意淩辱，真是可笑可悲！」靈使雙眼濕潤了，身軀戰慄如風中枯葉。

戰傳說心頭百感交集！他的腦海中飛快地回憶著在坐忘城外圍擊殺白衣劍客的情形，此時，他記起了白衣劍客在氣絕而亡前的那一剎那，他的一隻手絕望地伸起，似乎試圖在臨死前抓住點什麼，現在看來，那一定是在向靈使呼救。

而且，戰傳說還記起事後爻意曾對靈使提出懷疑，認爲靈使與眾人一起圍殺白衣劍客是假，爲白衣劍客製造脫身逃離的機會是真，並說若不是她身懷玄能，那麼靈使那一掌非但不能取下白衣劍客的性命，反而給了他挾制她逃生的機會。

對於爻意這一說法，戰傳說在內心深處並不贊同，他實在想不出靈使這麼做有什麼必要的理由。現在看來，爻意當時的推測完全正確！如果不是爻意身懷玄級異能，那麼靈使的手段可謂天衣無縫！

事實上，除了爻意這樣絕頂聰慧的人之外，試問還會有誰會懷疑靈使？而靈使計謀成功後，爻

意即使有所懷疑，又有什麼用？在世人看來，爻意的看法連捕風捉影都算不上。

如此多的念頭其實只是在瞬間閃過，至於靈使之子為何要冒充自己，戰傳說已無暇細思。

靈使對戰傳說顯然是恨之入骨，他幾乎是一字一字地道：「老夫不會讓你死得太痛快的！」

戰傳說心知靈使心頭之恨絕難消弭，雖知自己毫無勝算，卻也不得不拚死一戰了。

生死攸關之際，戰傳說已不能顧及太多，翻肘振腕，「鋃鐺」一聲，貝總管贈送予他的「搖光劍」已然在手。

不過面對靈使這樣的強敵，戰傳說終究不願放棄和解的最後一線希望，故劍尖斜斜指向地面，一面加倍警惕，一邊謹慎出言：「若前輩所言屬實，被我所殺的白衣劍客是前輩的兒子，那麼對他的所作所為，前輩比我更清楚！前輩可以因為顧念親情不忍對他下手，但他已引起武道公憤，前輩保得了他一時，卻保不了他一世。前輩身為不二法門四大使者之一，應深明大義，相信不會為了一己私情而有悖人心向背！」

靈使冷笑道：「想以花言巧語讓老夫饒你性命？真是癡心妄想！」

「想」字餘音未落，靈使驀然發難，雙掌齊揚，平地突起飆風，江邊沙石被席捲而起，黑壓壓的一片，鋪天蓋地般襲向戰傳說！

第五章　百感交集

戰傳說手中搖光劍劍光暴閃，形成籠罩於自己身側的一道光幕。

但沙石襲來的範圍極廣，戰傳說雖然使沙石無法及身，但他連人帶劍卻已陷於一片灰幕之中，視線所及，四面八方全是遮天蔽日的沙塵。

無儔殺機在戰傳說身後突然驚現，並以足以摧毀人意志的速度向他長驅而入。

戰傳說心生感應，根本不容他有任何回神的餘地，「無咎劍道」之「剛柔相摩少過道」幾乎是在下意識狀態中全力施爲，形成嚴密的守勢。

不求有功，但求無過，擅於防守正是「剛柔相摩少過道」的精蘊所在。

來自身後的無儔殺機驀然消失，其收發自如實是駭人聽聞。

不容戰傳說有絲毫喘息的機會，一股更爲凜冽強大的氣勁再度由他正面狂襲而至！幾乎是在同一時間，從兩個完全相反的方向發現可怕攻勢，靈使身法之快讓戰傳說心泛徹骨寒意！若非早知對手只有一人，他定會相信是有兩個對手同時向他圍殺而至。

「萬象無法，法本寂滅，寂定於心，不昏不昧，萬變隨緣，天地可滅！」戰傳說由守易攻，「無咎劍道」中極具極擊力的「滅世道」全力攻出！

「砰……」一聲奇異而沉悶的巨響後，戰傳說只覺一股難以捉摸的力道由搖光劍劍身傳至，致使他對搖光劍有種不可駕馭的感覺。

劍氣一弱，飛揚的沙石立時向戰傳說全面逼近，他的視線範圍已狹小得可憐，可謂是近在咫尺之間，形勢對戰傳說極爲不利。

一聲長嘯，戰傳說沖天躍起。唯有擺脫這種被動的處境，才能爲自己爭得一線生機！

掠入數丈高空後，戰傳說方才突破漫天沙石籠罩，視野豁然開朗，只見下方沙石飛旋，控制了數丈範圍。

堪堪脫離險境，戰傳說倏見靈使大袖一揚，浩然罡氣聚沙成形，化作一把寬而厚的巨刀，自下而上，向身形凌空的他急速斬至！

氣勢如虹，一刀之下似可將大千世界一分爲二，互易生死陰陽——這赫然是顧浪子無缺六式中的「刀斷天涯」！

戰傳說並不識得顧浪子的「刀斷天涯」，卻清晰地感受到這一式一往無回的絕強氣勢。

不知爲何，靈使與顧浪子一戰中以「三劫妙法」擊傷顧浪子、毀去「斷天涯」之後，這已是靈使第二次以「無缺六式」對敵了。

顧浪子浸淫刀道數十年方創出「無缺六式」，決非一朝一夕所能領悟，但靈使卻僅憑一戰，便能將「無缺六式」揮灑自如，雖不如顧浪子嫺熟，但已有七八分神似，再配以靈使浩瀚如海的功力，其威力甚至不在顧浪子傾力一擊之下。這其中究竟有何玄機？

「無咎劍道」的確足以傲視天下劍道，但戰傳說吃虧之處在於他的功力雖比以前增進無數，但仍遜色於靈使、地司殺這等級別的高手。面對龐大無匹的「巨刀」，他已毫無回避可言！

心念急閃，戰傳說祭出「八卦相蕩無窮道」，劍勢爲陽，劍氣爲陰，陰陽相蕩，化生劍道之元，元爲兩儀，兩儀生四象，四象生八卦，八卦交疊，幻作無窮。剎那間，一式「無窮道」幻化漫天劍影，劍氣縱橫掣掠，自各個角度傾灑而出。

漫天劍影與虛形巨刀迅速糾纏一處，戰傳說只覺天地之間已完全被那一刀的刀意所覆蓋，而他自己連人帶劍都已完全淹滅於這片刀意之中。

或是駕馭淩越這強大的刀意，或是承受滅頂之災，二者必居其一，再無其他可能！戰傳說全力施爲，豁儘自身最高修爲，將全部精神都徹底融入這一劍之中。

搖光劍閃掣之間，與沙石劇烈摩擦，迸射出一道道光弧，閃耀於虛空，其情景壯觀動人。

就在戰傳說懷疑自己立即將耗盡全力、功虧一簣時，「刀斷天涯」終於被「無窮道」化解，強大至讓人呼吸困難的刀意刹那間消失得無影無蹤，戰傳說眼前豁然一亮，心間頓時充滿了衝破樊籠、重獲新生的欣喜。

刀勢無功而返，沙石紛撒如雨。

戰傳說落定時，沙石猶在墜落，落在他的肩上、髮頂，而他卻只能抱劍凝神，不敢分神拂去，此刻充盈他心頭的是劫後餘生的餘悸。靈使並未立即發動第二輪攻擊，他靜靜地佇立於與戰傳說相去數丈的地方，青衣一塵不染，僅氣勢上，戰傳說就已略遜一籌。

靈使望著戰傳說，眼神高深莫測。

除了江浪奔逐的聲音外，一切都靜了下來。

借著雙眼的餘光，戰傳說忽然發現墜落的沙石竟在地面上組成了一個字——一個大大的「亡」字。戰傳說心頭猛地一沉，他這才明白靈使這一擊雖未奏效，但顯然靈使並沒有全力施為，而只是牛刀小試。

這一「亡」字組構完整，筆劃有序，足見靈使應戰時仍是遊刃有餘。

與此相反，戰傳說深知自己卻已是傾力而爲！

沉默了片刻，靈使開口道：「你究竟是什麼人？與戰曲有什麼關係？方才你所用的劍道，分明是戰曲的劍法！」

戰傳說暗道一聲：「不好！不二法門四大使者當年親眼目睹了父親與千異一戰，而方才我為了自保，所用的正是父親傳授的『無咎劍法』！靈使豈能看不出？也許我的身分再難隱瞞下去了。」

靈使緊接著又道：「當日你對我兒出手時就曾用過這種劍法，只是事後立即返回了坐忘城，老夫無法驗證。」他眼中精光閃動，沉聲道：「我明白了，你與戰曲的確有某種淵源，所以你不但會他的劍法，而且普天之下，只有你認定被不二法門追殺的不是真正的戰曲之子戰傳說，因為以你與戰曲的淵源，能看出他人所看不出的破綻！」

戰傳說知道已無法再隱瞞此事了，於是道：「是又如何？戰曲挫敗千異，為樂土力挽狂瀾，受萬眾仰戴，而你兒子卻易容成其子戰傳說，並為非作歹，敗壞戰曲英名，罪不可恕！」

戰傳說一直以為靈使之所以要殺自己是出於愛子之心，而其子的所作所為與他並無直接關聯，所以縱是九死一生之際，他仍尊對方一聲前輩，而現在靈使提出「無咎劍道」，一下子提醒戰傳說。靈使之子在被殺之前曾使出過「無咎劍道」，按理，見識過「無咎劍道」的應只有不二法門四使，由此可以推知此事一定與不二法門四使有關！

只是當時戰傳說太信任四使，所以沒有往這方面深思，如今看來，正是靈使在目睹了父親與千異一戰後，模仿了「無咎劍道」，並傳與其子，因此，靈使之子的所作所爲並非與靈使無關，恰恰相反，此事的始作俑者極可能就是靈使本人。

一切都是靈使在暗中操縱，以至於世人皆相信易容後的靈使之子是真正的戰傳說；而靈使又暗中作梗，這才令世人共同熱切關注不二法門能不能在約定的期限內殺了「戰傳說」。

思及此處，戰傳說不由百感交集。

現在唯一不明確的，就是靈使爲什麼要這麼做！無論如何，以靈使的身分、地位，卻甘願讓其子做此難見天日的事，必有驚人內幕。想到連靈使這樣萬眾敬仰的人物竟也有不可告人、不光彩的一面，戰傳說不勝感慨。

他大義凜然地道：「你想利用你兒子達到不可告人的目的，真正把他推向死亡的其實不是別人，而是你自己！多行不義必自斃，就算今天你能殺了我，你的所作所爲總有一天仍會暴露！你不但葬送了你的兒子，也葬送了你自己！」

靈使森然道：「自保尚且無力，卻敢對本使指手劃腳，實在是太不自量力了！待老夫先廢了你的武功，再讓你在百般煎熬中慢慢死去！」言罷，靈使騈指成刀，迅速催運自身氣勁，一團朦朧氣霧悄然籠罩於他的雙臂。

攻勢未出，殺意已充斥虛空，戰傳說根本沒有退避的可能，對方澎湃氣勢在極短的時間內便給予他無以復加的壓力，只要他稍有退避之意，心神一怯，便將陷入萬劫不復之境。

明白自己的處境後，戰傳說反而有了破釜沉舟、背水一戰的豪情。

靈使掌凝殺機，長驅直入，向戰傳說當胸拍至！招式絕無任何花巧繁雜的變化，偏偏卻給人以暗蘊千變萬化於其後的感覺，讓人莫衷一是，攻守兩難。

戰傳說以不變應萬變，立時祭出「無咎劍道」中的第四式「剛柔相摩少過道」！

「砰」的一聲巨響，靈使的強橫氣勁與劍氣正面相接，勁氣四溢，戰傳說只覺一股無儔氣勁由劍身傳至，不由深爲靈使內力之深厚所驚。第一時間順勢而發，劍如遊龍，閃掣飄掠，頃刻間既防止了對方的乘勢而進，同時亦化解了凝於劍上的無儔氣勁，一舉雙得。

這正是「剛柔相摩少過道」的玄妙之處，能借敵之力以禦敵！縱然對方攻勢如潮，只要「少過道」運用得當，都能以自身的極少損耗一一化解對方的進攻。

靈使似乎一時尚未能領悟「少過道」精妙所在，一擊未奏效，第二掌已接踵而出，不給戰傳說有絲毫喘息的機會。

戰傳說卻是心頭暗喜，對他而言，寧可讓靈使以這種方式一味強攻下去，那樣他就可以憑藉一式「少過道」大量消耗靈使的功力，之後再圖良機。

靈使雙掌齊施，眼看即將重複方才那一幕時，倏然雙掌齊翻，化陽爲陰。戰傳說倏覺在搖光劍與靈使肉掌之間突然形成一股似可吞噬萬物的強大氣旋，似欲將他的劍也一併吸入其中，其力道之強，讓人難以抗拒。

戰傳說大駭！論功力，他遜靈使一籌，若是再失去了利劍，就根本毫無一線勝機，因此戰傳說奮力回奪！

靈使冷笑一聲，大袖一揚，衣袖如閃電般切向戰傳說咽喉處！來勢奇快，使戰傳說心生幻覺，似見一柄青色的長刀奔襲而至，刀勢曲折迂迴，難以捉摸。

他卻不知這其中竟暗蘊顧浪子「無缺六式」的「逶迤千城」的刀意，「逶迤千城」擅於詭變，靈使以衣袖代刀，信手拈來，竟借衣袖之柔軟將這一式「逶迤千城」使出了另一種境界！臨陣之機變讓人嘆爲觀止。

戰傳說難以兩顧，唯有在撤劍的同時以左臂疾封！總算他應對及時，堪堪避過致命一擊，但攻守的節奏卻在不知不覺中轉爲靈使掌握，戰傳說頓時處於被動挨打的局面，對手處處佔有先機，「無咎劍道」大受掣肘，威力大減，幾乎潰不成形。

只不過轉瞬間，戰傳說便身陷左支右絀、苦苦支撐的境地中，而最讓戰傳說感到可怕的不是對方超逾他的內家真力，而是對方似乎能夠洞悉他的意圖與劍法，這種感覺讓他極爲不適，信心也開始有所動搖。

苦戰之中，戰傳說猛然想到靈使早在數年前就已見識過「無咎劍道」，而後還刻意模仿「無咎劍道」，並將之傳與其子，而這一定是靈使今日能這麼快便占盡優勢的原因！雖然靈使難以完全洞悉「無咎劍道」的所有精髓，但自己也同樣未能將「無咎劍道」的威力完全發揮出來。

如此一來，豈非在未戰之前，自己不利的局面就已被注定？

明白了癥結所在之後，戰傳說暗自倒抽了一口冷氣，他略一分神之際，靈使立即以其無孔不入、敏銳至極的感官捕捉到了這一戰機。

戰傳說倏覺幾道強弱幾乎完全一致的殺氣由幾個不同的方位同時狂捲而至，一時真僞莫辨，讓人不由心生無可抵禦、唯有束手就擒之感。

戰傳說竟無法及時分辨數道殺氣的真僞如何，倉促間，唯有憑直覺奮力揮劍斜撩封掃過去。劍一出方知判斷失誤，戰傳說的心如墜冰窖！

根本不容他有更多的反應，一股冷風已如死神咒念般徑取他前胸要害；而映入戰傳說眼簾的赫然是迅速擴大的靈使的衣袖！

那一瞬間，一片衣袖與一片掩殺一切生機的死亡雲彩無異。

戰傳說心頭充滿了絕望，但他的雙腳卻本能地踏出父親戰曲傳與他的鬼神莫測的步法，因爲戰傳說年少時對劍道的領悟力太不如人意，所以戰曲不得已而求其次，讓他在這套聊以自保的步法中所浸淫的時間格外多。

戰傳說暗感有愧於父親的一片苦心，所以也一心要將此步法練至爐火純青之境，也許如此一來多少可以略爲撫慰父親的心靈。久而久之，此步法可謂與戰傳說的生命已融爲一體。

此時，與其說戰傳說是借此以避過致命一擊，倒不如說是他的生命在面臨致命的威脅時所作出的本能反應！這種反應已逾越了思維的過程，因此有時會更直接更有效。

「啊！」戰傳說胸前一痛，出現數道不規則的傷痕，深淺不一，所幸無一致命，這顯然是被那鬼神莫測的步法所賜。

戰傳說顧不得體面，順勢急忙貼地側滾而出，滾出兩丈之外方才起身，其狀狼狽至極；而戰傳說的心情更爲糟糕，「無咎劍道」無法在對手身上占半絲便宜，自己將憑什麼對敵？

靈使狂笑道：「我分明感覺到了你的怯意，還是束手就擒吧，今日誰也救不了你，除非戰曲重生！」

戰傳說的確已戰意消弱，但當聽靈使提及父親時，他不由爲自己的毫無鬥志而大爲慚愧，心中深深自責，默念道：「爹，我自幼劍道進展緩慢，你雖很少指責於我，但我知道你一定很失望。今天，我一定不會讓你再失望！縱是最終難免一死，我也要他付出慘重的代價！」

念及此處，戰傳說豪情大熾，目光重新變得沉穩剛毅，讓人不由感到只要他的生命不滅，他將可以永戰不息！

靈使清晰地感受到戰傳說心境的變化，心中暗吃一驚，不明白爲什麼僅僅因爲自己的一句話，就可以讓對方的心境發生如此大的變化。

他本是欲借點破戰傳說的心境而達到更大程度上打擊其鬥志的目的，以求速戰速決，沒想到反而弄巧成拙，結果適得其反，這讓靈使頗爲惱怒。

既然戰傳說忽然變得戰意堅決，靈使亦不再保存實力，悄然祭出「三劫妙法」的第一結界：萬劫不復！

戰傳說倏覺眼前靈使的身形開始變得模糊不清，與此同時，幽冥陰影自四面八方包抄而至，當靈使的身影完全隱沒陰影中時，戰傳說赫然發現周圍的一切景致都已一併消失，無言渡、八狼江，還有遠處的稷下山莊、稷下峰。

戰傳說心中之震愕無以言喻，彷彿在一不留神間，他已踏入了另一個世界。

這一定是幻覺！高度緊張下，戰傳說心態仍保持了一點清明，爲一試虛實，手中搖光劍施出「八卦相蕩無窮道」。刹那間，身側數丈範圍內皆爲強橫劍氣所充斥，但無儔劍氣卻如泥牛入海，激不起任何反應。

戰傳說大怒，高聲喝道：「你身爲不二法門四使之一，卻使出這等邪惡妖術，實爲萬眾不恥！」

厲喝聲響如霹靂，卻又顯得極為空洞，讓戰傳說感到自己是身處天地空寂的洪荒歲月。

「砰！」乍聞異響，戰傳說驀然轉身，赫然發現自己身後竟有烈焰萬丈騰空而起，直沖天際，烈焰吞吐之勢，猶如萬獸奔騰！

「啊！」戰傳說倒吸了一口冷氣，急速倒退！但烈焰來勢之迅超越了他的反應速度，頃刻間他已被熊熊烈焰完全包裹。

戰傳說幾乎魂飛魄散！意志力眼看即將崩潰之際，冥冥中，腦海中似乎有一個高緲深遠的聲音在大聲呼喊，提醒他這只是幻覺而已。

但與此同時，他卻又清晰地聽到了火焰吞吐的「劈啪」聲，自己的肌膚在烈焰下發出「滋滋」之聲，而且被烈焰灼烤得劇痛，灼熱、窒息的感覺都無比逼真，決不像是假象。

戰傳說死死握住搖光劍，咬緊牙關，全身汗如雨下。

驀地，戰傳說迸發一聲高亢如龍嘯般的厲喝，不退反進，向滾滾烈焰的縱深處掠身而上，被壓抑得接近崩潰邊緣的意志力產生了驚人的反彈力，「無咎劍道」第一式「止觀隨緣滅世道」的威力被他發揮至前所未有的全新境界！

在這氣勢如虹的一劍之下，席捲天地的烈焰在電閃石火的剎那間全速消殆，戰傳說視線所及，復又見到自己手中搖光劍劍尖的如水寒芒。

此刻，牢牢挾制戰傳說的正是在「三劫妙法」的玄絕修爲下幻現的「三劫幻境」。靈使從未在世人面前施展「三劫妙法」，其中一個很重要的原因，就是靈使尚未能達到「三劫妙法」的最高結界——天下大劫！而失子之痛卻讓靈使心中充滿了仇恨，爲報殺子之仇，他不再刻意自我約束，一日之間已兩次使出「三劫妙法」，先是爲對付顧浪子，眼下則是爲了對付戰傳說。

靈使不願在「三劫妙法」達到最高結界前輕易使出自有其原因，如今他卻打破了這一點，會不會對他自身造成影響？

關於這一點，連靈使自己都沒有把握，但對戰傳說的刻骨之恨，使他已顧不了這麼多。

戰傳說暗稱僥倖之餘，復又爲無法徹底衝破幻境而苦惱。一線涼風悄然掠過，恍惚中有悲嘯之聲傳入耳中，戰傳說激靈靈地打了個冷戰，眼前忽然浮現出雲霧，透過雲霧，隱約可見極遠處有一座城池，戰傳說一眼便辨出那座城池是坐忘城。

坐忘城的幻象悄然推近，戰傳說忽然發現自己竟是孤身一人立足於坐忘城前，耳邊有嗚咽般悲壯無比的號角聲，卻不見有任何活著的人。無數的屍體倒伏於他的腳下，倒伏於城牆前，倒在八狼江畔。失去主人的戰馬漫無目的地四處而行，空氣中瀰漫著讓人窒息的血腥與死亡的氣息，坐忘城四門大開，城內一片死寂。

戰傳說的心漸漸緊縮！他的內心在大聲吶喊，這只是幻覺！這只是幻覺……但他的目光卻已不可思議地「穿透」了厚厚的城牆，將城內的情景一覽無餘。

坐忘城內亦已淪爲人間地獄，戰死者身上的甲冑與滿地兵刃泛射著暗淡的光澤，仿若在暗示著這座本是充滿活力的城池已永遠地陷入了死亡的黑暗中。

戰傳說警覺自己已漸漸地陷於幻覺中無法自拔，眼前浮現的一切讓他真幻莫測，兩種截然相反的意識同時試圖操縱他的心靈，而他卻根本無法改變這可惡的現狀。

他的目光以奇異的方式「掠過」坐忘城的四大尉府，掠過每一條街巷，掠過乘風宮。倏地，一幅讓他驚呼出聲的駭人一幕毫無徵兆地閃入他的視野中——他赫然看到爻意倒在了乘風宮前，倒在了血泊中，一柄長刀無情地洞穿了她美麗的胸膛！

戰傳說周身的血液驟然變冷！

「不！」戰傳說大呼一聲，不顧一切地向爻意奔去！

此時，他已徹底地融入了「三劫幻境」中，在幻境中，他與爻意的距離在迅速地接近，當彼此相距只有數尺時，周遭的一切突然完全消失。

戰傳說重新陷入了一片黑暗之中。情感的大起大落，使戰傳說非但沒有因爲自己所見到的只是幻覺而驚喜，反而使其心靈形成了極爲短暫的空洞！

這一刹那間，戰傳說無知無覺——而這正是靈使施以必殺一擊的最好時機，此時取戰傳說之命易如反掌。

靈使不惜冒險使用尙未大成的「三劫妙法」，結果如願以償，這使靈使心頭如釋重負。他的目光所及之處，只見戰傳說茫然持劍而立，神情錯愕，呆若木雞，因此再不猶豫，身形微動，已閃電般欺身而進，而戰傳說對自身迫在眉睫的危險卻一無所知。

靈使即將對戰傳說痛下殺手之際，驀地心生警兆。

幾乎不分先後，尖銳高亢似可劃破蒼穹的破空之聲驟然響起，僅憑此聲勢就足以讓人魂飛魄散！

靈使的靈力超越常人，他清晰地感受到有致命殺機向他凌空襲至，決不容小覷！若是不放棄對戰傳說痛下殺手的機會，恐怕他也將付出生命的代價。

所有的念頭僅在間不容髮的刹那間閃過靈使的腦海，並即刻在第一時間作出反應——暫且放棄良機以自保！

靈使之修爲實是讓人嘆爲觀止，心念甫起已化進爲退，進退之間，絲毫不顯倉促被動。

一道銀色光芒在靈使身前劃空而過，快如流星拽尾，其強大氣勢一下子破壞了「三劫妙法」的氣機，幻境頓失！

「砰……」銀芒射在了靈使方才立足之處，頓時沙石四濺，強大的氣勁濺起的沙石再拋向更高更遠的空間，聲勢好不駭人。

戰傳說自「三劫幻境」中猛地驚醒，首先映入他視野中的是一支與他相距不過七尺之距的銀色長箭，長箭四周的沙石被激飛後，出現了一個寬逾丈、深近七尺的巨大錐形深坑，而那支銀色的長箭就深深地插在錐形坑的坑底中央部位。

八狼江畔表面是碎石細沙，但下層則是堅岩，此銀色長箭顯然已深入岩中。僅憑一箭居然產生如此可怕的破壞力，實是聞所未聞。但見此箭比普通的箭長出一倍，通體銀芒閃掣，光輝奪目，讓人幾乎不可正視。

戰傳說的第一個反應，就是這會不會又是自己的幻覺？當他看到靈使臉上同樣驚愕的表情時，方知這一幕不再是虛境，而是真真切切地存在著。

靈使懷著並不相同的心情四下掃視，欲搜尋射出此箭的人。

戰傳說並不知道正是這支破空而至的銀箭及時救下了自己的性命，他的心中只有驚訝，而無更多複雜的心緒。而靈使卻不同，當銀芒乍現時，靈使便有了某種預感，在他看清那道銀芒的確是一支銀色長箭時，心中的預感立即得到了證實。與他的命運密不可分的勢力再度在他的身邊出現！在遠處，此箭的主人一定在默默地關注著他的反應，而那人的身邊，將還有四支與銀箭相仿的長箭，所以靈使的心情遠比戰傳說複雜得多！

對靈使來說，他環目四顧其實只是一種本能的反應，事實上，他清楚地知道隱於暗處、救下戰傳說之人的箭術造詣已臻何等境界。此人的箭矢撲朔迷離，無跡可尋，除非他主動現身，否則沒有人能夠借箭的來向判斷此人的位置所在。

靈使當然知道此人為何要對付自己，所以他決定不再試圖以「三劫幻境」困住戰傳說，因為他知道隱於暗處的對手剩下的四支箭，足以一次又一次使「三劫幻境」潰散無遺，除了徒自損心損力外，以「三劫幻境」困殺戰傳說的舉措已毫無意義。

形勢逼迫靈使不能不速戰速決！唯一可以讓靈使感到慶幸的是，戰傳說顯然並不知道此時形勢已開始有微妙的轉變，變得開始對戰傳說有利。

他長嘯一聲：「殺我愛子，誰也救不了你！」

提聚自身至高修為，有若一片輕雲，瞬間掠過了驚人的距離，雙掌齊施，凌空劈向戰傳說。其千軍辟易的氣勢，予人以莫可抵禦的感覺。

這一擊，已然斷了戰傳說其餘的路徑，決定雙方只能正面相搏，毫無取巧可言。

靈使自忖內力修為在戰傳說之上，但若是強拚，雖勝券在握，但對自身也必有損耗，這決非靈使所願的。何況靈使還另有不宜與戰傳說強搏的苦衷，但此時迫於形勢，靈使不得不拋開顧忌。

戰傳說早已因「三劫幻境」憋夠了氣，大有不吐不快之感，見靈使願與自己正面交鋒，正求之不得，忖道：「即使這樣戰死，也比在幻境中死得不明不白強些！」心中豪情頓生，搖光劍在虛空中劃出一道驚人的光弧，徑直迎出。

劍掌尚未接實，似虛似實的氣勁已悍然相接，赫然爆發出金鐵交鳴之鏗鏘聲。

強大得無以復加的內家氣勁向戰傳說直迫過來，使之身不由己地倒飄而出，搖光劍更是發出驚人的震鳴聲，像是無法承受這空前強大的壓力；而戰傳說胸前的數道傷口也即時迸裂擴大，更為觸目驚心。

靈使得勢不饒人，如附體不散的陰魂般貼身飄至，再度予戰傳說以重擊。

戰傳說顧不得審視胸前傷勢，急忙封阻。

孰料這一次他再也無法與靈使相抗衡，一股空前強大的浩然氣勁如排山倒海般洶湧而至，他只覺胸口一悶，忍不住噴出一口熱血，搖光劍脫手而飛！而他自身亦被震得如風中落葉，無助飄飛。

靈使一舉重創戰傳說時，自身亦因催運真力過度而有難以為繼之感！畢竟在隱鳳谷中，戰傳說先是因歌舒長空之故而擁有了與歌舒長空相若的功力，而後涅槃神珠又將他的修為推進一層，與靈使相比雖有差距，但差距卻絕對有限。

靈使在不得已的情況下一味強攻，雖如願以償地重創了戰傳說，但自身卻也氣息紊亂。若無其他對手，靈使已穩操勝券，自不必冒著催運真力過度而反傷自身的危險，但眼下他卻別無選擇。但就在靈使完成最後一擊的時候，他最擔心的事情終於發生了——虛空中再度響起那奪人心魄的利箭破空之聲，而且聲勢比方才更爲懾人！

靈使抬眼望時，只見一黑一赤兩道光弧在虛空中以肉眼難辨的速度向自己疾射而至，因爲其速太快，給靈使的感覺就像是有一團黑色火焰與一團赤色火焰在他的視線所及範圍內迅速擴大，佔據所有的空間，並最終吞噬他的靈魂。

靈使又恨又怒，右臂一揚，衣袖掃過，坑中的銀色長箭已落於他的手中，並在第一時間向破空而至的兩道光弧迎去！

「噹……」「噹……」兩聲難分先後的撞擊聲中，銀色長箭先後撞在了一黑一赤兩道光弧上，由聲音可以聽出三支箭皆是由特殊金屬打鑄而成。

光弧倏然消失！兩支長箭一左一右深深扎入靈使身旁的地面下，一支通體玄黑發亮，另一支則是更爲醒目的血紅色，整支箭就如同一簇奪目的火焰！

靈使雖化險爲夷，卻是有苦自知，他感到一股腥甜之物正由喉管向上衝射，好不容易才將之生咽下。

若在平時，對手的箭法固然可怕，但除非是使出最可怕的五箭齊施的攻勢，否則尙無法對靈使構成多大威脅，但靈使今日先是與顧浪子一場惡戰，爲對付南許許的毒又損耗了他不少功力，以至於與戰傳說一戰也讓他感到有些力不從心，勉強戰敗戰傳說後，他也已是猶如強弩之末，難以爲續。

種種不利因素合作一處，方使靈使吃了暗虧。爲了封阻雙箭而使本就有些紊亂的內息更爲大亂，以至於受了輕微內傷。

但靈使決不願讓對手知道自己已受了內傷，無論是戰傳說還是隱於暗處的對手。他自忖所受的內傷並不重，自己完全可以堅持。

靈使手中銀色長箭箭挾勁風，遙遙指向戰傳說，信手拈來的兵器在靈使手中卻儼然有洞穿天地萬物之勢，其宗師風範展露無遺。

銀色長箭以一往無回之勢迅速拉近與戰傳說之間的距離，其速之快，似可追回流逝的時光。

唯有靈使自知自己的心思並未完全集中於擊殺戰傳說身上，而是暗中分神留意隨時會破空而至的勁矢。

果不出他所料，一道無比強大的氣流及時出現，從他的側後方席捲而至。

「你果然一心要救這小子！」靈使心中閃念的同時，早有準備的他，及時以手中銀箭向後封掃。

一道黑影凌空遙遙撲至。靈使赫然發現自己的判斷完全錯了，身後的勁風竟不是因長箭破空而起！

進入他眼簾的是一個人影！

幾乎算無遺漏的靈使，今日已是幾次失算。

未給靈使留下更多的思索空間，他的眼前迸現無數絢麗奪目的金色劍芒，以鋪天蓋地之勢狂捲而至。

估算有誤，靈使頓失先機，而襲擊者修為之高，竟與戰傳說相若，靈使受傷在先，倉促應戰，頃刻間已被無儔劍浪連攻十餘式，借對手攻勢略緩的時機及時斜掠而出，這才得以緩一口氣。

而這時，戰傳說已借機退至靈使攻擊範圍之外，安然避過一劫，一邊調運內息，一邊向救下自己性命的人那邊望去。

但見一身著重甲之人正抱劍而立，劍為金劍，與靈使、戰傳說正好成鼎足而立之勢。

此人非但身著重甲，而且還戴著掩面勁盔，其真面目已掩於甲盔之內，無法分辨，外人所能看到的唯有他的雙眼。

當戰傳說的目光與重甲之人的目光相遇時，不知為何，戰傳說心頭忽然一跳，升起一股異樣的感覺，但一時間卻又無法分辨出這異樣的感覺源自何處。

無論是戰傳說還是靈使，都無法看出此金劍重甲者的真實身分，但由此人的雙眼可以判斷出他頗爲年輕。

靈使由此足以斷定此人決非他所熟知的對手。那人決非如此年輕，何況憑藉「五行神箭」他已足以傲視天下，箭，幾乎就是他的另一個名字，像他那樣的人，是決不會用其他任何兵器的——包括劍！

靈使的目光冷冷地落在金劍重甲者身上，沉默了少頃，方道：「卜矢子是你什麼人?!」

戰傳說一怔：「卜矢子是什麼人？靈使憑什麼斷定救我一命者與所謂的卜矢子有關係？」

在戰傳說看來，先以勁矢暗中相助者與眼前的金劍重甲者十有八九是同一個人。

金劍重甲者哈哈一笑，他的笑聲因爲堅盔的封阻而帶有尾音，顯得格外渾重，其聲若含金屬質地，笑畢方道：「靈使，既然你猜到我的來歷，就應當知道今日你想要達到的目的已無法得逞，是就此甘休，還是別擇他途，悉聽尊便。」

靈使雙目如電，緩緩四向掃視，卻根本覷不出一絲蛛絲馬跡，心頭不由暗嘆了一口氣。

他所說的「卜矢子」，就是他十分熟知的對手，對於卜矢子的「五行神箭」的霸殺威力沒有人比靈使更瞭解，雖然此刻卜矢子不知隱身何處，但靈使卻彷彿感受到了「五行神箭」箭身所迸發出的懾人寒氣，感受到了「五箭」齊發時逆亂五行、改天易地的無上氣勢！

在今日這種局面之下，靈使實在沒有應付「五行神箭」的足夠把握。

在極短的時間內，靈使心中轉過了無數念頭。

終於，他作出了最後的抉擇，一個讓他很不甘心卻不得不作出的抉擇。

他的臉上沒有任何表情地道：「你轉告卜矢子，總有一天，他們會明白他們的選擇是一個天大的錯誤！至少，我不必像他們那樣不敢顯露於光天化日之下！」

金劍重甲者無聲地望著他，眼中閃爍著複雜的光芒。

靈使驀然仰天長笑，笑聲直入雲霄，聲震環宇，顯示出其深不可測的內力修為。

長笑聲中，靈使飄然掠走，身法飄逸從容，去速卻快不可言，所取方向竟不是八狼江「無言渡」，而是與此相反的方向，轉瞬間已消失於戰傳說二人的視野之外。

靈使之所以能夠忍受功虧一簣之隱痛，除了他對局勢的審度之外，更因為有一個人可以必殺戰傳說，只是那樣他必須再等待一段時間而已。

在他看來，戰傳說之死，也只是時間遲早的問題而已。沒有人能夠在殺了靈使之子後還能逍遙地活在這個世間！

在靈使的心目中，必能為他取下戰傳說性命者不是他人，而是晏聰！

戰傳說對靈使的心思當然一無所知，眼看著靈使的身影消失於遠方，他忽然感到極度的疲憊。

這種疲憊不僅來自於肉體，更來自於精神。

爻意先前的疑慮今日得到了證實，這予戰傳說的心靈以極大的震撼！有誰會想到在許多冠冕堂皇的後面，竟有著如此不可思議的真相？

莫非真如父親所言，桃源之外的世界撲朔迷離，同時交織著精彩與詭秘?!

低沉的腳步聲使戰傳說如夢初醒，抬眼望去，才知金劍重甲者已轉身向八狼江方向走去。戰傳說急忙叫道：「尊駕請告之尊姓大名，救命之恩，容日後相報。」

「哈哈哈，我若欲告訴你姓名，又何必以這種方式見你？」

戰傳說一怔。

卻見那人已走至江邊，忽然縱身而起，在空中劃過一道精美弧度，然後一頭扎入江中！

靈使、重甲劍客相繼離去，獨留戰傳說一人。眼見由水路來的靈使沒有乘船離去，而並非乘船而至的重甲劍客反倒借水路退走，戰傳說感覺怪怪的，他的目光久久地落在八狼江上，卻始終未再見到重甲劍客露面。

對戰傳說來說，此人自出現到離去都是那麼的出人意料，戰傳說既不知道他爲什麼要救自己，更無從知道他的身分來歷，而且對方似乎不願讓戰傳說知道真面目。

戰傳說心中感慨地忖道：「他既然不肯向我透露，人海茫茫，只怕以後自己再遇見他的機會都少之又少，更不用說報答他的救命之恩了。」

與靈使結下生死之仇是在不經意之間，承蒙重甲劍客的救命之恩也是戰傳說事先絲毫未曾料到的，恩與仇都如此來去匆匆，不可捉摸，讓他平添了幾分惆悵。暗忖世人都說天道難測，其實世道更難測，生死情仇都是無跡可尋。

感慨之餘，戰傳說才記起晏聰現在情況如何？

由靈使的言行看來，他對自己與晏聰約定的前因後果都知道得一清二楚，按此推測，靈使的消息來源只能是晏聰，其他人不會知道得這麼清楚。何況此時已是夕陽將落之時，晏聰仍未出現，這也同樣可以證明這一點，但同時，戰傳說又堅信晏聰不會出賣自己。如此一來，剩下的可能只有兩種：一種可能是靈使利用晏聰對不二法門——包括對靈使本人的絕對信任，由晏聰的口中套問出他想知道的東西；另一種可能就是靈使利用暴力迫使晏聰就範！

戰傳說很快就否定了前一種可能。在他人的幫助下，晏聰已得到了白衣劍客真面目的畫像，亦即靈使之子的畫像，以晏聰的資質，怎可能不對靈使生出戒備之心？更不用說靈使會由他的口中套問出什麼了！

思及這裏，他心頭猛地一緊，忖道：「那此刻晏聰豈非很危險？他與我一樣都可能面臨著靈使的殺人滅口！他的武功並不在我之上，又未必像我這樣有人相救。」

戰傳說心頭不由一陣焦躁。

在他看來，靈使之子假冒的是他，晏聰要揭穿靈使之子的真面目，就等於助他一臂之力，如果晏聰因此而有所不測，他將無比愧疚。

但晏聰已離開了六道門，與六道門的恩怨決定晏聰不可能再與六道門有什麼聯繫，而晏家只剩下晏聰一人，戰傳說不知該怎樣才能得知晏聰現在身處何處。

忽地，戰傳說想到了靈使。

「不錯，靈使是唯一一條可以利用的線索！」此念甫起，戰傳說不及細想，拾起搖光劍，向靈使消失的方向急追而去。

一口氣追出三四里路，戰傳說如夢初醒般猛然止步。

「就算追上了靈使又如何？恐怕除了白白搭上自己的性命外再無其他任何益處，決不可能由靈使口中得知晏聰的情況！自己欲追蹤靈使的舉動實是一時急躁，糊塗可笑至極。」

戰傳說一下子洩了氣，無力地在路旁的岩石上坐下，與靈使一戰早把他的坐騎驚嚇得不知去向了。此時因焦慮而淡忘的胸前傷痛開始變得清晰起來。

夕陽已經落山，不過天還未完全黑下來，這兒離八狼江頗有些距離了，再也聽不到江水拍擊堤岸之聲，戰傳說的身後是密密的樹林，冰涼的秋風從林中掠過，再吹到戰傳說的身上。

他感到胸口傷痛處似乎有無數極小的刀子在不停地切割著皮肉，雖然並非痛得不可忍受，但卻讓人片刻不得安寧。

林中不知名的鳥兒在長一聲短一聲、緊一聲慢一聲地鳴叫著，夜色一點一點地吞噬著越來越暗淡的光線，天地之間一片朦朧，讓人感到整個世界都已不甚真切。

戰傳說靜靜地坐著，他想借此理一理自己紛亂的思緒。直到夜色完全包容了他的身影，而秋夜的涼意也悄然沁入心脾時，他的心中仍是一片茫然。

「看來，尋找晏聰的下落已是無望，但願他無恙！」雖然牽掛晏聰的安危，但眼下也只能將之暫擱一旁。

他記起了坐忘城，記起了趕赴「無言渡」時在途中的遭遇，頓時再也坐不住了，「騰」地站起身來。

他再也不願耽擱，認準了坐忘城所在的方向，匆匆上路。

此刻，戰傳說所走的是由馳道通向稷下山莊方向的岔道，又走了半個多時辰後，他估計差不多要到與馳道交會的地方了。

他的估計沒有錯，但就在他接近馳道時，忽然感到天色似乎比原先亮了些，不由有些疑惑，抬頭望了望天空，卻並無異常，但越往前走，這種感覺就越明顯，直到最終猛地意識到是有火光從馳道方向射過來！

明白這一點後，戰傳說暗暗吃驚，猜不透那邊何以有這麼亮的火光，竟將半邊天空都照亮了不少！

懷著好奇的心情繼續前進，漸漸地有馬蹄聲、車輪轆轆聲、號令聲傳入他的耳中，在嘈雜聲中透著雄渾氣勢。

戰傳說心頭「咯噔」一聲，一下子明白過來，一定是卜城的人馬沿著馳道向坐忘城進發！

他沒想到白天遇到劍帛人物語時，從物語口中聽到的傳聞到了晚上，就真真切切地出現在自己面前。戰傳說腦海中不期然地浮現出與靈使一戰中，在「三劫幻境」中所看到的情景。

在「三劫幻境」中，坐忘城城內城外，皆是血流成河，死屍遍野。戰傳說彷彿又聞到了瀰漫於天地間的血腥氣息，心中升起一股莫名的憂慮。

他深知，雖然他曾看到的只是幻境，但眼下的事態發展下去，幻象就會變成殘酷的現實，無論最終的勝負如何，雙方都將付出巨大的代價。

他默念道：「追根溯源，這一場戰爭是因我而起的，若是因爲我而使成千上萬的人失去生命，那麼我將是罪孽深重。不！我一定要設法避免這一場戰爭，哪怕爲之付出性命！父親爲了樂土安寧，與千異決戰於龍靈關，我是他的兒子，自應效仿父親！」

此時，戰傳說尚不知卜城開赴坐忘城的人馬其實並無三萬，而是一萬餘人。雖然他立志要使此戰消弭，但想到數萬人馬長途奔襲，又豈會輕易更改？他不由有些不知所措了。

戰傳說悄然向馳道方向接近，過了一陣子，他已能透過林木看到馳道上有無數的火把向坐忘城方向快速地移動，猶如一條長長的火蛇，火光照出了前行的人馬，照得鎧甲與刀刃槍尖反射著與火焰相同的血色光芒。

卜城大軍的進發竟是如此明目張膽，毫無隱密可言，他們似乎根本不擔心夜間行軍會遭到伏擊，而一旦在夜間遭到伏擊，其打擊顯然是致命的。

戰傳說隱於暗處，懷著複雜的心情，默默地看著馳道上前進的人馬，良久良久，沒有任何其他舉動。

終於，戰傳說長長地吁了一口氣，身子忽然如一片輕羽般飄然掠起，借著樹幹枝杈，無聲無息地向馳道逼近。

正在前進的卜城人馬忽然聽到破空之聲，緊接著有十幾支火把幾乎同時熄滅了，「火蛇」頓時被截成兩段，突如其來的變故使卜城人馬大吃一驚，一片驚呼聲後，緊接著便是刀劍出鞘聲，戰馬驚嘶聲，場面一片混亂，大軍前進的步伐也一下子停住了。

正在這時，有一渾厚的聲音高聲呼道：「休得驚慌，快馬營的兄弟早已把沿途的情形探明，途中決不會有埋伏，這只是坐忘城派出的散兵遊勇欲趁機作亂！」

此人的呼喊聲頗有效果，加上熄滅的火把很快又重新點燃了，火光能給人以足夠的勇氣與膽量，加之事實上也的確沒有襲擊隨之而來，慌亂漸漸地平息下來，很快隊伍繼續前行，就像什麼事也沒有發生過一般。

而這時，戰傳說早已借機越過馳道，到達馳道的另一側，並迅速攀越至一較高處，居高臨下地望著下方馳道上的人馬，心中十分感慨。

他想到卜城人馬如此行軍實是犯了兵家大忌，馳道南北兩側都是樹林，南側地勢比馳道低，北側則是高出馳道，而且有不少危岩峻峰，正是隱身伏擊的絕好地勢。若是以箭矢襲擊，卜城人馬燃起的火把正好把每一個目標都照得一清二楚，敵明我暗，又佔有地利，定能花極小代價便予卜城人馬以重創！

讓戰傳說感慨的不是坐忘城錯過了這樣的良機，他相信即使殞驚天本人未想到這一點，其他人也會出此策略，但現在的事實是卜城人馬無驚無險長驅直入。想必是殞驚天知其可爲而不爲，至於原因，戰傳說推測，十有八九殞驚天是不欲與卜城自相殘殺，使樂土平添戰亂。這才是讓戰傳說感慨不已的地方！

同時，戰傳說也相信卜城城主及其他統領再如何昏庸無能，也不至於犯如此明顯的錯誤，唯一的解釋就是他們也已摸透了殞驚天的心理，所以才肆無忌憚。

坐忘城是知其可為而不為，卜城是知其不可而為之，由此可以看出雙方心態之微妙，同時也折射出這場爭戰的不尋常之處。

對於坐忘城周邊的地形、位置，戰傳說並不算熟悉，卻也知道大致情況。此刻他所立足的這座山其實是屬於一道山脈，此山脈呈西南、東北走向，正好貫連著坐忘城與卜城。這就等於把兩城之間的大片領土劃分為兩大部分，西北側的那部分地勢平緩，幾乎沒有什麼山丘，而東南側則與之恰恰相反。站在坐忘城城頭，可以將此看得清清楚楚，玄門道宗所在的天機峰同樣是屬於這列名為「映月」的山脈，是映月山脈中第二高峰。

而眼前的馳道幾乎與映月山脈平行，順著映月山脈南側連通坐忘城與卜城。至於八狼江，則是江道曲折迂迴，與馳道時攏時分，直至最終與卜城擦身而過，流入大海。

由於八狼江在坐忘城以下三十餘里處有一狼牙瀑布，瀑布使坐忘城與卜城借水路相通變得不切實際，所以在沒有這條馳道之前，兩城來往，絕大多數都是取道於更為平坦的映月山脈北側地域。

戰傳說知道若要返回坐忘城，如果一直在馳道南側穿行，最終仍是必須橫跨馳道才能進入坐忘城，而他相信卜城大部分人馬所取路徑不應是這條馳道，而是映月山脈北側的開闊地帶。

他急於想瞭解此刻坐忘城的局勢究竟怎樣，故決定連夜橫跨映月山脈，以探查山脈另一側的情形。

他的目的地就是樂土人口中的百合平原，不過戰傳說對樂土的瞭解太少，並不知道得這麼確切。至於爲何稱坐忘城與卜城之間這一片平坦地域爲「百合平原」，是否因爲這一帶盛產百合則是誰也說不清了。

橫跨映月山脈無路可尋，但這對戰傳說來說並沒有什麼影響，未及半個時辰，他已登上了峰頂。峰頂的夜風更爲凜冽，將他的衣衫刮得獵獵作響。

他回頭向後望去，只見那條火蛇依舊在蜿蜒前行。轉而向坐忘城方向望去，視線卻被一座比自己所在山峰更高的山峰阻住了。

戰傳說不願多耽擱，在峰頂稍作逗留就向北側順著山勢朝山腳疾掠而去，山脈北側比南側顯得平緩些，放眼往前方望去，只見自山腳起視線便毫無遮擋，百合平原展現在他的眼前。

在平原上也有亮光，卻是零零星星地分佈著，而且基本上都是靜止的，與馳道的情形完全不同。

對於這一點，戰傳說很快便明白過來，一定是因爲這一帶有利於大軍推進，所以卜城人馬早在天黑之前就已到達目的地，安營休息了。

也許，有部分人馬已直抵坐忘城下也未爲可知。

順利下山後，戰傳說隱身於山腳下的一片灌木之後，窺視著卜城人馬。

但見夜色下，隱約可見方圓五里之內紮著大大小小營帳有上百個，營帳是依戰鬥隊形排列而成，中央三座最大的營帳顯然是中軍所在，一切號令由此傳出。而其他各營帳則環繞中軍排列成六花瓣形，彼此間相距百十步，每個營帳外二十步一哨。在各營帳之間又有流動警戒之人，攜旗鼓信號。最後，在整個營地的最周邊又有幾隊騎士穿梭巡察，看樣子，整個營地的人馬總數應在五千人以上。但此時，偌大的營地中除了巡察騎士的馬蹄聲以及偶爾響起的口令聲外，竟是十分肅靜，就連在營帳外燃起篝火圍坐的人也是身攜兵刃，井然有序，與方才戰傳說在馳道上所見到的情形截然不同。

戰傳說雖然不諳兵術，卻也能感受到如此紮營可謂是滴水不漏，來自任何一個方向的襲擊都難以形成明顯的衝擊，卜城人馬定可在最短的時間內進行有效有序的抵抗！

這讓戰傳說暗暗吃驚。

他的驚訝一方面是因爲他看出卜城的統兵者決不簡單！坐忘城與此人對抗，壓力更大；另一方面則是因爲這裏的防範如此嚴密，與馳道行進時的毫不設防形成了一個鮮明的對比，而這種截然不同的局面卻同樣是出現在卜城人馬的身上，這不能不讓人感到意外。

戰傳說隱隱覺得這其中必有玄機，但要看破其中玄機，卻非戰傳說所能做到。他悄然隱伏在暗處暗自苦惱，雖然如今他的武道修爲已至絕高境界，但此時想要在這千軍萬馬中探得卜城人馬的虛實及戰略意圖，卻讓他大有無處下手之感，徒負一身武道修爲也無濟於事。

焦慮中，原先被他忽略了的饑餓感竟也爬上心頭，他記起自到「無言渡」之後，折騰了大半天都粒米未進，而隨身帶著的乾糧卻都在坐騎上。

偏偏這時候從營地那邊又飄來陣陣香氣，大概是卜城人開始用餐了。

戰傳說忍不住咽了一口口水，強迫自己集中精神，搜腸刮肚地思索計策。

就在他思索著是偷偷俘虜卜城人盤問還是尋機潛進中軍這兩者之間猶豫不決時，忽見卜城大營的西北角突有火光沖天而起，隨即警號四起！戰傳說不由大吃一驚，心道：「難道有人搶在我之前動手了？欲借縱火引起混亂的機會有所圖謀？」

這場大火的確吸引了卜城人馬的注意力，借著火光的映照，戰傳說看到近處也有人向西北角飛奔而去。

戰傳說想到無論是否有他人縱火作亂，至少這對自己來說是一個機會，不可不加以利用。思及此處，他正待有所行動時，猛然間發現就在與自己相距不過百步的地方有一團黑影閃現，且是向自己這邊而來，黑影所在的位置已在卜城人警戒範圍之外。

戰傳說頗爲納悶，不知這黑影怎麼可能突然毫無徵兆地進入自己的視野。乍一看，那不像是人影，因為在這種場合，不會出現那麼矮的人，但當戰傳說定神細看時，卻發現那的確是一個人影，只是有意躬低身子，有時甚至是伏地前行罷了。

「他一定不是卜城的人！」戰傳說看清黑影是一個向自己這邊悄然潛來的人的身影時，心裏閃過第一個念頭：「莫非西北角的大火就與此人有關？」

心念甫起，倏聞「嗖嗖嗖」一陣箭矢破空聲突然響起，十幾點火光在夜空中劃過一道道弧線後，相繼落在了那黑影的四周，頓時形成了一個將黑影包圍其中的火圈。

原來方才射出的皆是浸有極具燃燒性的燃油火箭。

戰傳說這時可以將那黑影完全看清了。

出乎他意料的是，此人裝束與他在馳道上見到的卜城人馬完全相同，十幾支突然飛至的燃燒的箭矢顯然讓此人嚇了一跳，本能地站直了身軀，這是一個有些消瘦的中年男子。

未等這中年男子作出更多的反應，在他的身後突然出現了十幾個人影，就像是從地底下倏然出現的幽靈一般，顯得有些突兀。

十數人迅速糾集成大半個包圍圈，向中年男子包抄而至，其中一人大喝道：「烏統領還是請留步吧！」話中雖有一個「請」字，但語氣卻近乎呵斥。

消瘦的中年男子先是以極快的速度向戰傳說這邊疾衝過來，但只衝出十餘步，又是「嗖嗖嗖」

一陣箭矢破空聲響起，十幾道火光劃空而過，齊齊落在中年男子身前十步遠的地方，猶如一堵小小的火牆，雖然它並不能直接阻擋人，但其威懾作用是不言而喻的，如果這些火箭是直接射向中年男子，恐怕他早已成了一隻刺蝟了。

中年男子的身形戛然而止，並緩緩轉過身子，正面迎向追擊他的人。

身影閃動，頃刻間，中年男子已在十餘人的包圍之中。

只聽得中年男子道：「單尉不問青紅皂白，以箭矢相向，未免欺人太甚！」

戰傳說聽出這些人皆屬卜城，若卜城軍制與坐忘城相似，那麼在這些人當中，至少有兩人地位相當高。

這消瘦的中年男子被稱做「烏統領」，也許其地位與昆吾、慎獨相近，而被稱做「單尉」者的地位與坐忘城四大尉將相仿。

「沒想到卜城內部竟然不合，相較之下，坐忘城上下一心，在士氣方面倒占了優勢。」戰傳說心中暗自尋思著。

單尉冷笑一聲：「你爲何獨自一人離開大營？嘿嘿！其原因恐怕說不清吧？」

中年男子鎮定地道：「方才我見一人向這邊飛竄而來，便懷疑會不會是與大營西北角失火有關，因爲時間緊迫，不容我告知他人，獨自一人緊追而來，沒想到卻被你無端攔阻，讓那人從容脫

身而去。若此人真的是縱火者，那單尉在城主面前恐怕無法開脫罪責了！」

此人明明在說謊，其言語卻如此鎮定自若，讓戰傳說爲之一愕！他有些不安地忖道：「若那些人信了他的話，而進山搜查，那自己恐怕就要暴露了，到時豈非要弄假成真，被當做就是縱火者？雖然他們未必困得住我，但屆時卻也不可能有機會窺探大營虛實了。」

心中轉念間，只聽得單尉哈哈一笑，不屑地道：「烏代，你見風使舵應付自如的功夫的確讓人佩服！不過，若是我告訴你，那大火其實是城主的有意安排，你又作何想？」

戰傳說又是一震！

「你竟詆毀城主，真是膽大包天！」中年男子烏代喝道。

連戰傳說都聽出他說這話時已完全沒有了原先的從容，而顯得色厲內荏。

「城主早就懷疑你與千島盟有染，只是一直沒有真憑實據而已。此次我卜城出動萬餘人馬，卻號稱三萬，千島盟聞訊必會以爲卜城城中空虛。他們一直賊心不死，定會以爲這是千載難逢的機會，十有八九會趁機攻襲卜城，而且在時間上只會早不會遲，因爲千島盟要搶在卜城與坐忘城一戰結束之前行動。爲求快速，千島盟的準備必然不夠充分，而事實上，我卜城亦並非如他們想像的那樣十分空虛，到時他們將非但一無所獲，而且必會遭受致命打擊！你乃暗中效命千島盟的內奸，自是恨不得馬上把真相告知千島盟！但城主早已作了部署，你的身邊始終有人相伴，根本沒有機會脫身，直到今日，城主估計千島盟大概已起程進發卜城了，他才設下計謀讓你主動暴露。城主神機妙算，果不出他所料，你一見大營起火，就立即悄然離營。嘿嘿，早在卜城，城主就可以取你的性命，但當時若殺了你，恐怕會引起千島盟的懷疑，所以才讓你苟活至今日！」

戰傳說在暗處把方才發生的一切看得明明白白，他不曾料到那場大火竟是卜城城主下令燒的，期間的撲朔迷離讓戰傳說大爲咋舌。而此事居然還牽涉千島盟，更是讓他吃驚不已。

這也讓他不得不重新審視卜城與坐忘城之間迫在眉睫的一戰，原來，這一戰的後果不僅僅是成百上千的人員傷亡，而且還關係著整個樂土的安危。

若單尉所言屬實，那麼卜城城主也可謂是一個足智多謀且能顧全大局的人物，戰傳說在下意識中，對卜城城主有了莫名的好感。

當然，這只是一種本能的好感，事實上，戰傳說除了曾聽說過卜城城主有個奇特的名字——落木四之外，對其他就是一無所知了。

本來戰傳說對卜城的內訌還有事不關己、幸災樂禍的心理，現在卻已截然不同，他迫切想知道有關千島盟內奸的事是真是假。

只聽得那被圍在當中的中年男子烏代苦笑一聲，「這只是因爲我平時與二城主走得太近，城主心生不滿，想借機除去我罷了。單尉，無論如何，我烏代也自知是樂土人，怎會與千島盟有染？

退一萬步來說，千島盟不過彈丸之地，遠不如樂土繁華錦繡，能給予我什麼好處，値得我爲他們賣命？城主與二城主不合，我等身處夾縫中，遲早會有災禍。」

話音未了，忽然被一個生硬而冰冷的聲音打斷了：「你本還有活命的機會的，可你不該有辱我千島盟！」

說話者赫然不是戰傳說眼前的任何一個人！

戰傳說腦中「嗡」的一聲，只覺有熱血上湧，心中飛速閃念：「此事竟真的與千島盟有關，甚至他們的人已在左近。」

「鏘鏘」！兵刃脫鞘聲響成一片，寒刃閃爍如秋水。

那面目消瘦的中年男子烏代則以扭曲變形的聲音大聲呼叫道：「大盟司救小的一命！」

戰傳說心中暗嘆一聲，忖道：「此人真是罪該萬死！」

一道人影如巨鵬般以快不可言的速度掠過蒼涼的夜空，無聲無息地落在了與卜城人馬相距數丈遠的地方，背向戰傳說這邊而立。

戰傳說由此人的身法窺出其修爲已高至不可思議之境，心頭一凜，忙將自己的呼吸調至又細又勻。

此神秘人物出現後，本是圍在中年男子烏代南側的幾個人就是背向著此人了，顯然眾人對此人也是極為忌憚，不得不撤開包圍圈，正面迎著那神秘人物。

此神秘人物身材並不高，甚至比場中所有人都要矮上少許，袍袖無比寬大，但自他周身所透發出的霸殺氣勢卻讓人根本不會感到他身材的矮小，相反，感受到的是居下臨上的凜冽威嚴！

強大無匹的氣勢充斥了天地間的每一寸空間。

月淡星稀，秋風蕭瑟。

戰傳說的心頭忽然泛起一絲寒意。甚至，他感到自己的心跳時快時慢，無形無質不可捉摸的威嚴使他心中無比鬱悶，幾乎忍不住要大聲呼叫，這讓戰傳說驚駭不已！

就算是面對靈使這等級別的高手，戰傳說也沒有這樣的感覺。難道眼前此人，其武學修為竟比靈使更為可怕?!

烏代像是突然變成了另外一個人，他大聲道：「你們說得不錯，我烏代的確一直暗中效命於千島盟，你們若以為憑藉雕蟲小技就可以改變最終被千島盟征服的命運的話，就大錯特錯了。今日，要斷送性命的將是你們而不是我烏代！」

此人的厚顏無恥讓戰傳說大開眼界，他這才明白當一個人出賣了自己的靈魂之後，就再沒有什麼話不能說，沒有什麼事不敢做了。

第六章　護城之戰

對於烏代的叫囂，誰也沒有說話。

而這時，大營那邊已有更多的人向這邊趕來，其中包括一隊巡察的騎士。與此同時，西北角的大火早已撲滅，顯然，大營那邊並未知道這邊的局勢已發生了變化，還以爲一切都在計畫之中。

烏代忽然從雙方的沉默中感到一股不祥的氣息，他猛地轉身，以極爲複雜的神情面對神秘人。

「只要是爲千島盟效命的，就算是一條狗，本大盟司也不會讓牠死在外人手中，但狗不該對著主人嘶叫，哪怕是在背地裏也不行！千島盟是天照神的子民，天照神是至高無上的神，他的子民與他一樣，可以接受任何挑戰，卻不能忍受任何污辱！你爲了保全微不足道的性命，竟污辱千島盟，我不能不以天照神的名義，宣判你的死罪！」

雖然光線暗淡，但戰傳說仍是能感知烏代極度的絕望與驚怖，甚至於他的身子在那一剎那似乎都小了一圈。

無形無質、不可捉摸的肅殺之氣突然瀰漫開來。

「不！……」烏代的尖叫聲十分突兀，就像是一把鈍刀生生劃破夜的沉寂：「大盟司，你不能殺我！小的還有許多關於卜城的秘密要稟報大盟司。」

他的雙膝一屈，身子猛地向前傾倒，竟像是向大盟司跪地求饒。

但，就在他雙膝即將著地的那一剎那，烏代右手寒光一閃，已多出了一把彎刀，森寒刃芒如水銀瀉地般向大盟司下盤奔瀉而去，攻勢突如其來，而且絕對的快捷無倫！以他的刀法，與其「統領」身分可謂是相得益彰，卻偏偏自甘淪落，讓人扼腕慨嘆。

戰傳說心中嘆道：「白白辜負了一身好刀法。」

烏代乃完全絕望後所做的最後一搏，他清楚地知道自己與大盟司之間的差距，所以在出其不意發起襲擊時，竟不顧自己後背空門大露，一心只求能重創大盟司。

顯然，他亦自知絕對勝不了大盟司，但他對大盟司將他無情拋棄之恨，遠甚於對卜城人的怨憤，在知道自己已必死無疑的情況下，他竟欲以性命為代價，只求能重傷大盟司。

大盟司身形未移，寬大得不成比例的袍袖倏然揚起，如烏雲般捲向烏代，聲勢駭人！

烏代連人帶刀皆隱沒於這片「烏雲」之中。

驚心動魄的兵器斷折聲、骨骼碎裂聲驟然響起，讓人毛骨悚然。

袍袖再揚之時，一團黑影被高高拋起，升至最高點後，復又無力地噗的一聲悶響，墜落地上，無聲無息。

這時，更多的卜城人馬已執火把趕至，恰好見到了這一幕。火把映照下，赫然可見那黑影竟是烏代的屍體！只是他的整個身軀已完全變形，就像是被大力生生震碎了全身的骨骼後再將他全力擠壓，此時已無從分辨他的四肢頭顱，也說不清他身上有多少傷口，因爲屍體的每一個部分都在流血，不少關節處露出森森白骨，而彎刀已斷成數十塊碎片，深深地扎入屍體中。

烏代死狀如此可怖，讓眾卜城戰士齊齊倒吸了一口冷氣，他們無不是身經百戰者，早已見慣了血腥與死亡，但此刻仍是難免有心驚肉跳之感。

被稱做「單尉」的正是卜城雙尉之一。卜城並非與坐忘城一樣設有南北東西四尉，而僅設雙尉，其職責與坐忘城四尉倒大致相同，不過因爲僅有雙尉，其權力範圍無形中就比坐忘城四尉擴大了。

單問形貌文弱，年三旬六七，縱是兵發坐忘城，他仍是不改平時喜好，著一襲輕裝，顯得溫文爾雅，頗有謙謙君子之風。

但熟悉卜城的人都知道，事實上，單問乃卜城鐵腕人物，行事一向雷厲風行，剛毅果決，事無巨細，皆能處理得穩妥得當，乃卜城城主落木四最爲倚重的心腹大將。

而慘死的烏代並非如戰傳說所想像的那樣是落木四眾侍衛的統領，而是卜城快馬營的統領。

這些年來，樂土戰事最多的就是卜城，爲了應付瞬間萬變的戰局，卜城城主落木四特意組建了專事收集、傳遞敵情的快馬營，其行動之迅速非其他人馬可比，但戰鬥力相對薄弱，而且常常因戰勢所需而分散快馬營的力量。

單問與千島盟對陣多年，如何不知大盟司在千島盟中的地位是僅次於盟皇的第二號人物？但大盟司往日一直深居千島盟內，極少拋頭露面，單問也僅是久聞其名，而不曾相遇。沒想到這次連大盟司也被驚動了，在遠離千島盟千里之外的樂土現身。

單問明知來者不善，卻仍一拱手道：「大盟司乃千島盟尊者，爲何不自顧身分，出現在這荒山野嶺中？」

一番話似褒實諷，暗藏鋒機。

大盟司傲然一笑，「樂土本就屬於天照神及天照神的子民，本大盟司乃天照大神心靈之子，涉足樂土，只是先其他千萬天照神子民一步故地重遊而已。」

單問哈哈一笑，「好一個心靈之子！單某早就聽說過千島盟盟皇一心圖謀樂土，野心勃勃，但卻並非千島盟中對此事最爲熱衷者，千島盟最樂此不疲者就是所謂的天照神心靈之子大盟司，今日看來，果然不虛！」

「難道你竟懷疑天照神的子民是遵循大神旨意，光復樂土？」大盟司的語氣生硬而冷峻。

單問搖了搖頭，正色道：「單某從來就不是懷疑這一點，而是——絕不相信！」

大盟司的眼神深處有精光倏閃！隨即他的嘴角處浮現出一抹毫無暖意而只會讓人感到心寒的笑意：「一個將死之人，他信或是不信，都是輕如鴻毛，微不足道。」狂傲至目中無人的霸殺氣勢在言語中顯露無遺。

單問臉上沒有絲毫憤怒之色，而是變得凝重至極！此時的憤怒毫無益處，反而會讓自己分神，而面對大盟司這樣的高手，任何分神所帶來的都將是致命的後果！

單問之所以能成爲卜城的中流砥柱，實非偶然，如此穩健的心境，並非人人都能達到。

他的一個並不明顯的手勢立即讓其餘的卜城戰士心領神會，迅速後撤出一段距離。其中隨單問一起追逐烏代的十二人，乃卜城戰士中一等好手，而且人人箭法精湛，追隨單問立下了無數汗馬功勞。

退開之後，這十二人如往日一樣，予單問以最直接的支援，在周邊形成了第一層包圍圈。同時，早有人將千島盟大盟司闖營的消息飛報大營。

撲滅西北角的大火後，大營本已恢復肅靜，得悉此訊，大營中號角聲再起，一時間營中燃起無數火把，將整個大營照得亮如白晝。但卜城戰士並未貿然出擊，而是嚴加防守，大營東、北、南三個方向同時出現一列列持盾戰士，數以百計的持盾戰士緊密無間地組成了一道捍衛大營的堅固防線。

久經沙場的卜城戰士將盾的形狀進行了一次又一次的改進，最終形成了今日這種樂土獨一無二的神行破敵盾。

神行破敵盾以堅鐵鑄成，中部有凸背稜，這樣在承受重兵器打擊時可以消解部分力道，與尋常長方形鐵盾最大的不同之處在於，神行破敵盾的下端一尺高部位處呈內凹的梯形，這樣就減輕了鐵盾的重量，更利於實戰。而敵方的攻擊對於地面以下一尺左右的高度是不會有任何有效的攻擊的，只要盾的總高度不變，其防禦能力相去無幾。

僅僅由神行破敵盾便可以看出卜城戰士的確是富有實戰經驗的。

在持盾戰士後面，是兩倍於持盾戰士的持矛戰士，所持之矛爲短矛，主要用於投擲而非近身搏殺，由於卜城人將短矛矛頭打製得短而尖，其穿刺力便更接近槍了。

不知爲何，大營在東、北、南三個方向都嚴陣以待之際，偏偏正對著坐忘城的西向卻未加防範，其中原委，實是難以捉摸。

對卜城大營的興師動眾，千島盟大盟司流露出不屑的神情，他以十分奇特的手勢自腰間緩緩抽出一件兵器。

當兵器獨有的寒芒閃掣著眾人的視線時，眾人都有些意外，在此之前，誰也沒有看出大盟司佩有兵刃，也許是因為他過於寬大的衣袍遮掩之故。

他的手中是一把略帶弧度的刀，從形狀上看，與千島盟最常見的刀沒有什麼區別，只是由刀身透發的凌厲殺機使刀身似乎平添了讓人難以正視的光芒。

千島盟人性情多張揚好戰，富有攻擊性，一旦心存戰意，便力爭主動出擊，縱是大盟司乃千島盟萬眾心目中尊崇無比的人物。且對這一戰充滿了必勝的信心，但他仍是搶先亮出了自己的兵器，這在樂土人眼中有些不可思議，但在千島盟的人看來，卻絲毫不會覺得大盟司有失身分。

大盟司緩緩舉刀上揚，無形刀氣也隨之不斷攀升，越來越強大的凜冽刀氣如潮水般向四周瀰漫開來，予人以生命即將絕斷於刀下的感覺。眾卜城戰士只覺呼吸頓滯，竭力強撐著方沒有駭然而退。

單問一寸一寸地將腰間的劍拔出，動作緩慢無比，彷彿他的劍已被鏽住了。他的衣衫獵獵飛揚，使本就顯得文弱的身軀更像是隨時都會乘風飄去。

場中每一個人都清楚此時單問正面臨著前所未有的壓力。

事實上，單問早已知道自己絕難與大盟司匹敵，僅憑大盟司那傲視萬物的氣勢就足以窺出這一點。但單問更知道自己不能不冒險迎上，這既關係著卜城萬眾人的士氣，也關係著卜城的尊嚴！烏代乃爲千島盟效命的內奸，結果卻不是死在卜城人手上，而是被千島盟的人所殺，這本就使卜城人臉上無光，若是再讓大盟司在卜城千軍萬馬中從容進退而未遭遇任何攔截，那既是卜城的奇恥大辱，也必將使卜城戰士士氣大挫。

單問所希望的只是能夠敗得體面一些，他是卜城的鐵腕人物，行事之雷厲風行讓卜城人既敬且畏，但這並不等於說他是一個魯莽狂妄、不自量力的人。

而此刻，單問忽然覺得縱然自己僅求敗得體面恐怕也難以實現。

雖然大盟司僅僅是將刀揚起，卻使單問感到死神從來沒有與自己如此接近，他深信只要自己有一絲一毫的疏忽，那把刀就將無情地穿透自己的軀體。

他的心臟似乎也感受到了潛在的致命威脅，開始劇烈地收縮，這使他的臉色變得有些蒼白。

「鏘……」劍，終於脫鞘，劍在破空拔出的那一刹那，劍尖與劍鞘鞘內的摩擦聲竟也清晰入耳。

那一瞬間，大盟司的刀亦正好揚至最高點。

刀芒一閃，向單問縱向長劈而至！

單問只感到在這一刀之下，自己所有的退路都已被徹底封死。

他，已別無選擇！

雙手環抱劍柄，急速踏前，步伐略斜，由此使腰身爆發極大的側旋之力，最終力道彙於劍身，劍如匹練般橫封而出，因其速快不可言，竟在虛空留下大片短暫的光幕。

正是卜城戰士再熟悉不過的「問鼎劍法」！

單問看似文弱，但他的「問鼎劍法」所取的卻不是靈巧飄逸，而是大開大合，剛猛絕倫，與他的性情頗爲暗合。往日單問與敵血戰之際，一旦施展出霸道的「問鼎劍法」，其迅猛剛烈、一往無回的氣勢總是能讓卜城戰士士氣大振！

此時，場上眾人卻再也沒有這種感覺。

眼看刀劍即將全力相接的那一剎那，刀影倏然一幻！

單問的劍忽然失去了目標，傾力一劍竟然是斬於虛空。

單問心中大駭，他無法相信這可怕的事實，他的劍與對方的刀相距本僅有半寸之微，縱然對方刀法再如何高明，除非撤刀變向，否則決不可能完全避過他的劍！

但這種本決不可能的情況卻已成了事實，彷彿大盟司手中的刀只具有形體，卻不具有實質。

單問剛感到劍勢走空的同一剎那，一道寒光已不可思議地穿過劍幕，閃電般直奔他的面門。

本亦屬不凡的「問鼎劍法」此時竟顯得千瘡百孔，笨拙無比，可見大盟司修爲之高，更在單問想像之外。

回劍封擋已是不可能，刀雖未及體，但無堅不摧的刀氣卻已劃開單問眉心處的肌膚！但鮮血卻一時並未滲出。

單問全速倒掠！

這是他唯一的選擇。

大盟司的刀如同無法擺脫的魔咒，始終不曾再拉大與單問眉心處的距離。

單問隱約聽到了周圍一片刀劍出鞘聲，但卻又不甚真切，憑直覺，那一定是眾卜城戰士試圖將他救下。但單問知道他們根本救不了自己，在大盟司的刀下，主宰人生死的已不再是命運，而是大盟司手中的刀！

單問甚至在大盟司的刀尚未逼體而入時，就已感受到了其冰涼與堅硬。

退勢停止之時，便是單問殞命之時。

數道人影從幾個不同的方向朝大盟司撲至，其中更有一人竟直迎大盟司的刀鋒！單問心中一沉。

驀聞幾聲悶哼，一道道血箭標射於夜空下，在虛空中交織成觸目驚心的可怖情景，血腥氣息一下子瀰漫開來，四名卜城戰士不分先後地飛身跌出，跌出之時，已中刀身亡。

而單問終於尋得以四條性命換來的機會，橫封一劍，「噹」的一聲，重重撞在大盟司的刀身上，他只覺一股奇大的力道瘋狂撲至，頓時連人帶劍倒跌而出，胸口如受重錘悶擊，難受無比。

但未等立穩腳跟，單問竟出人意料地再度徑直直取大盟司，劍氣如虹，聲勢不容小覷，顯然他已是豁盡了全力！

單問不守反攻，連大盟司也頗有些意外，倉促間一刀斜劈而出，刀法拿捏得精準絕倫，妙至毫巔，單問的攻勢已然被完全遏制，反而立時陷於苦苦防守之境。密如驟雨的金鐵交鳴聲中，雙方已在間不容髮間攻守無數次。

單問每次在內息紊亂未平的情況下立即反撲，幾番硬撼之下，頓覺內家真力無以為繼，劍勢略為一緩，大盟司的刀已在第一時間捕捉良機，寒光一閃，單問只覺腹部一痛，已然被重重劃了一刀。

單問斜斜飛身跌出！

大盟司一聲冷哼，雙腕疾翻，寒刀自身子右側暴撩而出，無敵刀氣倏然向前急速延伸。刀氣過處，地面碎石飛揚，火星四射，如同一條飛速遊竄的火龍，目標直指已被重創一刀的單問。

眾卜城戰士猛然發現單問飛身跌出的方向是與眾人相距最遠的方向，如此一來，眾人就更難從大盟司刀下將單問救出了。

難道，單問之死真是上天注定？

冷風乍起！一道決不比大盟司刀氣遜色的強大氣勁自斜刺裏如電而出，攔截大盟司的必殺之刀！

「轟……」沉悶而驚心動魄的悶響聲中，兩股氣勁悍然相擊，頓時產生了巨大的破壞力，以相會處為中心，地面上出現了一道道縱橫交錯、四向延伸的裂痕。

三名不顧一切搶身而出，不肯放棄救單問機會的卜城戰士在猝不及防之下，竟被橫溢的氣勁所傷。

但眾人見單問再度避過一劫，不驚反喜！眼見單問已暫無危險，眾人這才如夢初醒般想看看到底是什麼人在最後關頭救了單問。

出現在眾人面前的是一年輕男子，身形偉岸，容貌俊朗，俊挺的鼻子使他隱隱有一股唯有在王者身上才會出現的尊貴神韻。

他的前胸看樣子在不久前剛受過傷，不過傷口十分特別，一時也無法看出是被何種兵器所傷。

一柄寒刃如秋水的劍握於其手中，劍尖斜斜指向地面，在從容中透發出自信。

雖然眾卜城戰士下意識中已感到能救下單問的人，不會是他們這些人當中的任何一個，但當他們見這種猜測的確是事實時，又不由都暗吃一驚，心中齊齊閃過一個念頭：「這年輕人是什麼來歷？他爲何會在大營周圍出現？」

在大營周圍先後出現兩個修爲深不可測的高人，而他們事先卻根本沒有察覺，也難怪他們會吃驚了。

在最緊要關頭救了單問一命的人，正是戰傳說！

出手救人之前，連戰傳說自己也根本沒有料到自己會出手救卜城的人，以至於出手之後，他心頭竟一陣茫然，不過他亦知自己決不會後悔。

因爲他與坐忘城有一定淵源，而且坐忘城之所以不得不走上與大冥樂土冥皇決裂這條路也是因他而起，所以戰傳說在對坐忘城充滿感激之餘，也早已在下意識中把自己視作了坐忘城的一部分，決心爲挽救坐忘城的命運全力以赴。

在即將面臨生死決戰的坐忘城與卜城之間，他的情感自然而然地偏向了坐忘城，而把卜城視作對手。此刻他之所以會在這兒出現，也是爲了助坐忘城對付卜城。

但當烏代被逐、大盟司誅殺烏代等一連串變故在他眼前相繼發生後，戰傳說的心裏已是有了微妙的變化，他突然意識到坐忘城縱然是無辜的，但卜城又何嘗不是有其迫不得已之處？

無論如何，他們能在奉冥皇之命而行的同時還不忘捍衛樂土的職責，就足以讓戰傳說對卜城將士萌生尊敬。

直到這時，戰傳說才真正意識到坐忘城與卜城一戰，無論孰贏孰輸，其實最終都是失敗者！

而後單問與大盟司一戰時，戰傳說的內心自是偏向了單問。他記起當年父親為了樂土安寧，與千異決戰龍靈關的情形，一時只覺熱血沸騰。

而事情的進展與戰傳說所願意看到的恰恰相反，大盟司的武學修為絕對凌駕於單問之上，照此下去，單問的敗亡只是時間遲早的問題。不僅如此，連其他卜城戰士也將面臨無法抗拒的殺戮。

不知不覺中，戰傳說的心弦已為單問、為卜城而繃得緊緊的。

但若僅憑這些，戰傳說也未必會出手相助，畢竟這與他的初衷似乎偏離太遠了。

沒想到在單問危難之際，眾卜城戰士明知必死無疑，仍不顧一切地攔阻大盟司，當四名卜城戰士為大盟司舉手投足間斬殺的那一剎那，戰傳說的靈魂被深深地觸動了！

而後，他注意到了一個連眾卜城戰士也沒有留意到的細節。當單問被重斬一刀，眼看就要跌飛而出的時候，他竟強自一錯步伐，以自己最後的努力，使自己所跌出的方向不再是眾卜城戰士立足之地，而是離眾卜城戰士最遠的方向，而這個方向，又恰好與戰傳說接近。

戰傳說心靈如遭電擊！他一眼看出單問的用心良苦，因為單問知道只要有一線希望，自己的屬下一定會不惜一切代價阻止大盟司殺他，但他們此舉除了會犧牲更多的人之外，根本無濟於事。

單問不願讓更多的卜城戰士爲救自己而亡於大盟司的刀下，所以他憑藉自己最後的一點力道，爲自己選擇了一條絕路！

命運真是陰差陽錯，單問爲了不牽累他人而選擇了一條絕路，沒想到正是這一選擇使他得救！

戰傳說明白單問的用意後，深深爲之震撼。一股無形而強大的力量一下子注入了他的心靈深處，幾乎未經更多的思索，戰傳說拋開了所有的雜念及時出擊，在間不容髮的瞬息間擋住了大盟司志在必得的一刀！

他這最後的選擇顯得那麼突兀，以至有些不可思議，卻又顯得水到渠成，再自然不過；但無論如何，當此刻戰傳說靜下心來時，情緒仍顯頗爲複雜。

大盟司以驚疑的眼神打量著戰傳說，他難以相信擋下自己一刀的人竟如此年輕！

沉默了片刻，大盟司方道：「烏代的確該死，卜城有你這樣的年輕高手卻從未聽他向千島盟稟報過！」

戰傳說道：「我並非卜城之人。」

大盟司眼中閃過一絲驚疑的光芒，而眾卜城戰士的神情則更爲複雜。

戰傳說緊接著又道：「但我是樂土人。」

眾卜城戰士相互交換著眼神，顯得既佩服又驚訝，而單問借此機會得以緩和喘息，有人欲上前為他包紮傷口，卻被他一個嚴厲的眼神給擋了回去。

他看了戰傳說一眼，「尊駕所說的話，讓單某知道不必稱謝，只需與你並肩作戰！」

戰傳說見單問幾乎半個身子都已被鮮血浸染，心頭不由一熱，故作輕鬆道：「單尉能孤身對敵，在下可不想讓單尉一人專美，請單尉為我掠陣如何？」

單問如何不知戰傳說這麼說的用意只是要讓自己可以處理一下傷勢？不過戰傳說既然能擋下大盟司的傾力一刀，就不會輕易敗與大盟司，而自己傷勢奇重，感覺幾近虛脫，說是與戰傳說並肩而戰，其實單單是血流不止也可以要了自己的命，休說能助戰傳說一臂之力，也許反而會連累戰傳說。

想到這兒，他不再堅強，道了聲：「朋友小心了。」便退出數步。

戰傳說微微頷首，神情凝重，目光更是一直沒有離開大盟司。

對於這一戰，戰傳說實在沒有絲毫取勝的把握，甚至無法預知自己能否在大盟司的刀下全身而退。

與靈使一戰留下的傷勢，讓他的實力無形中打了折扣，再加上一日的奔波和饑餓，使他頗感疲憊。更重要的是，大盟司的修為又是如此可怕，甚至戰傳說心中不無悲壯地忖道：「若是今日我因為救卜城的人而戰死於此，日後爻意、石前輩、殞城主他們得知此事，不知會如何想？」

大盟司正視著戰傳說，以他奇特而生硬的語調道：「自我涉足樂土以來，一直勝似閒庭信步，尚未遇到真正的高手，但願你可以讓我不再失望。」

戰傳說沒有開口，只是展露出一個自信的笑意。

「好！」大盟司因戰傳說這自信的一笑而戰意大熾，他低喝一聲，寒刀乍起倏落，起落之間頓時予人以風起雲湧之感。刀芒大熾，凌厲刀勢以一往無回之勢直捲向戰傳說，其勢之盛，似可洞穿一切！

戰傳說目睹了大盟司與單問交戰的整個過程，給他最大的感覺，就是大盟司有著與其凌駕萬眾的身分不相稱的攻擊性，似乎在大盟司的武道理念最核心的一點就是攻擊！而這類性情的人幾乎一無例外地十分自負狂傲，他們決不願看到對方比自身更強於攻擊！

所以，戰傳說決定暫取守勢，若是與之對攻，定會激起大盟司更加強烈的戰意，而戰傳說自忖若是毫無周旋餘地地與對方正面相對，自己恐怕唯有敗亡一途。

心念急轉間，手上卻絲毫沒有閒著，「無咎劍道」之「剛柔相摩少過道」全力施為，剎那間在身側佈了一道光芒奪目、可張可弛的劍網！

「噹……」大盟司的刀甫與搖光劍相接觸，搖光劍立即順勢蕩開，根本不與對方接實。

大盟司腳下一錯步，刀勢已變，窺準一個空檔，狠狠斜劈而入，但不知由何處閃現的一道劍影再度及時封阻，其機變幻化，竟不在大盟司之下！

如此一攻一守，在極短的瞬息間，刀劍以肉眼難辨的速度經歷了無數次撞擊，讓眾卜城戰士目眩神迷，既深深地陶醉期間，又感到心煩意亂，竟不堪強大的刀勢劍勢對他們心靈的無形衝擊。

在冠絕天下的「無咎劍道」之前，大盟司一輪如迅雷驚電般的攻擊竟然無功而返。

無數幻現的刀影倏然凝於一體，並以快不可言的速度自重重劍網中抽身而出。

一直內心高懸的眾卜城戰士禁不住大聲喝彩，為戰傳說能從容化解大盟司的攻擊而喝彩。

而戰傳說此時卻是有苦自知，為將「無咎劍道」的威力發揮至最高境界，他已是豁盡一切，全力催運，將自己的修為提至無以復加的境界，在大盟司一輪不容他有絲毫喘息機會的攻擊下，雖然最終堪堪見招拆招，但卻有種真力無以為繼之感，整個身軀像是被抽乾了精氣元神，只剩下一個乾癟空洞的軀殼。

而且這時，他才發現自己方才的策略其實是個錯誤，事實上無論自己是取守勢還是攻勢，對大盟司來說都沒有本質的區別，只要未取得徹底的勝利，他的攻勢都將是只強不弱。

大盟司的刀甫退即止，在虛空中劃過一道驚人的弧線後，已在第一時間反噬！他的雙腕略略下壓，手中的刀幻作一道寒光怒射而出，彷若那已不再是一件兵器，而是一抹令戰傳說不可逆轉的死亡之光！

大盟司的刀乍出之時，眾人恍惚間竟心生錯覺，只覺得整個世界在那一剎那已經歷了一個輪迴，成了另一個完全不同的世界——一個充滿了無限殺機的世界。

大盟司的身軀仿若被無形之物依托著一般，向前飛速滑進，給人的感覺就像他手中的刀非但有生命，而且有感知、有靈魂，是刀自身在向戰傳說揮出致命一擊，而大盟司不過只是依附於刀上的「物」而已。

空前強大的氣機透刀而出，給場中每一個人的心神都形成了巨大的衝擊，使不少人都不由自主地將手中兵器緊握，神色緊張。

這一刀的最終目標——戰傳說此時所承受的壓力之大可想而知！

單問的傷口已草草處理完畢，目睹這一刀，亦不由爲戰傳說暗捏了一把冷汗。

戰傳說決定孤注一擲，以攻對攻！「萬象無法，法本寂滅，寂定於心，不昏不昧，萬變隨緣，天地可滅」！「無咎劍道」中極具攻擊力的「滅世道」傾力施出！

搖光劍劃空而過，在虛空中留下一道毫無規則可循的軌跡，偏偏又讓人感到其中包含某種至理玄妙，仿若這一劍與人世間某種不可逆違的規律暗中吻合，顯得無懈可擊。

眾卜城戰士目瞪口呆地望著一刀一劍同時施展的神技，心中情緒複雜至極。那一刻，他們忽然明白在武道之中，有些東西也許是他們窮其一生也無法逾越的。

很少有人在大盟司如此凌厲一刀之下，還有勇氣不守反攻，針鋒相對，即使有，也會因爲難以承受他凌然萬物的刀勢而未戰先亂。而眼前這個年輕人卻依舊保持了心境之清明，絲毫未受刀勢的影響。

這讓大盟司不能不爲之吃驚。他卻不知，「止觀隨緣滅世道」的精義便在於只要心存一念，那麼無論形勢如何變化，都應將之視若過往雲煙，不爲之所動，讓自己的心境成爲劍的真正主人！而「止觀隨緣滅世道」對戰機的捕捉更是存於一念之間，就連戰傳說自身也無法對其預知。

「嚐……」搖光劍劍尖竟出人意料地正好與大盟司的刀尖相撞一起！劍身一蕩，立時貼著刀脊向內疾滑而下，劍與刀脊劇烈摩擦，火星四濺！

對於大盟司、戰傳說這等級別的高手來說，生死勝敗本就是存於一線之間，而此時雙方的距離竟達到如此相近的地步，實是凶險無比。觀者的呼吸無不止於一瞬。

大盟司大喝一聲，內力疾吐，刀身頓生強大的反震力，一下子將搖光劍震開。

戰傳說如一片毫無分量的輕羽般倏然飄升，劍勢再變，借著居高臨下之勢，以「悟心無際天羅道」將大盟司緊緊地困於自己劍勢籠罩的範圍之內。

四下立時再度喝彩聲如雷，眾人莫不為戰傳說竟能在大盟司面前取得主動而歡欣鼓舞。「無咎劍道」不落窠臼，奇想聯翩，非常理所能揣度。大盟司睥睨天下，一生當中不知會過多少高手，何嘗有幾次處於被動境地?!戰傳說卻意欲以「無咎劍道」中的困敵劍式加之於他的身上，致使大盟司怒焰狂熾，一聲穿破九霄雲霧的長嘯後，彎刀刀芒大熾，奪目光芒讓人難以正視。

大盟司自下而上暴撩一刀，刀氣貫空，似將虛空斬裂！

在這飽含無限怒意的一刀之下，戰傳說的劍勢難以支撐，應刃而潰散。

大盟司連人帶刀衝破劍勢籠罩的範圍，沖天掠起，直抵超乎眾人想像的高度，方高擎彎刀，凌空長劈而下。

刀破虛空，其速似已可追回流逝的時光，而刀身所凝集的大盟司的無上內力修為越聚越多，開始迸發出驚人的顫鳴聲，整個刀身泛射的光芒亦越來越奪目，直至完全掩蓋了刀本身！

在懾人心魄的刀鳴聲中，刀氣直迫戰傳說！奪目刀芒迅速拉近與戰傳說的距離，在與戰傳說相距只有一丈之時，本是銀白色的刀芒在不斷迸發直至無以復加之境，突然變成一片淒豔的火紅色。

火紅色的光芒由深轉淡，刀身再度顯現！

眾卜城戰士的神色突然顯得驚愕無比，其神情如見鬼魅。

他們赫然發現紅光淡去，重新出現在眾人視線中的刀影竟是一柄彎如弦月、有著完美無缺的弧度的長刀——一柄具有吞天滅地的霸氣的絕世之刀！

誰也無法明白眼前這一幕變化究竟是真是幻。

而戰傳說心中驚駭欲絕的感覺，比其他任何人都強烈。

他也同樣看到了這驚人的一幕，更重要的是，他一眼就看出此時大盟司手中的兵器是天照刀無疑！

天照刀曾對他的一生都有著重要的影響，當然，千異就是以天照刀與他的父親決戰於龍靈關。而後，天照刀在小野西樓手中重現也給了戰傳說不小的震撼，天照刀的形狀早已在他的心中留下了不可磨滅的印象。

何況，天照刀本身所具有的神韻霸氣也決定了他人即使是刻意仿製，也是無法再另行鑄造出一柄天照刀。他人所能模擬的只能是天照刀的形，而無法重鑄天照刀的刀魂。

但此時戰傳說所見到的，卻分明是真正的天照刀的形象，它非但具有天照刀的形狀，而且還具有天照刀的神韻。

天照刀不是在小野西樓手中嗎？又怎會在大盟司手中出現？

天照刀刀身頗長，就算大盟司的衣飾獨特，能掩藏部分短小的兵器，卻也決不可能掩藏得了天照刀！而且，如天照刀這般霸道的兵器若是存在左近，以戰傳說如今的修爲，不可能沒有感應。何況，大盟司手中原有的兵器消失與天照刀的出現都是在同一瞬間，在數十雙目光的注視下，竟無一人看出他原有的兵器是如何消失的，而天照刀又是如何持於他的手中！

種種不可思議的突變予戰傳說的心神以極大的衝擊，使他的心神在極短的瞬息間出現了短暫的空白。

儘管只是極短的一瞬間，但卻帶給戰傳說以極大的威脅！

當他回過神來時，奪目刀芒已逼近至無可回避的範圍內！戰傳說的心猛地一沉。他甚至無法察知自己作出了什麼反應，便聽得一聲暴響，隨即他的整個身軀便如斷線風箏般被拋飛而出，直至十數丈開外方頹然墜地，竟再也無力起身！

他赫然發現自己的雙掌已是一片血肉模糊，而搖光劍這等不凡兵器竟被生生擊碎，斷成數截，一無例外地扎入了他的軀體中，將他整個身軀穿刺得觸目驚心，鮮血不斷地由數處傷口湧出，轉眼間戰傳說已渾如血人！

面對大盟司，任何疏忽都將帶來致命的後果，戰傳說也不例外。

戰傳說敗了，而且敗得很慘，已再無挽回局勢的可能。

他以自己僅剩的生命力強自支撐著試圖站起，剛剛略略站直身子，卻又頹然半跪於地，鮮血很快就染透了他腳下的一方土地。

戰傳說吃力地抬起頭，聲音低緩嘶啞地道：「天照刀……怎會……在你……你的手中?!」

大盟司居高臨下地望著戰傳說，冷笑一聲，「本大盟司乃天照神心靈之子，等若天照神的化身，大神的精神早已深入我的靈魂，以大神那蒼穹間最強大的精神，足以將任何平凡的兵器異化為大神最心儀的兵器！你所見到的並不是真正的天照刀，而是異化成的天照刀！」

他接著又不屑地道：「當然，這其中的玄奧，根本不是你們這些凡夫俗子所能領悟的。」

戰傳說無力地苦笑著，不錯，他的確對方才的經歷難以置信，但它卻偏偏又真真切切地發生了。

戰傳說的目光落在了大盟司手中的兵器上，若非大盟司有言在先，無論如何他也會堅信這一定是真正的天照刀！只是，籠罩於此刀周圍的淡紅色的光芒暗示著此刀另有玄機，那淡紅色的光芒予人以一種似真似幻的詭異感，不可捉摸。

這時，四名卜城戰士迅速來到戰傳說身邊，其中兩人擋在戰傳說身前，而另外兩人則試圖將戰傳說扶起。他們已把戰傳說視作同仇敵愾的朋友，決不會對他的危險置之不理。

兩人的手剛剛觸及戰傳說的身子，倏覺著手處如觸摸到被燒得通紅的熱鐵，頓時忍不住齊齊一聲驚呼，本能地將雙手猛地縮回。

眾人為之一怔，愕然相望。

沒等那兩人有所解釋，大盟司已展開了殺戮！

擋在戰傳說身前的兩人首當其衝，大盟司身影甫動，他們便猜知自己是第一個受到攻擊的目標，即刻搶先作出反應，但這絲毫不能改變他們的命運。

刀影閃電般迫至，兩名卜城戰士手中的兵器竟不能予對方以任何威脅，也未讓對方緩上一緩，一個照面，刀芒便已直奔其中一人的胸膛，看上去就像是那人主動將自己的要害部位迎向大盟司的刀！

「噗……」的一聲，刀芒沒體而入，透其後背而出。

一擰身，刀芒挾著一縷血腥之氣，順勢撞向另一個人橫於胸前的鐵矛！

「啊……」的一聲痛呼，那人雙手十指盡斷，而手中的鐵矛猛地向後反撞，一下子撞斷了他的幾根肋骨，鐵矛打橫深深地嵌入了他的血肉之軀中，五臟六腑頓時生生被擠壓得破碎，七竅噴血，仰身便倒。

頃刻間，兩人已亡於大盟司的刀下！

「嗖嗖嗖……」驚人的破空聲中，三杆長槍從不同的方向勁刺而至，一下子橫在了大盟司與戰傳說之間。

大盟司哈哈一笑，冷酷地道：「誰也救不了他！」

冷喝聲中，他已以如鬼魅般的步伐一連踏進三步，從容避過了三杆長槍的交叉攻擊，異化的天照刀一收一放，順勢翻腕一絞，立時將一杆長槍絞得脫手而飛，並直奔其同伴胸前刺去。

那人大吃一驚，倉促間急忙槍尖下壓，振臂一揚，揮出一片奪目的槍花，奮力擋開奔胸而至的長槍。

但堪堪將長槍擋開，眼前一花，大盟司赫然與他已在咫尺之間，頓使他全身的血液似乎也一下子凝固了。

一道光弧撲面而至，仿若一束自烏雲密佈的天空中突然綻現的奪目陽光，顯得格外刺眼，讓人無法正視。

只是，這束陽光是冷的。冰冷的陽光飛快地吻過他的咽喉，一顆人頭高高拋飛。

另外兩人一下子紅了眼，不顧一切地向大盟司飛身撲至，三杆槍中唯一存留下來的那杆槍迸現萬點寒星，如狂風暴雨般向大盟司暴扎而至，恨不能一下子將大盟司扎個透胸而過。

大盟司似乎有心要展示自己的絕世神技，他忽然刀交左手，右手向漫天槍影驀然抓去，一把便扣住了槍身，內力一吐，長槍頓時如毒蛇般掙脫了主人的雙手，並反向標射而出，槍尾猛地扎入其心臟，餘力猶未消，帶著已然殞命的死者跌飛出去。

而大盟司右手已化爪為拳，重重地擊在失去了兵器之人的頭頂上，整個頭顱立時爆裂，失去了頭顱的軀體如醉漢般蹣跚走了幾步，方轟然倒下。

眾卜城戰士無一不是久經沙場之人，但目睹大盟司如此可怕的殺人手段，仍是不免心寒。

這時，無須單問或他人傳訊，大營那邊已察覺到情況不妙，更多的卜城戰士奉命馳援，而且此時卜城城主落木四也終於被驚動了。

卜城戰士同懷一志，誓死保護戰傳說！單問大聲呼道：「我們不能讓卜城的朋友在卜城大營外遭遇不測，否則那將是卜城的恥辱！」

大盟司極強的好勝心決定了在這種情況下，他更絕對不會放棄誅殺戰傳說的原定目標。

但見他如狼入羊群，刀光閃過之處，卜城戰士紛紛倒下，幾乎大盟司每向戰傳說踏進一步，卜城戰士都將付出生命的代價，縱橫刀氣與濃得化不開的血腥之氣糾葛交織，屍體在戰傳說的眼前不斷地累加、堆積，其情形慘烈無比。

戰傳說眼睜睜地看著越來越多的人爲他而倒在了大盟司的刀下，他的心在流血，劇痛如割！肉體與心靈的雙重劇痛使他的五官已扭曲得近乎猙獰。

方才欲扶他起身的兩名卜城戰士已死了，他們本來可以繼續設法將戰傳說架扶開去，但當他們第一次的努力因爲突然感受到戰傳說身子奇熱無比而失敗後，未等他們細想，大盟司已長驅直入，閃電般劈殺幾人後，在他與戰傳說之間出現了空檔，而能夠在最短時間內補上這一空檔的就是他們兩人，結果他們毫不猶豫地選擇了向大盟司攻襲而去！

他們如願以償地滯緩了大盟司前進的速度，卻付出了生命的代價。

前仆而後繼，又有兩名卜城戰士撲向戰傳說，未等他們靠近戰傳說，卻見戰傳說竟搖搖晃晃地站起身來。他的動作因爲過於遲緩而顯得有些木訥可笑，像是有千萬斤重荷壓在他的身上一般，但同時這遲緩木訥的動作又讓人感到其中蘊涵了某種力量，讓人不由得對他肅然起敬。

戰傳說向前踉蹌了幾步，終於站穩了腳步。

正殺得興起的大盟司一下子感覺到了！

不錯，是感覺到，而非看到，至少，在未看到之前，他就已感覺到了異常。

當戰傳說站起身來時，大盟司正好是側身向著那邊的，但他卻立即感覺到有一雙不容他忽視的仇恨的目光正望著他，讓他心中立時升騰起不適之感。

一刀逼退三名卜城戰士之後，大盟司猛然轉身，目光正好與戰傳說的仇恨目光在虛空中相接，頓時予人以風雲變色之感。

大盟司心頭忽然「突突」一陣狂跳。

這種異樣的感覺讓大盟司既怒且驚，他不明白爲什麼一個距死亡只有一步之遙的人，目光會給自己帶來如此大的震撼。

他所看到的是一雙充滿了仇恨、充滿了永不屈服的堅毅的眸子！

不可思議的是，戰傳說流失了那麼多的鮮血，卻沒有使他臉色變得蒼白，相反，此時他的臉色竟是一片赤紅。

大盟司心頭又掠過了一陣莫名的不安。多少年來，大盟司憑藉其超越芸芸眾生的驚世修爲，從來都是別人爲他而震撼，爲他而不安，而他自己早已忘記了不安的滋味，可萬萬沒想到今日在面對這個已傷至如此嚴重的年輕人時，他竟再度品嘗了不安的滋味。

這讓大盟司很不解，也很不習慣！

眾卜城戰士似乎也爲某種奇異的力量所震撼了，不由自主地停止了對大盟司的攻擊。

大盟司的目光久久地停留在戰傳說身上，瞳孔漸漸收縮，其中的光芒卻更亮，更攝人心魄。

就如同他手中的刀的鋒芒。

大盟司心頭重新浮現出了一個本已被他忽略了的疑問：在他一刀斬碎搖光劍，搖光劍反傷戰傳說自身時，他本以爲戰傳說將必死無疑，數截斷劍在他那浩瀚如海的氣勁的撞擊下，足以穿鐵裂石，何況是戰傳說的血肉之軀？

但最終的結果卻並非如大盟司所想像的那樣斷劍穿透戰傳說的身軀，使之立斃當場，而只是刺入其軀體，雖然使之重傷，卻沒有立即取其性命。

當時，大盟司心中就有些疑惑。

但疑雲卻只是在他心中一閃即過，只是把它當做一種意外，一種巧合，既然戰傳說最終難免一死，又何必去費神計較其過程？

此時，戰傳說在重傷之後異乎尋常的膚色變化引起了大盟司的警惕，再聯繫先前兩名卜城戰士與戰傳說相觸時異常的反應，大盟司隱隱感到有些蹊蹺，而戰傳說一刻不死，就有可能醞成後患！

連大盟司自己都驚訝，何以對一個連站立都有些困難的人還如此戒備。

大盟司是一個自負倔傲之人，卻並非是一個狂妄到無知之人，他有足夠敏銳的判斷力，能讓他知道什麼事是可以冒險的，什麼事又是絕對不能冒險的。

比如現在，他就斷定如果不及時取了戰傳說的性命，就將會是一個極大的錯誤，甚至是一個讓他後悔一輩子的錯誤。

大盟司可以視卜城眾戰士的生命如草芥，可以無所顧忌，但狂妄只是他的表象，如果只有狂妄，他絕對不可能成為千島盟地位僅次於盟皇的人物。

戰傳說正視著大盟司，吃力地擠出一個堅強的笑容，斷斷續續地道：「你我一戰，不……死……不休，現在……還未分出……勝負……！」

大盟司氣極反笑：「哈哈哈，你已成了一個廢人，有什麼資格與本大盟司論勝負?!既然你一心想要送死，我自會成全你！」

戰傳說嘶聲道：「嘿嘿，恐怕……恐怕斷送性命的……並不是我，而是……你！」

大盟司的臉上籠起寒霜，他的容貌十分奇特，若是將五官的每一個器官分開來看，都很正常，與常人毫無區別，但當五官在組合成他的臉龐後，卻讓每一個見到他的人都會想到雕像，而雕像即使雕刻得再如何栩栩如生，仍是顯得十分生硬，缺少人應有的七情六欲。

正因爲這個緣故，此時，大盟司臉泛怒意，反而讓人看上去順眼了些。

所有的人都因戰傳說的說法而暗吃一驚，不少人向戰傳說投去關切而疑惑的目光，單問剛要開口，卻被戰傳說搶先阻止了：「我不是信口……開河，而是……而是有對付他的……絕對把握。咳咳……」

說到這兒，他忍不住一陣咳嗽，像是很快就會喘不過氣來。但他的語氣、眼神卻讓人感到他的確有足夠的信心！一時間單問深深地疑惑了，不知對戰傳說所說之話是否應該相信。

在眾人的目光下，戰傳說腳步蹣跚地向大盟司這邊緩緩走來，斷劍依然插在他的身上，縱然是無一截斷劍刺中要害，此情此景也是極爲驚心動魄，觸目驚心。

大盟司的目光第一次流露出疑惑之色。

重挫戰傳說之後，其餘的卜城戰士對他根本構不成威脅，他只需以一半實力就足以進退自如，所向披靡。籠罩於他的兵器外的淡紅色光芒也悄然褪去，漸漸地化爲炫目銀光，而銀光也不斷減弱，直至異化成的天照刀完全消失，刀以真實的面目原原本本地出現在眾人的眼前。

而此刻，當戰傳說緩緩向他走近時，他手中的刀再度迸現奪目的光芒，並且越來越耀眼。

由此足以看出大盟司雖然口中對戰傳說不屑一顧，而事實上，戰傳說異常的神勇卻已讓他心生戒備，要全力以赴。

僅憑這一點，就足以讓人對戰傳說刮目相看。

也許世間再無第二人能如戰傳說這樣，在性命堪憂的情況下，還能予對手極大的心靈壓力，而且，這個對手是千島盟一人之下、萬人之上、武功已臻絕頂境界的大盟司。

單問眼看著戰傳說所走過的地方出現了一道血跡，幾乎是一步一個血印，不覺流露出敬佩的神色。

戰傳說一步步走近大盟司，大盟司持刀而立，刀身所泛射出的光芒已讓人難以正視，強橫刀氣四溢而出，大盟司寬大的袍袖在刀氣的拂動下獵獵飄舞。

四周忽然陷入一片死寂，連號角聲也不知從什麼時候起消失了。

戰傳說終於在離大盟司三丈遠的地方站定。他長長地吸了一口氣，隨後做出一個讓所有人都倒吸一口冷氣的舉動——他忽然一下子將刺於腹部的一截斷劍猛地抽出，緊握手中，斷劍斜斜上指。

驚呼聲只在眾卜城戰士心中響起！

一種奇異的力量使數百名卜城戰士不能發出任何聲音，他們只是屏息凝氣地注視著戰傳說的一舉一動。

大盟司目光倏然一跳，如同黑夜裏突然躥起的火苗。

這是連著劍柄的斷劍，也是斷開的幾截斷劍中最長的一截，連同劍柄約有一尺長，也是刺入戰傳說軀體最深的一截斷劍。

天地間忽然只剩下一個聲音，「滴答……滴答……」是斷劍上的鮮血沿著斷劍滴落後，濺落於戰亡者手中兵器時所發出的聲音，聲音並不甚響，卻深深地震撼著每個人的心靈！

戰傳說手中的斷劍緩緩揚起。而他的目光卻從大盟司的身上移開了，轉而投向了無窮無盡的夜色，他的眉頭漸漸皺起，就像是在深深地思索著與迫在眉睫的生死一戰毫無關係的某件事物。神情也在不斷地變幻，而整個身軀也許是因爲失血過多，開始不停地戰慄，像是怕冷一般，唯有他那隻握著斷劍的右手凝然不動。讓人感到這隻手並不屬於他所有，握得那麼有力，似乎要將劍融入他的軀體中，融入他的生命裏！

誰也不知道，此刻戰傳說正在悄然醞釀著一次驚人的反擊！

此時，他的疲倦與不堪一擊其實都是假象，事實上，當他重傷倒地後，無法支撐的感覺只持續了很短的時間，便感到一股熱流自體內升起，並迅速向全身蔓延，這股熱流所過之處，使他重新充盈著生命力，因受傷失血而大量損耗的內力開始奇蹟般地恢復。

對於這種變化，戰傳說已不再陌生。他斷定這一定是因爲涅槃神珠的緣故，讓他不解的是爲什麼先前爲靈使所傷時，體內並沒有如此明顯的變化。

他卻不知這正是涅槃神珠內所蘊涵靈力的最獨特之處，傳說鳳凰每隔五百年集香木自焚，在火中得以涅槃重生，而重生後的鳳凰的羽翼會更美麗，牠的鳴叫更嘹亮。

生命從消亡到重生，在重生中生命力變得更爲強大，這就是涅槃的力量，所以戰傳說被靈使所傷，因爲傷得不重，故對他的體內變化微乎其微；而這一次，卻因爲他傷得極重，體內所蘊涵的涅槃神珠的靈力開始甦醒，並借助涅槃的力量使他的生命力不斷地恢復、充盈，直至達到比原先更高的層次！

當然，這種攀升並非永無止境的，涅槃神珠所蘊涵的火鳳宗開宗四老的靈力被不斷消耗，是促使戰傳說的生命力完成一次次蛻變、昇華的源泉所在，當火鳳宗開宗四老的靈力消耗殆盡時，縱然涅槃神珠本身的涅槃力量依然存在，卻已成了無源之水，再也無法對戰傳說有所裨益。

不過，正如爻意所言，火鳳宗開宗四老共同融合而成的力量無比強大，蒼穹間幾乎再無其他力

量可以與之抗衡，若有朝一日戰傳說真的能在不斷蛻變、昇華中，借助涅槃的力量完全吸納了火鳳宗開宗四老的靈力，也許他已成了蒼穹中的最強者，那時涅槃神珠的靈力縱是枯竭了，對他也不會再有影響。

只是，這一過程是否真的能一帆風順，直至達到完滿的一天？

在隱鳳谷時，戰傳說差點因爲無法承受體內無限膨脹的內力而爆體身亡，所幸最終及時將此轉嫁於劫域大劫主四大戰將之一的哀將身上。日後，戰傳說又是否能完全承受那股驚世力量？而縱然融合了火鳳宗開宗四老的力量後，又是否真的可以無敵於蒼穹？

種種疑問，也許誰也無從解釋，這便決定了縱然因爲機緣巧合，戰傳說與涅槃神珠結下了共體之緣，他今後的武道之路也並非一片平坦。

就是今日與千島盟大盟司一戰，若是大盟司加諸他身上的重創更嚴重些，那麼戰傳說定然性命不保！而若連生命都已失去，那涅槃昇華就根本無從談起。

可以說，雖然這一次戰傳說因禍得福，但卻十分僥倖。

大盟司當然不知這一點，甚至戰傳說自身亦無從完全知悉其中的玄機。他所在意的只是他擁有了一個可以利用的機會，大盟司一定不會料到他的攻擊力可以在如此短的時間內迅速恢復；而這一點，正是戰傳說最大的優勢所在。

為了能最大限度地達到出其制勝的效果，他刻意隱藏了自己的實力，同時卻又有意顯露出不可思議的自信，如此虛虛實實，真假莫辨，定可起到擾敵心神之效。

雖然生命力在奇蹟般地恢復，但終非一時半刻便能恢復的。此刻真正激起戰傳說鬥志的其實是一股空前強大的劍意，一股來自於他內心深處的劍意，仿若它早就存在於戰傳說的心中，卻一直蟄伏著，只是在這一刻突然被喚醒罷了。

每一種不凡的劍法都有它與眾不同的氣勢及精蘊，而不同的氣勢與精蘊便形成了不同的劍意，就如同每一把劍都有著區別於其他劍的光澤、紋路、弧線一樣。

對戰傳說來說，他最熟悉的劍法自是「無咎劍道」，但此刻他所感受到的卻是與「無咎劍道」截然不同的劍意，這是一種與「無咎劍道」的劍勢一樣有著唯我獨尊的王者霸氣的劍意，但與「無咎劍道」的雍容寬厚不同，這股劍意有著更為鋒銳的殺機！

這讓戰傳說頗感意外。

「既然自己『無咎劍道』尚未大成，何不將心中那股與『無咎劍道』不同的劍意應勢循導，加以利用？或許會另有奇效也說不定。」

凝於涅槃神珠內的火鳳宗開宗四老的靈力全面復甦激發著戰傳說的智慧，使他擁有非比尋常的洞察力。

他全神貫注地體味揣摩著那越來越強烈的劍意在自己心靈深處的形成，試圖領悟其中的玄機與內蘊，直至最終能得心應手地將這股劍意化爲具體的劍式！

戰傳說根本不知道此刻在他心中那股萌發壯大，並漸漸形成激蕩澎湃之勢的劍意並非源自其他，而是因「長相思」而生！

在隱鳳谷內，當涅槃神珠靈力全面迸發時，在其勢可改天易地、逆亂五行的力量作用下，與火鳳宗族有密切淵源的「長相思」與涅槃神珠一同融入了戰傳說體內，成爲一柄以超越常規的存在方式隱於戰傳說軀體內的劍，一柄炁靈之劍！

大千世界，或精彩紛呈，意象萬千，或光怪陸離，百變莫測，但人們眼中所見的世界無不是肉眼可見的實體世界，而無限蒼穹莫不是由陰陽五行構成。五行之氣構成無限蒼穹時，實體之物只是一種存在方式，卻有諸如人之精、氣、元、神等所蘊涵的五行之氣，則是以虛體存在著。

對於武道中人而言，絕世之兵與絕世之技皆是他們孜孜以求之物，如搖光劍這樣的兵器已屬難得，而被世人奉爲四大奇兵的「長相思」、「斷天涯」、「玄流九戒」、「紅塵朝暮」更是可遇而不可求。

至於如天照神刀這等包含承載著數千年武道滄桑的神兵，其存在的意義已遠遠超越了作爲兵器的內涵，它的命運，以某種不可捉摸的方式與武道的命運遙相呼應，相互影響。

但除了如天照刀及四大奇兵這樣的兵器外，還有融合了陰陽五行「虛」與「實」兩者存在的兵器，更讓武道中人心神搖曳，無限傾慕。

這便是幾乎只在傳說中出現的「炁兵」！

炁者，氣也。

並非每一件兵器都能與主人互融互通，化為炁兵，能化為炁兵者，莫不是絕世之刃！

也並非擁有絕世之刃就定然可以將之化為炁兵，能將之化為炁兵者，必然是達到神魔境界的巔峰高手！

炁兵與絕世神兵最大的不同之處，其實並不在於炁兵是以氣虛的狀態存於主人的意念之中，而是絕世神兵縱然有著可怕的改天易地的威力，但當它一旦鑄成，其本身的威力就已注定，所能改變的只是主人能將它的威力發揮至幾成。

但炁兵卻不同，因為它已融入了主人的意念之中，所以它的威力與主人的修為相輔相成，能夠不斷地攀升。

炁兵，是絕世神兵的虛化與絕世戰意物化的完美結合！正因為如此，武道中人才對它夢寐以求。

以戰傳說先前的修為，絕對無法將「長相思」納為己用化為炁兵，真正促成此事的，其實是涅槃神珠的靈力。也正因爲這個原因，戰傳說雖擁有了炁化後的「長相思」，卻並不能完全與「長相思」心靈相通，自然也無法徹底領悟「長相思」這一千古奇兵本身所擁有的劍意與戰意。

縱是如此，當戰傳說承受大盟司足以致命的一擊，數截斷劍刺入他體內的那一刹那，炁化的「長相思」仍是立即與涅槃靈力一道擔負起護主之責，使戰傳說倖免遇難。

種種玄機，戰傳說並不知悉，他只是被「長相思」本身所蘊涵的戰意激勵著，決定與大盟司放手一搏。

「長相思」、「涅槃神珠」兩者都與火鳳宗有著不可分割的聯繫，故涅槃靈力能有效地激發著炁化「長相思」的戰意，兩者之間形成了某種契合。

戰傳說漸漸地忽略了對手的存在——或者說，對手是誰對他來說已不再重要，他只是最大限度地敞開自己的心扉，任憑心中的戰意與劍意恣意蔓延。

恍惚間，他感到自己體內的氣息已成了可以觸摸的實體，氣息如潮般起落亦清晰可感可辨。

他的目光投向了茫茫夜色，卻感到夜色中的一切景物都已退隱到無邊無際的昏暗之中，唯有奇異的陰暗物質在以極爲複雜的方式湧動飄掠著，充盈於身側的每一寸空間。

驀地，勁氣破空之聲清晰入耳！

一定是大盟司出手了！

利刃與虛空劇烈摩擦產生的裂帛聲驚心動魄，強大至無以復加的刀氣以滅天絕地之勢向戰傳說席捲過去，其無與倫比的殺機讓眾卜城戰士莫不心驚，寒意直透心間！

無儔刀氣以可追回時光、逆轉時空的速度向戰傳說逼進，其速之快，足以讓觀者心生窒息感。

在對方刀氣、殺機的牽引催發下，隱於戰傳說體內擁有更強力量的涅槃靈力立時有了回應，使戰傳說的戰意迅速攀升至一個前所未有的高度。

他的眼前無邊無際的昏暗中突然出現了一點極亮的光點，光點甫一出現，便以極快的速度迅速擴大，猶如無數銀色線條在湧動翻騰，卻又像爲異物所困，左衝右突，形勢驚人。

在大盟司急速迫近戰傳說之時，驀聞戰傳說一聲如龍吟虎嘯的暴喝，周身銀芒乍現，就像在刹那間爲戰傳說披上了一件銀光皚皚的戰甲，情形壯觀而驚人！

而周身銀芒甫一出現，立即齊齊向戰傳說的右臂湧去，宛如銀潮急退！

「嗡……」猶如鳳鳴般悅耳清越的顫鳴聲中，戰傳說手中驀然多出了一柄薄至似可透視而過、通體泛著奇異光彩的奇劍！

「長相思?!」

一聲驚呼來自於眾卜城戰士身後，卜城戰士無須回頭，亦知驚呼源自何人。這聲音對他們來說是再熟悉不過了，因爲這是他們城主落木四的聲音！

「長相思」三字足以讓眾人爲之一驚！

但此刻縱然是城主駕臨，縱然是迫切想知道戰傳說手中突然出現的兵器是否真的是「長相思」，卻無人有餘暇顧及城主落木四。眼前的種種變幻莫測已超越了他們的想像，偏偏這一切的變化，都是在間不容髮的剎那間發生，加上對戰傳說命運的深深關切，使眾人不能不神魂爲之奪！

「長相思」三字亦如一支利箭般穿入大盟司的心坎！

縱是泰山崩於前也不變色的大盟司乍聞此言，古井不波、深邃無比的心境亦不由爲之一震！

讓他吃驚的顯然不是「長相思」本身，以大盟司的驚世修爲，就算是四大奇兵也並不足以對他形成致命的威脅，真正使他震撼的是卜城城主落木四的呼聲一下子提醒了他，使他想到了一件非比尋常的事——炁兵！

第七章　玄兵炁化

不錯，在戰傳說手中出現的，顯然是炁化了的「長相思」，這決非幻覺，也非假象。

大盟司實是難以相信戰傳說如此年紀就能達到擁有炁兵的實力，若是如此，他就應當擁有達到神魔之境的內力修爲，但就在片刻前，他還敗在了自己刀下！

除了驚愕戰傳說擁有炁化「長相思」外，大盟司也由「長相思」三字一下子明白了眼前這一年輕人的身分，知道他就是來自武外桃源的戰曲之子戰傳說！因爲在此之前，他就已知道「長相思」落入了戰傳說手中。

告訴他這一點的人是小野西樓，當日，唯有小野西樓一人目睹了戰傳說與涅槃神珠相融的過程，也只有她目睹了「長相思」在戰傳說手中奇蹟般消失的情景。

小野西樓進入樂土之前，大盟司就已到了樂土境內，當他聽說小野西樓與驚怖流門主哀邪關係僵化已不歡而散時，便設法找到了小野西樓，試圖讓他們言歸於好，重新合作，沒想到孤傲的小野西樓連他大盟司的面子也不給，執意要返回千島盟，向盟皇稟明經過，就算盟皇會怪罪於她，她也毫不後悔。

大盟司又追問她爲何不設法一直追蹤石敢當等人，小野西樓只是簡單地解釋說石敢當等人進入坐忘城後，遲遲不再出城，已無法實現有效的追蹤。

小野西樓對大盟司的淡然與隱隱的抗拒，使大盟司十分不快，只是他決不會將此流露於神色間。

當然，當時小野西樓提及「戰傳說」時，是以「陳籍」相稱，她並不知道戰傳說的真實身分，而大盟司之所以知道這一點，則是由哀邪口中得知。

哀邪麾下的青衣易容成隱鳳谷十二鐵衛中的雕漆詠題，與石敢當、戰傳說、爻意等人共處了數日，在這期間，戰傳說親口說出了自己的真實身分，可以說這也是青衣的最大收穫。在成功逃離坐忘城返回驚怖流後，青衣便將此事告訴了哀邪。

而哀邪正苦於未完成盟皇的任務，又與小野西樓不歡而散，不知這是否會種下禍患，聽得青衣稟報，如獲至寶，他當然十分清楚「戰曲之子」對千島盟來說意味著什麼，對於當年龍靈關戰曲與千島盟千異王爺的一戰，他們決不會忘記！所以，當他見到大盟司時，立即將此事告之大盟司，試圖借此博得大盟司的好感，那樣在與小野西樓的不愉快這件事上就不會太被動。

大盟司正是綜合了由小野西樓那兒得到的消息及哀邪透露的內幕，才推知眼前擁有炁化「長相思」的年輕人是戰曲之子戰傳說！

這一發現，對大盟司的震動尤其大。

縱然所有的念頭僅在電光石火間一閃而過，大盟司的刀法亦因此而有了常人根本無法察覺的一緩。

炁化「長相思」靈光乍閃，以決不遜色於大盟司刀勢的氣勢徑直迎去，薄似可透視的「長相思」以無法描述的方式在虛空中劃過一道包含天地至理，同時也隱藏無盡殺機的弧線，閃電般攻出。

大盟司猶如雕塑般極少有神情變化的臉上忽然出現了驚愕欲絕的表情，那樣子就像突然被人重重地砍了一刀般。

究竟他又看到了什麼，竟讓他如此驚愕？

誰也不曾料到在頃刻之間，大盟司的心中竟已轉過了無數的念頭，體驗了一次更比一次強烈的震愕。

心神繁雜，大盟司心靈之力減弱，異化而現的天照刀的形象，在最關鍵的時候倏然淡化。

炁化「長相思」與異化天照刀全力相接，頓時產生空前絕後的破壞力。

驚天動地的暴響聲中，以刀劍相接為中心迸射出萬丈光芒，將夜空徹底照亮，一股空前強大的氣旋迅速席捲全場，其巨大的吸扯力，讓雙目難以視物的眾卜城戰士難以立足，搖搖欲墜，場面一片混亂，連遠處久經訓練的戰馬也一反常態，驚嘶不已。

光芒消失，眾人心神甫定之際，赫然發現千島盟大盟司已不知去向。

炁化「長相思」也消失不見，戰傳說手持斷劍，一動不動地佇立著。四周一下子都靜了下來，所有的目光都齊齊集中於戰傳說身上，但卻沒有人有勇氣打破沉默，眼前的戰傳說如同一尊雕像一般，甚至連他的目光都像是一無所視、一片空洞。

他手中的斷劍上已多出了一抹新鮮的血跡——莫非，竟是來自於大盟司?!

短暫的沉寂之後，倏見刺在戰傳說體內的幾截斷劍齊齊彈出，帶出一道道血箭。

同一時間，無數鋒銳氣勁如萬刃齊射般由內向外透發而出，刹那間，戰傳說的衣衫已破碎如亂蝶，片片飛落。他的身軀轉瞬間平添了無數道傷口，就像是同時有無數小而鋒利的箭矢自內向外穿刺了他的身軀，其情形之詭異，實是駭人聽聞。

戰傳說的身子晃了晃，隨即在數百雙目光中如被伐倒的巨木般轟然撲倒。

單問第一個反應過來，立即向戰傳說撲去，在戰傳說即將倒地前的那一瞬間將之及時抱住。

倉促之間，單問聽到戰傳說斷斷續續地說了兩個字：「坐……忘……」他心中一動，忙道：「你說什麼？」

戰傳說卻已雙目緊閉，無法回答他的話了。

「炁兵?!」單問的神情顯得十分吃驚。

此時，他是在城主落木四的中央大帳裏，此時大帳中除了城主落木四及單問外，還有另外幾名落木四麾下的幹將。

落木四意味深長地看了看單問，沒有直接回答單問的疑問，轉而問了句與此事毫無關係的話：「老鐵，你的傷不礙事吧？」

單問與「老」字似乎沾不上邊，顯得有些文弱的他更不會予人以「鐵」的聯想。「老鐵」這一稱呼其實是卜城人私底下為他取的，原因則是由於單問乃卜城名聲顯赫的鐵腕人物，如此稱謂倒並無惡意。至於身為城主的落木四也時常這樣稱呼他，則體現了落木四對他的肯定與讚賞。

但這一次，單問卻覺得城主的問話似乎隱有深意，不禁沉默了片刻方道：「已上了藥，應無大礙。」

落木四像是如釋重負般吐出了一口氣，頷首道：「如此就好。」對單問的關切之情溢於言表，單問不由有些慚愧地忖道：「我是不是太敏感了？」

任何人只要見到了落木四本人，其第一感覺莫不是心悸不已。在落木四的身上，留有太多殘酷廝殺後的印痕！平時他總是將自己的頸部、雙臂、手腕等部位盡可能地包裹得嚴嚴實實，甚至在炎熱的盛夏，他的雙手也是戴著麂皮手套。不知情的人總對此迷惑不解，而他身邊的人卻知道城主落木四雙手加在一起也只有四根手指，而其餘的手指是在哪一戰失去的，連落木四自己都記不清了。

在落木四的臉上有一道疤痕十分醒目——他臉上的疤痕至少有十處以上，而在如此多的傷疤中這一道疤痕仍能顯得醒目，足見其非比尋常。

這道疤痕自他的右眼角開始，劃過鼻梁、腮幫，最後止於左耳垂下方，乍一看，他的臉就像是被一道疤痕分成了兩半，甚至予人以一上一下兩半分開又重組，但卻沒有對正的錯覺。

落木四的聲音很古怪，刺耳、粗澀，這讓人不由懷疑是否他的聲帶或者氣管也受過傷，但因爲他的頸部幾乎一年四季都在嚴嚴實實的遮掩下，所以這一疑問從來沒有機會得到證實。

落木四這才回到原來的話題，他道：「不錯，這個年輕人藉以擊退大盟司的，正是傳說中的炁兵，絕對錯不了！」

「但是，據說要擁有炁兵，除了需有一柄絕世神兵外，還需有神魔境界的內力修爲，難道他一身武道修爲已達到了神魔境界？」

說話者是卜城的另一員年輕悍將狐川子，此人平時嗜武如命，不喜言談，他此時之所以搶先發話，當然是與「炁兵」有關，對於嗜武如命的狐川子來說，再也沒有比這更有吸引力的了。

「這也正是我感到不可思議的地方，這個年輕人的武功雖高，但尚還未至神魔境界。」落木四將他戴著麂皮手套的雙手背起，繼續道：「正因爲未達到神魔之境，所以當他戰罷大盟司之後，無比強大的劍氣失去了渲染的對象，而他的內力修爲不足以約束控制體內強大的劍氣，以至於劍意張揚，劍氣迸發，反而傷了他自己。」

「使他受傷的是他自身的劍氣?!」單問頗有些意外地道。

落木四點了點頭，「他與大盟司最後一擊的情景，我看得十分明白，大盟司並沒有傷到他，相反，倒是大盟司自己受了傷。大盟司沒有料到自己這麼快就傷於對方的劍氣之下，以爲對手的修爲的確在自己之上，所以他不得不及時抽身而退！而我也沒有想到受挫的會是大盟司，當然也就不會料到大盟司會突然抽身而退，所以沒能及時將之截住！」

單問心道：「當時連我都無法看清大盟司兩人最後一搏的情景，其他弟兄自不用說，看來城主的修爲遠在我們之上。」

心頭正轉念間，忽聞落木四向他發問道：「老鐵，那年輕人在暈迷之前似乎說了些什麼，你可曾聽清？」

單問已聽出戰傳說最後說的是「坐忘」二字，後面顯然還有一個「城」字，但他乾咳了一聲後道：「當時屬下過於緊張，沒能聽清。」

落木四「哦」了一聲。

單問緊接著又道：「大概他想告訴我們什麼，只要等他醒來，一切自可查明。對了，他有沒有性命之憂？」

落木四道：「按常理，他在重傷之後又為劍氣所傷，的確是無法倖免的，可照他現在的狀態看來，甦醒應該不成問題，但顯然宜靜不宜動，而我們的人馬已有部分已抵達坐忘城下，之後的變化誰也無法預料，他能不能有安心養傷的時間，就要看他的造化了。」

這時，狐川子身旁一個膚色黝黑、雙眼格外明亮的中年人道：「對了，一切正如城主所料，由映月山脈南側馳道進發的人馬一路上果然沒有被坐忘城襲擊，暢通無阻。」

「是嗎？」落木四道。軍隊行程順利，他本該高興才對，但不知為何，他卻輕輕地嘆了一口氣。

「下一步，我們卜城大軍該當如何？」單問問道。

「該當如何？」落木四以他那獨特的聲音將此言重複了一遍，嘴角內側露出古怪的笑意：「大盟司退走後，千島盟很快就會知道真相，不會再上當，我們也就不用擔心卜城的安危。沒有了後顧之憂，對我們來說將更爲有利，只等最後在坐忘城前一場血戰了。」

大帳內忽然一片肅靜，落針可聞。

帳內之人誰不知城主落木四一生經歷血戰無數，視生死如草芥？誰沒有見過城主叱吒風雲的英勇形象？但此時，眾人在城主落木四的眼神、神情中根本找不到大戰前的躊躇滿志、意氣風發，這使眾人心頭都有些失落。

其實自大軍離開卜城出發時，城主落木四就顯得有些不同尋常。出發之前，沒有誓師，普通的戰士甚至不知因何長途奔涉，而只知目的地是坐忘城。

而在出發後的幾天中，城主落木四更是一反原有的雷厲風行的風格，一路上從未督促部屬，甚至幾次不明緣由地下令繞過直道，迂迴前進，大軍進程之緩慢前所未見。

此時，落木四似乎從一片沉寂中感覺到了什麼，揮了揮手，「大盟司擾營使大家都不得安寧，現在既已擊退大盟司，就各自回營休息吧，至於明天有何舉措，我會另行告之你們——你們還有何事嗎？」

狐川子鼓起勇氣道：「城主，照顧那位小英雄的事能不能由我擔當？」

他身邊的那位皮膚黝黑、雙目極亮的人名爲欒青，聽狐川子這麼說，不由有些驚訝地看了他一眼，使狐川子更不好意思，鐵錚錚的漢子竟然臉上微微一紅，讓人禁不住想笑。

落木四郤明白狐川子的心思，他哈哈一笑，沉吟道：「小英雄？嘿嘿，他挫敗千島盟大盟司也的確算是英雄。好吧我答應你，不過你必須保證在任何情況下都不得再讓他損傷一根毫毛，直到他離開我們大營爲止。」

「屬下遵令！」狐川子響亮地應道。

就在戰傳說血戰大盟司的時候，坐忘城南尉將伯頌登上了南城門的城牆。

自卜城大軍出發的那一天起，他就每天都要擇一時間登城瞭望，一則是爲激勵士氣，二來可以順便查看防務有無疏漏。

就在半個時辰之前，他已得知卜城由百合平原進發的人馬中行程最快的那支，已抵達坐忘城外三里之距，並不再前進，而主力則屯營於離坐忘城還有四十里的地方。

至於沿映月山脈南側馳道進發的人馬，此時至少與坐忘城還有六十里，以卜城這些日子所顯示的緩慢推進速度來看，就算他們今夜長驅而入，到達坐忘城附近也將在後半夜。

因爲地形的緣故，由百合平原進發的卜城人馬基本不會從坐忘城南門進攻，而沿馳道進發的卜城人馬，才是伯頌的正面對手。

按常理，對於攻城方的卜城人馬來說，進攻北門、東門最爲有利，至於西門與南門，前者背倚高山，西尉將幸九安又早已在山上佈下人馬，並將外敵可以選擇的進攻線路上的所有樹木全砍倒焚燒。

這樣一來，一旦有人欲由這些方位進攻，就會一覽無餘地暴露於強弓勁弩之下，加上居高臨下，一夫當關萬夫莫開的地勢之利，卜城人馬要想從西向進攻實在是難比登天。

至於南門，則是由於有八狼江這道天塹，更是易守難攻，伯頌只要抽掉鐵索橋上的木板，就可以逸待勞，占盡上風。

饒是如此，伯頌仍是不敢掉以輕心。

伯頌右臂斷於地司殺的九誅刀下後，自忖再難擔負南尉將重任，便向殞驚天請辭，讓殞驚天另擇南尉將人選，但殞驚天卻不肯答應，伯頌懇請再三也不得允許，只好作罷。

但他自知廢了右臂之後，定然有種種不便，所以此後但凡有事，都讓二子伯貢子追隨身邊。雖然他也知道長子伯簡子比伯貢子穩重得多，但伯簡子被歌舒長空傷得太重了，直到今天，內傷仍未痊癒。

讓伯頌有些意外的是，二子伯貢子如今的性情似乎改變了不少，不再像以前那樣張揚而浮躁，而顯得謹慎少語，默默地充當著父親的助手，使殘缺一臂的伯頌竟沒有感到有多大的不便。

注意到其子的這一轉變後，讓伯頌既感慨又欣慰，心道：「也許以前他經歷的風浪太少了，才那麼不知天高地厚，看來讓他受些挫折也不無好處。」

在伯賁子的相隨下，伯頌登上南門城頭，向前方望去，只見夜色蒼涼，八狼江不知疲倦地奔騰不息，遠處的山巒起伏有致。

回望坐忘城中，但見燈火閃爍，頗爲寧靜，但這份寧靜又能維持多久呢？

沉默了片刻，伯頌忽然向身後的伯賁子道：「你重叔向城主請戰，要在馳道北側的山林中設伏，而城主卻不同意——這事你可知道？」

伯賁子臉上的第一個反應便是意外。

不過，讓他意外的倒不是父親所提到的事情本身。事實上在此之前，他早已由其他途徑得知此事，他意外的是父親平時極少向他提及坐忘城的大事，近兩年來尤其如此。

一怔之餘，伯賁子道：「孩兒已聽說。」

「那，你對此事有何看法？」伯頌又問了一句，聽起來像是漫不經心，但伯賁子卻隱隱覺得父親應該對自己的回答很在意。

也許，右臂被廢，讓伯頌一下子意識到自己已老了，更多的重任應該由後輩去承擔，這讓伯頌開始對兩個兒子寄予厚望。

思索了片刻後，伯賁子才道：「依孩兒之見，城主之所以這麼做，並不是擔心伏擊難以成功，而是擔心伏擊真的成功。」

「哦。」伯頌以眼神示意伯貢子繼續說下去。

「卜城人馬自出動以來，從來沒有公開宣告他們將進攻坐忘城，一切都只是口頭相傳而已。聽說卜城城主落木四身經百戰，手下又有足智多謀之士，那麼任部下在馳道冒險長驅而入就不是他們的疏忽，而是有意爲之。落木四很可能就在等待我們的伏擊，一旦他們的人馬在伏擊中傷亡，那麼卜城就找到了進攻我坐忘城的藉口，這是城主所不希望看到的。」

伯頌不動聲色地道：「難道沒有遭伏，卜城人就不會攻城了嗎？抑或他們真的除此之外別無藉口？別忘了，卜城是奉冥皇之命而行，而二百司殺驃騎之死本就是很強硬的理由。」

與其說伯頌在否定伯貢子的話，倒不如說他是希望其子伯貢子能有更嚴謹全面的思路。

伯貢子想了想，嘆了口氣道：「卜城的確能找到進攻我坐忘城的藉口，甚至因爲這是冥皇之意，他們根本就不需要藉口。」

伯頌有些失望地長長出了一口氣，「你說得不錯，他們的確不需要尋找藉口，所以唯一的解釋就是在卜城內部存在著矛盾，有一方並不願進攻坐忘城，而另一方則恰恰相反。願意攻襲坐忘城的一方爲了使雙城的決戰不可避免，才有意讓一部分人馬步入險境！」

伯貢子經此點撥，方恍然大悟。

伯頌有些遺憾地道：「只可惜，我們一時半刻無法查出卜城反對進攻坐忘城的是什麼人，而戰事卻已迫在眉睫！」

伯貢子似乎又忘了這些日來所遭受的種種挫敗，「與卜城對壘，坐忘城未必會敗！畢竟他們遠離自己的城池，我們至少佔有地利與人和！」

伯頌苦笑一聲，不再論說此事，轉過話題道：「明天就是七祭滿期的日子，但願在城主回到城中之前，不要出什麼亂子才好。」

父子二人正談話間，忽聞有人呼道：「那邊有一隊人馬正向坐忘城而來！」

「難道卜城人馬竟來得這麼快？」伯頌、伯貢子父子二人心中同時浮現出這一念頭。

伯頌搶前幾步，依在垛口處，向正前方望去，果然發現遠處有一隊人馬正向坐忘城而來，只是其速並不快。

「要不要傳訊全城？」伯貢子低聲道。

伯頌神色凝重，半晌不語，久久地望著仍在繼續向坐忘城靠近的人馬。終於，他開口道：「再等一等，我覺得這些人不像是卜城人馬！」

伯貢子將信將疑，忖道：「坐忘城周圍的子民應早已遠遠回避，以免被殃及，除了卜城大軍之外，還有誰會進入坐忘城？」

這時，遠處的人群突然停了下來，不再向前，少頃，人群當中走出三騎，向坐忘城南門疾馳而來，直至鐵索橋對岸才停下。

此時南尉府的戰士都已被驚動，城牆上增添了不少人，見南尉將伯頌就在城頭，軍心大定。

這時，對岸其中一名騎士在馬上向坐忘城高呼道：「在下是道宗白中貽，奉宗主之命來見石老宗主，請坐忘城的朋友爲我等捎個口信給石老宗主。」

另一人也大聲道：「我是乘風宮昆統領麾下上勇士景如是，奉命前往道宗，現回城覆命！」

伯貢子意外地道：「竟是道宗之人。」

八狼江的濤聲絲毫掩蓋不了白中貽的聲音，顯得清晰入耳，字字可聞，足見白中貽修爲不俗。

上勇士是乘風宮正、奇二營侍衛中地位僅次於統領的人物，伯頌當然識得景如是，也知道景如是及另外幾名乘風宮侍衛一同前往道宗總壇的事，於是他立即下令打開城門，讓景如是等道宗弟子入內。

當十八名玄流道宗弟子在伯頌父子的陪同下到達南尉府時，石敢當尚未入寢，聽著道宗弟子來拜見他，他並未自恃老宗主的身分擺足架子，而是迎出了門外。

乍見包括白中貽在內的十八名玄流弟子，石敢當感慨萬千，在這十八名玄流弟子中，他竟只識得其中兩人，其中就包括白中貽。

當年石敢當尚在天機峰時，白中貽只是一個二十幾歲的年輕弟子，若不是他下頷處有一塊明顯的胎記，恐怕石敢當連他也不認識了。二十年過去了，白中貽已由一名年輕弟子變成了道宗的一名旗主。

另一個石敢當能認出的人，就是在十八人當中格外顯眼的拄雙拐者，此人雙鬢已斑白，一臉的滄桑勞苦。他的右腿自膝蓋以下蕩然無存，一截空蕩蕩的褲管在無力地擺動著。雙拐是用精鐵鑄成，扶手處被磨得幽幽發亮，可見這對鐵拐已不知伴隨著他多少年了。

此人一見石敢當，立即拋開雙拐，「撲通」一聲跪倒在地，緊接著雙肘著地，跪爬著伏行至石敢當面前，只喊了一聲：「宗主……」便再也說不下去了，抱著石敢當的雙腳，整個身軀不由自主地戰慄著，兩行濁淚一下子奪眶而出。

石敢當長嘆道：「書山，你我能再次相見，便應感念造化了，你不必如此。」說著，他的眼眶中卻已濕潤了，躬身將「書山」扶起，一名道宗弟子忙遞上雙拐。

這時，白中貽率先向石敢當跪下，恭恭敬敬地道：「屬下白中貽見過宗主！」其餘的十六人隨即也齊刷刷地跪下叩拜。

石敢當忙沉聲道：「起來起來！你們切莫再稱我爲宗主，二十年前我獨自離開天機峰，置道宗大業於不顧，已不配再做道宗宗主，今日道宗宗主是藍傾城，而非石某！」

白中貽道：「石宗主永遠是道宗的老宗主。」言罷恭恭敬敬地施了禮，方才起身，其餘的人也一一施禮。

被石敢當稱做「書山」的人名爲黃書山，在石敢當爲道宗宗主時，黃書山就已經是旗主，而他的右腿則是在道宗與術宗的衝突中所傷。五十年前玄流分裂爲道宗、術宗、內丹宗三宗後，三宗之間的紛爭並未因此而中斷，在持續不斷的衝突中，玄流的實力日漸削弱。

除了黃書山、白中貽之外，其餘十六人年歲都在三旬左右，石敢當是一個也不認識。二十年的時光，能夠改變的東西太多太多。

伯頌適時將眾道宗弟子引進南尉府中。

因爲此刻坐忘城在爲城主胞弟殞孤天行七祭之禮，所以南尉府只爲客人送上了清茶素點。

相談之中，石敢當發現白中貽顯得頗爲機敏，言談得體，面對他這位「老宗主」時在恭敬之中自有其從容不迫，心頭暗忖藍傾城以此人爲旗主，很有眼光。

雖然二十年來石敢當一直隱身於隱鳳谷中，但對玄流道宗的情況卻一直暗中關注，所以交談中並不顯得生澀。但在言談中，石敢當也留意到黃書山一直顯得很沉悶，極少開口。

石敢當猜測黃書山在道宗一定不甚如意，但這卻也很正常，黃書山右腿被斬斷之後，本已不適合留在旗主的位置上，是自己念他勞苦功高，才沒有換用他人。

但二十年過去了，自己又早已不是宗主，瞭解黃書山當年的人已越來越少，即使瞭解，也會慢慢淡忘，只會覺得他早已不濟於事，卻還占著旗主之位很不識趣，如此一來，他的心境鬱悶自是在所難免。

石敢當決定擇一時間單獨與黃書山細談。

漸漸地，話題不知不覺中轉移至卜城大軍進發坐忘城一事之上。

石敢當對坐忘城現在的境況頗為清楚，所以他想看看藍傾城對此事態度如何，道宗是與坐忘城相距最近的武門，道宗的態度如何，對整個局勢頗有影響。

但因為有伯頌及其他南尉府的人在場，若是直接向白中貽詢問藍傾城的態度如何，恐怕白中貽將不便措辭，石敢當正斟酌著該如何旁敲側擊委婉相問時，白中貽卻已主動提及這件事，只聽他輕咳一聲，道：「我等今日前來坐忘城，除拜見老宗主之外，也為卜城兵發坐忘城一事而來。」

伯頌正端茶欲飲，聽到此言，又將茶杯輕輕放下了，微微一笑，很聰明地暫保沉默。

果然，白中貽接著道：「道宗與坐忘城相距不過一日行程，可謂是唇亡齒寒，卜城與坐忘城若真的難免一戰，其中的利害關係不言自明。此事關係重大，宗主得知老宗主在坐忘城中，大喜過望，一喜老宗主隱於世外二十年，今日重涉武界；二喜正好可以向老宗主討得錦囊妙計，既可為坐忘城助綿薄之力，又可使道宗不至於陷入危亡邊緣。」

「危亡邊緣」四字讓石敢當爲之一震，疑惑地望著白中貽，心道：「此言未免太誇大其詞了吧？」

白中貽苦笑一聲，接著道：「術宗、內丹宗對我道宗一直虎視眈眈，自道宗得到『九戒戟』後，術宗、內丹宗更是念念不忘對付道宗，爲此他們甚至摒棄了以前的仇怨，形成二宗結盟，道宗面臨的壓力是前所未有的。」

石敢當還是第一次聽說「九戒戟」已落在道宗，吃驚非小。「九戒戟」即是與「長相思」、「斷天涯」齊名的四大奇兵之一，又是玄流最高權力的象徵。歷來爲玄流宗主所有，但自從天玄老人死後，玄流三宗便分道揚鑣，玄流內部經歷了一場前所未有的動亂，「九戒戟」也不知去向，沒想到現在已重回道宗，無論如何，這對道宗而言也是一件喜事。

沒想到白中貽接著又道：「其實『九戒戟』一直在術宗手裏，他們卻詐稱『九戒戟』不知去向，並口口聲聲誣陷道宗私藏『九戒戟』，引得內丹宗也一併仇視道宗。」

石敢當點點頭道：「當年術宗的確一口咬定道宗私藏了『九戒戟』，嘿嘿，我道宗乃玄流正宗，擁有『九戟戒』乃天經地義，又何必藏藏掖掖？卻沒想到他們如此狡詐！」

伯頌見石敢當一臉憤色，心中暗笑，忖道：「老兄弟諸事豁達，但在玄流三宗的紛爭上卻無法突破樊籠，其實玄流三宗無一不是認爲自己才是玄流正宗，這樣的爭執，永無平息之日。他能遠離天機峰二十年，應當可以超脫於玄流三宗紛爭之外了，沒想到一旦白中貽提及此事，他仍是念念不忘舊事。」

白中貽也流露出憤憤不平之色，略略提高了聲音：「老宗主言之有理，可恨術宗、內丹宗的人從不死心……」

話未說完，忽聽得一聲冷笑，彷彿就在每個人的耳邊響起，清晰無比，眾皆一愣之際，聽得「喀嚓」一聲，屋頂忽然破開一個窟窿，一道紅影倏然落下。

定睛一看，落在地上的赫然是一個用竹節拼製而成的小竹人，高約半尺，有手有足，落地之後竟在地上翻起跟斗，彈躍之間顯得靈活協調。

如此詭異情形讓南尉府的人既驚且奇，見那小竹人彷若有靈性般靈動自若，一時都呆住了。

石敢當的心卻倏然一沉！

白中貽等道宗弟子亦神色大變。

石敢當大喝一聲：「小心！」同時雙掌在扶手處一按，人已如一抹輕煙般掠出，卻非衝出屋外，而是向小竹人所在的方向掠去。

小竹人亦於同一時間倏然彈掠而起，其速快不可言，氣勁飛速穿過小竹人的諸多竹節，發出如鬼哭神泣般淒厲無比的聲音，此聲如具魔力，伯頌眼前突然幻現出一個猙獰魔鬼頭像，挾滅世殺機向他悍然撲至。

「啊呀……」伯頌一聲驚呼，腳尖一點，反向倒掠。

幾乎在同一時間，他聽到了一聲極爲痛苦的嘶喊。隨即只聽得「鋃鐺」之利刃脫鞘聲響起，幻像頓時消失得無影無蹤。

驚魂甫起，伯頌只見石敢當手執一劍而立，他的腳下散落著幾截竹節，顯然，小竹人被他以劍擊散了。

同時，一名道宗弟子痛苦地倒於地上，雙手捂胸，殷紅鮮血自指間不斷湧出。

再看南尉府的人，個個目瞪口呆，驚魂未定！他們的修爲尚在伯頌之下，定是更爲不濟，連伯頌都心升幻魔之象，何況他們？

眾人的目光都不由自主地落在散落地上的竹節上，心中有種說不出的不適，隱隱間總覺得有些竹節會突然彈掠而起。

白中貽的臉色有些蒼白，他向石敢當道：「老宗主，是術宗的人！他不可能在短時間內脫身離去的。」

石敢當擺了擺手，將劍交還給一名南尉府府衛，這才道：「不必追了，此人深諳『守一大法』，一定是術宗數一數二的高手。術宗推崇異術，行蹤猶如鬼魅，要想在偌大的坐忘城找到他，猶如大海撈針！就算僥倖尋到，也根本無法形成合圍之勢，反會引起混亂。」

他接著又道：「救人要緊——不過，他沒有性命之憂，偷襲者似乎只是爲了警告我們，並沒有下毒手，否則……唉……」

他沒有再說下去，但每個人都明白他的未言之語。

看來，白中貽說得不假，道宗的確面臨著前所未有的壓力，若捲入卜城、坐忘城之戰中，將會十分危險。

道宗與卜城素無怨仇，讓道宗與卜城爲敵毫無理由，何況卜城是奉冥皇之命而行。

當年爲了對付九極神教，不二法門傳出「真如法檄」，號令達十萬之眾的法門弟子，共同以九極神教爲敵，在誅滅九極神教的過程中起到了至關重要的作用，不二法門與大冥樂土的關係也達到了前所未有的融洽。

在大冥樂土看來，九極神教乃樂土最大的禍害，將其連根拔除，實是解除了心頭之患。

爲此，當時的大冥冥皇——即今日冥皇之父與不二法門元尊在祭湖共立盟約，約定大冥樂土可任由不二法門吸納弟子，包括樂土將士，同時不二法門應約束弟子，世世代代不與大冥皇室爲敵。

祭湖之盟以後，不二法門在樂土發展更爲迅猛，同時由於不二法門弟子廣佈，甚至不少樂土武界門派的掌門人也是不二法門未修持弟子。但在祭湖盟約的約束下，極少出現武界中人與大冥皇室作對的現象，樂土因此而出現了前所未有的安定。

正因爲如此，樂土萬民對祭湖之盟可謂是津津樂道。

如果道宗與卜城爲敵，雖然石敢當知道道宗內並無不二法門的弟子，算不上破壞當年的祭湖之盟，但卻無形中與不二法門有了矛盾，此後道宗的處境可想而知。

白中貽所說的話，再加上方才的經歷，使石敢當、伯頌都明白若要讓道宗與坐忘城共擋卜城的人馬，實在有些強人所難，當下兩人都打消了這一念頭。

這時，一府衛匆匆而至，不顧有外人在場，便向伯頌稟報道：「稟南尉大人，北尉大人領五百人馬自北門出城，去意不明，貝總管請大人速去宮中相議此事！」

「什麼?!」伯頌大吃一驚，立知不妙！重山河想在馳道伏擊卜城人馬，遭到殞驚天的拒絕，沒想到他現在竟擅自出城。

誰都能想到此事預示著什麼，城主殞驚天力求避免決戰的部署恐怕要完全落空了！

伯頌強自定神，向石敢當、白中貽、黃書山及眾道宗弟子匆匆施禮致歉：「伯某有事不能相陪了，恕罪恕罪！」

眾人趕忙還禮。

石敢當望著匆匆離去的伯頌，心頭悄然浮起了一抹陰雲，他預感到坐忘城即將面臨不祥。

當夜，白中貽、黃書山等人都留宿南尉府，石敢當特意讓人將黃書山安置於自己居室隔壁。

當他叩門而入時，正如他所料想的，黃書山毫無睡意，此時正獨自坐在榻前，望著桌上的燭光發怔。見了石敢當，他的眼中流露出喜色，忙扶著桌子站起身來，「宗主，你還沒有休息？」

石敢當淡淡笑道：「二十年沒有見到道宗的人了，恐怕今夜我難以入眠。對了，你不要再稱我為宗主了，你的師父曾與我同為當年道宗三旗主之一，就稱師伯吧。」

「在屬下心裏，道宗宗主永遠是你老人家！」

石敢當斂起笑意，有些不悅地道：「此言差矣！若是道宗的人都如你這般愚頑，恐怕我將不敢再踏上天機峰一步！」

黃書山道：「宗主仍在，豈能又另立宗主？當年我一直主張繼續尋找宗主下落，直到找到宗主為止……」

「你若再如此說，以後我便永遠不與你相見！」他的話一下子被石敢當打斷了。

黃書山呆了一呆，見石敢當的神色不像戲言，他便洩氣地坐了下來，竟忘了給石敢當讓座。

「二十年前我離開天機峰，誰也不知情，也不可能查出我的行蹤。在這種情況下，道宗大局必須有人操持，藍傾城能出面擔當此任，可謂很有『捨我其誰』的勇氣與膽識。據我所知，當時並無幾人反對由藍傾城接任宗主之位，由此可見大家對他還是十分信任的。他敢背負可能會加之於他頭上的罪名，爲大局著想，我很佩服。如今道宗又得到了『九戒戟』，足見他成爲道宗宗主之後頗有建樹。事實上，誰爲宗主其實並不重要，重要的是是否能光大道宗！若只是因爲顧念昔日小恩小義而惦念我一介老朽，才是真正可笑可悲。」

黃書山沉默了。但石敢當卻看出黃書山其實並沒有心服口服，不由在心裏暗嘆了一口氣。

黃書山的表現使石敢當意識到今日的道宗恐怕有些複雜，他太瞭解黃書山的性格了，知道黃書山就算真的在天機峰過得不順心，若沒有其他原因，也是決不會在他面前提及對藍傾城繼宗主之位一事的不滿。

石敢當寧可自己的直覺是錯誤的，但他的希望落空了。

黃書山猛地抬起頭來，像是下了很大決心一般，連聲音都變得有些嘶啞：「我懷疑道宗得到『九戒戟』一事另有蹊蹺，其實不僅僅是這件事，道宗的許多事都透著古怪！」

石敢當身子微微一震。

除了殞驚天，坐忘城中沒有人能阻攔重山河做任何事。

當然，這並不意味著重山河在坐忘城一向是橫行無忌的。恰恰相反，對於義父重春秋把城主之位傳與殞驚天，重山河自己也覺得是在情理之中，並未因此而妒恨殞驚天。甚至由於自己是昔日城主義子，重山河一直有意約束自己的言行，儘量減少與殞驚天意見相悖或發生爭執，他不願讓他人覺得他因為未得到城主之位而有意刁難殞驚天。

但這一次重山河卻已是忍無可忍！他心中的怒焰越來越熾烈！這種憤怒其實並不是針對殞驚天。重山河能理解殞驚天的苦衷，知道殞驚天是欲竭力避免與卜城決一死戰，才不允許他在馳道上伏擊，但理解這一點並不能緩解他的憤怒。

他的憤怒是冥皇的背信棄義，使義親重春秋的一番努力付諸東流，還有卜城兵馬毫無顧忌的步步進逼！

他覺得冥皇是在利用坐忘城息事寧人的心態，事實上無論坐忘城如何容忍退讓，都無法改變必須面臨決戰的命運，而忍讓只會使坐忘城陷於不利之境。

既然最終難免一戰，那又何必成全對手的如意謀算？重山河無法忍受卜城肆無忌憚的進逼，在他看來，那顯然帶有挑釁與戲弄的意味。

重山河知道只要等到天亮時分，坐忘城與外界的聯繫就將被切斷，而對手卻不需付出任何代價，他們只要利用坐忘城的退讓態度，就可以不費吹灰之力兵臨城下！

這絕對是重山河無法接受的！

在殞驚天拒絕他於馳道設伏的要求後，重山河就感到自己的心、自己的血液都在燃燒，當憤怒衝破了他忍受的極限時，他立即召集自己北尉府的五百人馬，衝出坐忘城北門！

當隊伍如旋風般衝出北門，沿著百合平原馳出一里多路時，冰涼的夜風讓重山河終於冷靜了一些。

他猛地拉住了戰馬，緊隨其後的五百名坐忘城戰士趕緊也止住去勢。

重山河調轉馬首，兜了一個小小的圈子，正面向著五百坐忘城戰士，沉默著。

在如此快速的推進中，五百人馬沒有出現異常的情況，這讓重山河頗為滿意。

隊伍中衝出一騎，靠近重山河後顯得疑惑又恭敬地道：「北尉大人。」

此人是重山河視為臂助的祖年，他知道重山河一定有重要訓令。

重山河環視了五百坐忘城戰士一眼後，最終落在了祖年身上，他斬釘截鐵般沉聲道：「祖年，你領五百戰士即刻返回城中！」

他的話音剛落，四下頓時陷入一片寂靜，空氣像是忽然凝固了一般。

祖年本能地愕然道：「為什麼？」

重山河沉默了片刻，緩聲道：「你們不必知道原因，只需依令而行！」

祖年再也沒有多說什麼，五百坐忘城戰士面面相覷。

隨即重山河又調轉馬首，正待離去，忽聞幾人同時叫道：「卿子，讓我們三十六清風騎士隨你同行吧！」

自五百戰士中如旋風般閃出三十餘人，如眾星捧月般將重山河擁於中央，正是追隨重山河多年的「三十六清風騎」。

重山河自幼嗜武好動，又得重春秋喜愛，視爲己出，所以在重山河十歲那年，其義父重春秋便精心挑選了三十六名與重山河年數相仿的少年，讓他們陪伴義子，一則可陪重山河一道習武，同時也讓重山河不會感到孤獨。

爲迎合義子好強的性格，重春秋還賜予這三十六名少年以「清風三十六騎」的稱謂。

光陰如梭，重山河與「清風三十六騎」都漸漸長大成人。由於是隨重山河一同習武，「清風三十六騎」的身手都頗爲不俗，順理成章地成了重山河身邊的侍衛，他們一直稱重山河爲「卿子」。

與重山河一起長大的「清風三十六騎」對重山河的耿耿忠心亦非他人可比！其實如今「清風三十六騎」僅只剩三十二人，但他們卻一直自稱「三十六騎」。

重山河目光一一掃過「清風三十六騎」，他在一張張與自己一樣已不再年輕的臉上看到了非常熟悉的堅毅與熱切，心頭不由爲之一熱，便道：「好！你們隨我同去！」

說完再不回首，雙腿一夾馬腹，同時大聲道：「我若能活著回坐忘城，自當向城主請罪！」

話音甫落時，他已衝出很遠。

事實上，重山河之所以改變主意，讓五百坐忘城戰士返回城內，是由於他突然意識到這樣做幾乎就等於背叛殞驚天；而這顯然不是重山河的本意。

重山河可以不顧自己的生死，但卻不能不顧坐忘城的命運。現在倒好了，五百坐忘城戰士已返回城內，剩下的是對他無比忠心的「清風三十六騎」，對「清風三十六騎」來說，爲他們的「卿子」戰死是天經地義的事，重山河已不必再有後顧之憂。

他全力催趕坐騎，在寬闊平坦的百合草原上風馳電掣般馳向東方，「清風三十六騎」緊緊相隨，頃刻間已馳出一里之外，前面出現了一列平緩的土丘。

重山河毫不猶豫，雙腿一夾身下坐騎，一鼓作氣衝上了其中一座最高的土丘，立於土丘丘頂，遠遠地可見數百步之遙有不少人馬以幾座民舍爲核心分散開來，除了挨著坐忘城的西向有數列卜城戰士外，整個陣營顯得頗爲鬆散，甚至有不少人燃起了火堆席地圍坐。因爲幾座土丘擋住了視線，在坐忘城內倒是無法看見火光。

重山河目光匆匆一掃，估計眼前卜城人馬應在三百人到四百人之間，而自己這方只有三十三

人，若單單從人數上看，優劣自明。但重山河對「清風三十六騎」的實力頗爲瞭解，只要運用得當，就憑自己三十三人，也能在對方數百人的陣營中殺個來回。

他知道那幾座民舍成爲卜城戰士的依憑後，將會使他們的攻擊困難得多，心頭便閃過一個念頭：日後一定要將這幾間民舍拆除，以免再被圍攻坐忘城的人利用，只是這次自己能否活著返回坐忘城尚未可知。

這時，卜城戰士顯然也發現了無遮無攔立於土丘上的重山河，他們迅速行動起來，就近糾結成戰鬥隊形。

重山河當然明白在人數處於劣勢的情況下，要想取勝，就必須在對方尚未作出反應時，便以迅雷不及掩耳之勢掩殺過去。

他見「清風三十六騎」也已到達丘頂，便反手拔出背後雙矛，輕吸了一口氣，低叱一聲，身下坐騎一聲長嘶，頓時猶如一支劃破夜幕的怒矢般直取卜城陣營！「清風三十六騎」心領神會，紛紛拔出兵刃，如一陣旋風般刮下土丘。

對於「清風三十六騎」，重山河已無須傳令，他與他們之間有著足夠的默契。

耳邊風聲呼呼，壓抑了數日的心情迫切需要找到一個宣洩對象。重山河手持雙矛，高聲呼道：「落木四何在？你未免太目中無人，兵臨我坐忘城前！」

「來者何人?速速止步!我家城主是奉冥皇之命而行,誰敢抗逆皇令?!」卜城陣營中立時有人高聲應道。

「我重山河就敢!冥皇忠逆不分,顛倒黑白,如此渾噩之君,只配亡於我重山河雙矛之下!」言語間,他與卜城陣營已越來越近。

「坐忘城也歸屬大冥樂土,冥皇讓我卜城人馬開赴坐忘城前亦無不可。」

「廢話少說!」重山河一聲斷喝,「既有亡我坐忘城之心,又何必遮遮掩掩?」

重山河的斷喝聲猶如驚雷,滾滾而過,其聲震耳欲聾,熊熊燃燒的火堆竟爲之一黯。

顯然眾卜城戰士對坐忘城會搶先發動攻擊這一點嚴重估計不足,在此之前,他們與坐忘城人一樣,也只是猜測此次進發坐忘城的動機,卻並未得到明確的指令,包括在離開卜城之前,也沒有依照慣例進行誓師,以至於面對閃電般殺至的重山河,不少人竟不知如何應對。

一時之間,天地間只剩下重山河及「清風三十六騎」如狂風驟雨般的馬蹄聲,壓抑得人透不過氣來。

但這種沉悶只維持了很短的時間,隨即便聽得有人高聲道:「依照卜城城律:擅闖卜城城池、戰營者,殺無赦!」一句話打消了所有卜城戰士的猶豫。

而這時,重山河離最前面一列卜城戰士已只有十幾丈距離!

第一列數十名卜城戰士同時一聲大吼，數十支飛矛如漫天飛蝗，向重山河及「清風三十六騎」射出，無數矛影遮天蓋地而至，極具氣勢。重山河毫不在意，舉起雙矛，挑開重重矛影，繼續奮蹄前行。

而數十投矛手在第一輪攻擊之後，立即貼地滾進，迅速抽出兵刃，向重山河及「清風三十六騎」的坐騎斬去。

同一時間，由幾間民舍方向傳來了勁弩聲，漫天箭雨呼嘯著向這邊席捲而至！這種遠近相結合、上下齊發的攻勢頗難應付，剎那間，戰馬淒厲嘶鳴聲連成一片，衝在最前面的重山河無須回頭也知道發生了什麼事，「清風三十六騎」縱然驍勇，卻不能避免身下的坐騎被斬倒。

卜城戰士的策略無疑十分高明！兩軍對壘要想以少勝多，最重要的就是機動性，在快速穿插中尋找對方的空檔攻擊其薄弱，一旦重山河及「清風三十六騎」的坐騎受損，卜城戰士的人數優勢將大大凸現。

重山河猛然將自身內力催入戰馬體內，只聽得一聲長嘶，他的戰馬奮蹄躍起了超乎人想像的高度，在夜空中劃出一道驚人的軌跡，竟直接越過了卜城戰士第一道防線！

他的神勇讓卜城戰士無不目瞪口呆！

重山河馬不停蹄，在第二列卜城持矛戰士尚未作出反應之前，他已連人帶馬閃電般衝了過去，同時雙矛如毒蛇般自腋下吐出，兩名卜城戰士應聲而倒，胸前血光濺起！

重山河前面頓時出現了一個缺口，在周圍的卜城戰士還沒有來得及封堵這一缺口時，他已閃掣而進。

因爲距離的拉近，加上已與卜城人馬混於一處，隱於房舍內的勁弩已無法再對重山河構成威脅。

重山河直奔與自己距離最近的火堆而去，本是圍坐在火堆四周的卜城戰士因驚駭於他的狂飆突進而四散潰退，對此重山河毫不理會，他的身子向前傾伏，幾乎是整個人貼在馬背之上。

當跨下坐騎即將與火堆一錯而過的那一剎間，他手中之矛驀然怒射而出，刺入火堆中，然後運臂一掄，其氣勁竟捲起一條火龍，向那幾間民舍飛噬而去，情景駭人！

幾間民舍皆是用伐自映月山脈中的樹木搭建而成，著火即燃，並很快蔓延開來。重山河相信如此一來，非但使陷於房舍內的弓弩手不會再有多大威脅，而且能造成混亂局面。

事實果不出重山河所料，卜城陣營出現了混亂，眾多卜城戰士齊齊向重山河擁來，但自行其是，雜亂無序。若此時又有其他人馬由另外的方位同時發動攻擊，一番衝殺，就足以讓這數百名卜城戰士潰不成軍。

但看出這一點卻並沒有讓重山河感到欣喜，恰恰相反，這反而使他更爲憤怒！卜城人馬乃善戰之師，這在樂土是人人皆知的事，而今日卻顯得毫無章法，只能說明他們早已認定坐忘城只會困守城池，而不會主動出擊，重山河深深地感到被卜城所輕視之恥辱！

現在，他就要讓卜城為輕視坐忘城而付出血的代價！

這時，一道紅色的焰火沖天而起，直入高空，在達到驚人的高度後倏然迸放出奪目的大團火花。重山河目睹這一情景，知道這是卜城陣營向後繼人馬傳出了警訊。

焰火傳訊速度極快，在夜裏也極易分辨。很快，卜城大軍的主力大營已得知先行人馬受到攻襲，並將這一消息及時報與城主落木四知曉。此時，單問、狐川子、欒青等人都已離開了他們的大帳。

得悉此訊後，落木四略作沉吟，便向其侍衛道：「讓他們後撤，直到與主力相接，告訴他們，我將讓欒青率領人馬在途中接應！」

「是！」那侍衛答應一聲。

未等他轉身走出大帳，只聽得帳外有一個懶洋洋的聲音阻止道：「且慢！」

那侍衛臉上頓時有了不安之色，偷偷地看了城主落木四一眼，只見落木四雙瞼低垂，就像是沒有聽到帳外有人說話一般，頓時猶豫著進退兩難。

他與落木四都已知道來者是卜城二城主左知己。

帳簾挑開，一個體型與落木四相近的中年人進入大帳內，此人算得上相貌堂堂，但他那混濁的眼神以及身上散發的頹廢神態，很容易讓人將之與「縱欲過度」聯繫在一起。

先前，卜城與坐忘城一樣，只有一位城主，直到五年前，冥皇聲稱為了加強卜城的力量，又自禪都派出左知己充任二城主。

當時卜城面對千島盟的連番進攻，的確壓力很大，所以上上下下包括落木四對左知己的到來還是持歡迎態度的；而左知己初時也的確為卜城出了很多的力，與落木四的配合協調十分默契，使千島盟連連受挫，最終不得不由千異挑戰樂土武界高手，而暫時放棄了對卜城的正面攻擊。

但後來不知什麼緣故，左知己與落木四的不和睦漸漸成了卜城公開的秘密，由於左知己是由冥皇任命的，在卜城也籠絡了不少人心，因此落木四對左知己處處與自己作對也只能睜一隻眼閉一隻眼。

看得出落木四是強壓著怒火，他的目光正視著左知己，沉聲道：「難道左兄弟對此事也有什麼高見?!」

左知己笑了笑，「兩軍對壘，士氣高低十分重要，若是僅僅因為坐忘城小股人馬騷擾就急著後撤，恐怕會大損士氣，所以小弟才斗膽攔阻。」

落木四嘿嘿一笑，「左兄弟過謙了吧？在我看來，似乎沒有你不敢爲的事。你領三千人馬由映月山脈南側馳道進發，這件事根本未與我商議，若是坐忘城的人在途中設伏，後果怎堪設想？」

「小弟所領的三千人馬至今未損一兵一卒。」左知己幾乎是與落木四針鋒相對了。

那名侍衛惶然不安，他身輕言微，夾雜在這種場合，不回避不是，回避也不是，處境之尷尬可想而知。他追隨落木四多年，在情感上當然是偏向落木四，讓他不解的是爲何城主對二城主一直容忍到今天？依照落木四以往的性情，本應是寧折而不彎的。

落木四冷笑一聲，「這恐怕讓你很失望吧？你有意將三千人馬引向危險境地，本就是想引來坐忘城的襲擊，這樣就使坐忘城與卜城一戰不可避免！偏偏坐忘城卻任你長驅直入，讓你的計畫落空，所以這次聽說有人馬遇襲，便正中你下懷！我說得沒錯吧？」

左知己卻自顧正色道：「其一，三千人馬之所以平安無事，是由於出其不意，勝在一個『奇』字；其二，想要避免與坐忘城一戰只是一廂情願的想法，二百名司殺驃騎屍浮八狼江，怎麼可能不了了之？其三，卜城與坐忘城決戰，對我左知己本人並沒有什麼好處；其四，攻擊卜城先鋒人馬的只有三十三人！」

說到這裏，他的語調一改原先的懶洋洋，變得甚是激動：「如果四百卜城戰士在三十三名坐忘城戰士的襲擊下也無法支撐，卜城顏面何在？」

落木四不由一怔，如果說左知己前面所說的他都不屑一顧的話，那麼最後一點卻足以讓他不得不重新審視自己的應對之策了。

他有些疑惑地道：「你怎麼知道得如此清楚？」

「因爲我已動用了獅鷲——當然，只是其中的一小部分。」左知己道，「我們遠離卜城，對這一帶的地形地貌遠不如坐忘城人熟悉，如果不動用獅鷲，就很可能因爲訊息不靈而陷入處處被動之境。」

落木四這才明白，左知己何以比自己還消息靈通了。

獅鷲是卜城馴養的一批巨禽，牠們的體形比普通的禿鷲還要龐大，一隻成年獅鷲足以擒殺一隻山羊；而經過馴養的獅鷲每兩隻爲一組，共負一名卜城戰士也不在話下，這樣就可以憑藉高度與速度及時瞭解敵情。

當初卜城之所以訓練這些獅鷲，也是爲針對千島盟。千島盟與樂土隔海相望，要攻襲樂土必然是乘船而來，人的目力有限，一旦看到千島盟的船隻出現，應戰的準備時間應有些不足，而馴養出獅鷲之後，就可以由獅鷲身負卜城戰士到遠離海洋的地方眺望，這樣自可更早地發現敵情。

這批獅鷲馴養成功後，爲卜城立下了無數汗馬功勞，落木四將之視如珍寶，連左知己也不能不補充說明只是動用了「一小部分」。

左知己身爲卜城二城主，當然有權使用獅鷲，落木四不再就此事多說什麼，轉而試探性地道：「依你之見，該當如何？」

左知己又恢復了他一貫懶洋洋的語氣：「當然是全力阻殺！若是讓他們僅三十三人就長驅直入，勢如破竹，你我以及整個卜城都將顏面無存！」

他的話顯得過於誇大其詞，卻也不無道理。落木四斟酌再三，終於對那名侍衛道：「以煙火傳訊，告訴先鋒人馬全力阻截，並讓欒青即刻出發增援！」

這是近兩年來兩位城主之間少有的意見一致的時候，那侍衛倒有些意外了，同時也感到鬆了一口氣。他答應一聲，迅速衝出帳外。

剛走出帳外，便有一股猛烈的風挾著風沙撲面而至，風中有股潮濕的氣息，而天上的月亮不知什麼時候也已隱匿不見了，空氣顯得有些沉悶。

天地間正在醞釀著一場暴風驟雨！

那名侍衛離去後，大帳裏只剩下落木四與左知己兩人。

他們已很久沒有這樣單獨共處了，以至於帳內出現了相當久的沉默無聲。

還是左知己首先開了口：「你是否以爲我是求戰心切？」

「難道你要否認這一點？」落木四淡淡地道。

「不，我並不否認。不過，我這麼做的理由也許你並不知道。其實我知道你之所以一直不願與坐忘城決戰，是不願看到樂土陷於戰禍，不願卜城戰士為這不明不白的一戰斷送性命。」

聽到這裏，落木四有些意外地望著左知己，像是不認識他一般。

左知己繼續道：「但你是否想到，如果不戰，冥皇會不會允許我們就這樣退回卜城？」

落木四沒有回答，因為這樣的問題根本無須回答。

左知己自顧接道：「當然不可能！這樣一來，卜城萬餘人馬就將長期滯留此地，這對樂土來說才是最大的危險！」

第八章　無名之擊

落木四心中微微一怔，緩緩地道，「你是指千島盟會伺機而動？」

「當然！」左知己毫不猶豫地道：「雖然在卜城還有大部分人馬，但力量有所減弱卻是不言自明的。千島盟大盟司的現身，足以證明千島盟在沉寂了四年後又要伺機而動了，而我卜城卻有萬餘人馬陷身於此不能馳援！卜城雖一直未落入千島盟手中，但好幾次都是岌岌可危了，在力量削弱不少的情況下，誰能保證我卜城仍能那麼幸運？」

落木四下意識地以他套著麂皮手套的右手，輕輕地搓摩著他臉上那道醒目的疤痕。

左知己這才道出了他最後的結論：「依我之見，與卜城一戰唯求速戰速決，隨後立即返回卜城，這才是萬全之策！也許城主還對坐忘城存有仁義之心，但今夜他們的突襲，卻足以說明坐忘城所屬已懷魚死網破之心！」

落木四感到無法反駁左知己所言，便轉換話題道：「就算我們只求速戰速決，卻未必能在短時間內取勝，你我都心知肚明，我們帶來的人馬根本不是三萬，而僅有萬餘，人馬少於坐忘城，何況他們有城池為依憑。其實我之所以不願過早與坐忘城決戰，也是擔心雙方傷亡太重給千島盟以可乘之機。冥皇言稱殞驚天存有叛逆之心，我便希望冥皇能將殞驚天的叛逆之罪公諸天下，然後動用天地司殺府的力量擒拿殞驚天。如果殞驚天罪證確鑿，相信坐忘城中人也不會全力保他，天地司殺府高手如雲，以釜底抽薪之術用在坐忘城，擒賊擒王，不會有多少傷亡。」

說到這兒，他苦笑一聲：「我落木四一生經歷惡戰無數，何嘗怯戰？只是不想戰得不明不白。」

落木四與左知己很少心平氣和地交談這麼久，見左知己與自己的看法雖然有所不同，但終究也是為卜城著想，這讓落木四多少有些欣慰。連日來心頭鬱積的陰雲也消散了不少，他猶豫了一下，仍是說出了一句心裏話：「實不相瞞，我甚至想直接與殞驚天單獨相見，以解心中疑惑。說殞驚天叛逆大冥樂土，我委實難以置信，這其中會不會另有隱情？」

左知己的話語因為其懶洋洋的語氣而顯得漫不經心：「城主覺得殞驚天一定會說實話？」

落木四沉默未言。

「砰……」一陣狂風猛地將厚重的帳簾吹開來，潮濕的風一下子灌入了大帳之內。

「要下雨了，會不會就是秋汛開始的時候？」

落木四的話音剛落，一場暴雨已席捲而至，豆大的雨點重重地敲打在大帳帳幕上，一下子將外界的一切聲音都阻隔開了。

落木四的臉上頓現陰鬱之色！恐怕這一場大雨就預示著秋汛即將來臨，這對散佈在無遮無攔的百合草原上的卜城戰士來說，將是一個嚴峻的考驗！同時，八狼江江水必定暴漲，由馳道進發的三千人馬將被阻於八狼江這邊，平時要穩渡八狼江已是十分不易，更不用說汛期暴漲的八狼江了。

儘管落木四對是否與坐忘城決一死戰一直猶豫不決，但當局勢朝不利於卜城的方向發展時，出於統帥的本能反應，他心頭大爲不安，忖道：「這場大雨應當能讓左知己意識到，由馳道進軍是一件多麼愚不可及的事！」

但當他的目光投向左知己時，卻意外地發現左知己臉上非但沒有懊惱、擔憂之色，反而若有所得，心頭不由大爲吃驚！

只聽得左知己慢悠悠地道：「不知欒青在這樣的暴雨中要花多少時間才能趕到？」他的聲音被密集的大雨撞擊帳幕的聲音沖淡了，顯得縹緲而不真切。

落木四臉上的疤痕開始發脹發癢，每到雨雪天氣，這條醜陋的疤痕就會又脹又癢，而這一次感覺卻格外的強烈。

重山河左矛一封，右矛配合得天衣無縫，自上而下猛力穿刺。他的右臂感到手中之矛先是有極短剎那的一滯，隨後復又長驅而進，重山河知道又了結了一名卜城戰士。

憑手感，他就能斷定自己的矛所刺中的部位應在對手的胸腹一帶。

當矛身去勢將盡未盡之時，重山河猛一絞動，然後斜斜向後撤出利矛，隨即便聽得「撲通」一聲，是人體倒地的聲音，與風雨聲摻雜於一起，並很快消失。

「沙沙沙……」驟雨無休止地下著，重山河的戰甲已經濕透，四周一片黑暗，雨幕幾乎將他的視線完全遮擋，雨水與汗水摻和在一起，不時滴入他的眼眶內，讓他感到雙目生澀。

他沒有想到這場暴雨來得這麼快，幾乎是剛起風，暴雨便緊隨而至，所有的火光全在暴雨中熄滅了，偏偏當時重山河已身入卜城人馬的陣營太深，而與「清風三十六騎」脫節，待他意識到一旦自己與「清風三十六騎」各自爲陣時，那麼「清風三十六騎」將會因爲失去主力而盲目作戰，那無疑十分不妙。

正當重山河想要折返時，暴雨驟至，整個百合草原一下子陷入無邊的黑暗之中。

卜城戰士經驗十分豐富，一時間四面八方勁矢齊發，直取重山河，由於雙眼已難以視物，而雨聲又掩蓋了箭矢的破空聲，這使重山河應對的難度大大增加，頃刻間，他的坐騎便悲嘶著倒下了。

卜城戰士由戰馬悲嘶聲判斷著戰果，見好就收，他們並不把圍殺重山河的希望寄託在這種方式上，那樣只怕他們傾其所有箭矢，也無法達到預期的效果。

眾卜城戰士的目的本就在於射殺重山河的坐騎，儘管對重山河這樣的高手來說，有無坐騎並不影響他的速度，但失去戰馬卻會使重山河辨別方向的能力大減。

久經征戰的卜城戰士都知道在一起馴養的戰馬彼此間十分熟悉了，這樣一來，僅憑戰馬對同伴所在方位的辨別能力，就能輕易地與同伴會合作一處，這是卜城戰士所不願看到的。

箭矢忽然停止射擊，重山河倒一時很不適應，他的所有敵人都隱在了雨幕之後，使其攻擊力暫時失去了目標。

當然，也僅僅是暫時的。

很快，重山河再度陷身血戰之中。

當他意識到自己所殺的卜城戰士應已超過二十人，傷者更是數倍於此時，也猛地察覺對方竟然在不知不覺中讓自己與「清風三十六騎」相隔越來越遠，而引誘他的則是十幾名卜城戰士的性命。

卜城戰士的做法固然過於悲壯，卻顯然是有效的。當重山河猛然醒過神來時，再想與「清風三十六騎」會合已很難了，甚至連「清風三十六騎」所在的方位也難以判斷。

變幻莫測的狂風不時挾帶著一陣金鐵交鳴聲傳來，忽兒由前而來，忽兒由後而至，變幻不定。

重山河先是大惑不解，不知是否是自己的錯覺，但很快他便意識到這並不是自己的錯覺，而是極可能連「清風三十六騎」也已被衝散分割開了，他們與自己一樣，都是各自為陣。

若事實真的如此，那麼「清風三十六騎」的機動性以及配合無間的優點就會蕩然無存了。

想到這一點，重山河腦中「嗡」的一聲，不由又驚又怒！而令他不解的是，同樣是在雨中作戰，為什麼卜城戰士能夠組織有序？

正想到這一點，又一陣疾風捲裹著雨水掃過，重山河再度捕捉到了扣人心弦的金鐵交鳴聲，是在他的後方！重山河毫不猶豫，正待循聲掠出，忽聞一聲冷笑毫無徵兆地進入他的耳中，在風雨聲中竟仍顯得清晰無比，就如同一把鋒利無比的短刀，可以洞穿一切！

重山河的身形驀然凝止！一動不動。

大雨無休無止地落下，滑過他的臉頰，濕透了他的戰甲，並繼續順著斜斜指地的雙矛流下。

重山河感到握著雙矛的手心很涼很涼，冷笑之聲來自於他的正前方，帶有睥睨與不屑的冷傲之氣。重山河竟從這一聲冷笑中，感受到了一股無形的威嚴！

他的目光竭力想透過雨幕看清對方的形貌，卻最終未能做到，他所看到的依舊是重重雨幕，讓人感到隔絕於人世之外的重重雨幕。

重山河雙手將利矛越握越緊。

「你只能擊殺一些無名小卒，本不配死在我手中，但今天我就破例一次！」一個冷而且硬的聲音透過風雨聲，清晰無比地傳入重山河的耳中。

重山河只覺「轟」的一聲，心中似有一團火焰倏然燃起，連他的血液也開始沸騰。

數十年來，還從未有人會對他如此說話！他是昔日坐忘城城主重春秋之子，是今天的坐忘城四尉之一，即使沒有這些，他自忖僅憑手中的雙矛，也應能贏得足夠的尊重。

對方究竟是卜城的什麼人物？竟狂傲至此！

重山河因違背殞驚天的意願，而擅自離開坐忘城攻襲卜城人馬，對此，他心中一直有些不安，但此時，他心中的不安已蕩然無存，卜城中人如此狂妄，早該給予他們以迎頭痛擊！

重山河緩緩舉起雙矛，沉聲道：「多言何益？今日我重山河的雙矛已取了二十一人的性命，你將是第二十二人！」

「如果坐忘城的人都如你一般自不量力，那倒不失爲一件好事，因爲那樣可以讓坐忘城滅亡得更快！」冷而硬的聲音略略一頓，緊接著道：「但願你的死能讓殞驚天有所憤怒！」

彷彿在對方的眼中，重山河已經是一個死人！

重山河怒極反笑！縱聲長笑的重山河驀然看到正前方的重重雨幕中出現一點寒芒，那一點寒芒像是有某種攝人心魄的神奇力量，讓人不由爲之一凜。

長笑聲戛然而止，重山河的瞳孔驟然收縮！他知道，那是兵刃的寒芒。同時，他還感受到隱於這一點寒芒之後無窮無盡的殺機！

這可怕的殺機使重山河已然忽視淡忘了狂風暴雨，忘記了自己處身何地。天地間其餘的一切似乎都已不再重要，他所有的注意力都已凝於那一點寒芒上！

心中那團燃燒的火焰卻已漸漸熄滅，熱血也不再沸騰，與此相反，重山河忽然感到一股涼意自腳底升起，並向全身瀰漫開來。

「嗡……嗡……」雙矛因重山河全力催運自身內力修為而發出驚人的震鳴聲。

驀地，那一點寒芒由靜而動，以無法描述的速度向重山河逼近，那奪目的寒芒在他視線範圍內無限地擴大。

暴雨來去無常，來得突然，停得也很突然，以至於暴雨驟停之後，方才還備受風雨聲滋擾的聽覺，一時間反而對四周的靜寂有些不適應。

左知己離開大帳後，落木四就獨自一人在等待前方的戰果。雖然他也知道最後的結局必然是他的人馬有效阻截殺退坐忘城的人，畢竟雙方人數相去太多，但這是坐忘城與卜城第一次實質性的接觸，落木四不會等閒視之。

在等候戰局的同時，落木四也在思索著左知己所說的話。左知己來自禪都，不言而喻，是冥皇為了牽制自己而使之成為卜城二城主的。卜城是這些年來樂土六大要塞中，面臨壓力最大的要塞，其重要亦由此可見一斑。

冥皇擔心自己會有異心，以至於局面不可收拾，所以在他身邊安插了其親信左知己，對於冥皇這種安排，落木四當然能識破。而左知己在成為卜城二城主之後，的確為卜城出力不少。正因為這一點，落木四這幾年來與左知己雖然時有不合，卻並沒有走上與之徹底決裂或者反目成仇的地步。

在落木四看來，只要能以大局為重，那麼其背後的瑕疵都不足為慮。

左知己是冥皇的親信，他急著要與卜城速戰速決是情理中事。落木四對此不會有什麼意外，重要的是，左知己能不能同時兼顧卜城的大局。而由方才的言談來看，左知己顯然也顧及了卜城的大局，正是念及這一點，落木四才沒有固執己見。

但落木四內心深處，仍是希望能與殞驚天直面相對。

他的思緒因為暴雨驟停而中斷了，當他意識到外面風雨已停時，不由又想到了八狼江，想到了秋汛。

這時，有人在外恭聲道：「城主，欒青前來覆命。」

落木四猛然一怔：「欒青?!」

欒青不是被自己派往救援先鋒人馬了嗎？怎麼可能這麼快就返回？就算進程順利，由大營出發來回一趟也不可能只用這麼一點時間！

落木四心中頗爲狐疑，但還是道：「進來吧。」

進來之人果然是欒青，肌膚黝黑，雙目格外的亮。

未等欒青開口，落木四便問道：「欒青，你何以去而復返？難道我所傳之令你竟未明白其意？」

欒青道：「欒青去而復返，是因爲行至半途，便得知前方戰事已經結束，發動襲擊的三十三名坐忘城所屬只有一人逃脫。」

落木四「哦」的一聲，略感意外。他心想：既然這麼快就能取勝，那麼先鋒人馬又何必以煙火傳訊求援？

但落木四也知這事不會有假，左知己借助獅鷲探明對方襲擊者是三十三人，欒青此時所稟報的也是「三十三」這一數目，兩者一對照，就可以肯定欒青的確已得到了確切的消息。

無論如何，勝利總不是一件壞事，落木四心頭輕笑了笑，頷首向欒青道：「我知道了。」言下之意自是讓欒青退出帳外，但欒青卻沒有退出去的意思。

落木四有些意外地看了他一眼，用戴著麂皮手套的手搓磨著臉上的那道疤痕，在大帳中的一張交椅中坐下，緩聲道：「你還有事？」

「是，屬下還要稟城主得知，被殺的三十二名坐忘城戰士中，有坐忘城四尉之北尉重山河！」

落木四目光倏然一跳，他的雙手扶在了交椅的扶手上，身子也挺直了，似乎要站起來，但最終卻又重新後仰，將身子埋在了交椅中。

沉吟了好一陣子，他才輕輕地嘆了一口氣，像是自言自語般道：「重山河之父重春秋當年識大局、明大義，歸順樂土，方使樂土有了連續數十年的相對安寧。大冥樂土能有今日之和平，與重春秋當年的選擇有著莫大的關係。」

他似乎一直在說重山河之父重春秋的事，但欒青卻知道其未言之意。顯然，落木四對重山河的死有些惋惜，而且對冥皇不念昔日情分表示不滿。

欒青卻又稟道：「事實上，重山河並非我卜城先鋒人馬所殺，殺他的另有其人！」

這一次，落木四是真的震動非小！他「騰」地站起身來，如電目光落在了欒青身上，沉聲道：「你既然是半途折返，又怎知道這一點？」

欒青鎮定地道：「因爲我們的先鋒人馬當中，沒有人能殺得了重山河。」

落木四皺了皺眉，緊接著又道：「但混戰中，生死如何所憑藉的並不完全是實力！」

「城主言之有理，但先行的弟兄都知道，重山河並不是死於混戰中，而且，這一點由重山河的屍體傷口也可以看出，取他性命的是一種極爲奇特的兵器，這種兵器決不會爲我卜城戰士所擁有。得知此事時，屬下第一個反應就是猜測會不會是城主另遣高人對付重山河，現在看來，屬下的猜測是錯了。」

落木四慢慢地在帳內踱著步，良久未語，欒青也就那麼靜靜地站著。

落木四終於停下腳步，「若換成是我，我也會有這樣的猜測，但在此之前，我根本不知對方的人當中有重山河，也就更不可能讓人前去對付重山河了。不過，你所說的這件事十分重要，有誰會在這種時候插手卜城與坐忘城之間的事？」

他的眉宇深深鎖起，再加上臉上那道醜陋的疤痕，使他的模樣顯得十分古怪。

「會不會殺重山河的人其實是卜城的人，只是此人既非先鋒戰士所屬，也不是城主派出的。」後面的話，欒青沒有繼續往下說。

落木四一下子明白了欒青的話意，他知道欒青是在懷疑二城主左知己。

也難怪欒青會這樣懷疑，左知己最希望速戰速決而不願相持下去這一事實，對普通卜城戰士來說或許不知情，但對於欒青、單問這等在卜城身分較高的人來說，卻早已不是什麼秘密。左知己有這麼做的理由，只要殺了坐忘城四尉之一的重山河，那麼兩城血戰將不可避免。

而以左知己的武學修爲，也的確能對付得了重山河，至於重山河身上的傷口顯示出對方的兵器

十分罕見這一點，左知己也可以有意製造假象這一理由來解釋。

若在平時，欒青的話會立即引起落木四的同感，但今天卻是一個例外。

落木四搖了搖頭道：「卜城能與重山河一較高下的人並沒有幾個，若要在殺了重山河之後自身仍不受損傷，那麼就更是少之又少。單問受了傷，左城主與我一直在這大帳內，你來時他離開不過片刻，擊殺重山河的人一定不是卜城的人！至於兇手這一舉動的目的，多半是爲了挑撥我們與坐忘城之間的仇恨。現在看來，卜城與坐忘城已不可能避免一場血戰了！」

欒青聽落木四說二城主左知己一直與城主在一起，倒有些意外。同時他想到，如果此事與左知已無關，只能使情況變得更爲複雜。

落木四突然想起一件很重要的事，「重山河的屍體何在？」

「正在送來大營的途中。」

落木四若有所思地點了點頭。

重山河麾下的五百名戰士在祖年的帶領下返回坐忘城，在由北門進入城中時，正好遇見了匆匆趕至的貝總管、伯頌等人。

伯頌見五百人馬去而復返，不由暗自鬆了一口氣，忍不住對身邊的鐵風低聲道：「幸好重兄弟總算沒有失了理智。」

卻聽得貝總管以同樣低的聲音道：「重尉並不在其中！」

伯頌一怔。

這時，祖年翻身下馬，向前搶了幾步，跪倒於地，嘶聲道：「貝總管、南尉大人、東尉大人，北尉大人已領『清風三十六騎』奔襲卜城陣營，懇請速速定奪！」

伯頌心頭「啊呀」一聲，暗忖：原來返回城中的只是重山河手下的人馬，他自己卻仍是離城而去了，這豈非更為危險？

鐵風對祖年道：「你起來說話吧，情況究竟如何？」

祖年依言起身，將前後經過飛快地說了一遍。

鐵風聽罷立即道：「以『清風三十六騎』與重兄弟的速度，一般人已不可能搶在他們與卜城戰士交戰前將之截下，除非重兄弟自己主動中途而返，不過以他的性格，這種可能性更小！」

貝總管頷首表示同意鐵風的分析，並補充道：「雙方人數的眾寡不言自明，現在的關鍵就是重兄弟及『清風三十六騎』能不能脫身返回坐忘城的問題，而不是勝負的問題！」

貝總管對形勢的估計並不樂觀，而眾人知道這也是必須面對的事實。

伯頌有些焦灼地道：「依總管的意思該當如何？」

貝總管神色凝重地道：「由重尉將讓五百戰士折返坐忘城這一點來看，大致可以推斷出他的用意並不是與對方持久作戰，而只是要利用『清風三十六騎』的精銳、靈動完成一次突襲，所以其策略應是速戰速退，決不會與對方纏戰。這樣一來，若遇上的不是卜城精銳，對方是難以阻止重尉將計畫的實施的，他應該無恙，但若是遇上對方的精銳力量，那麼非但他們難以脫身，一旦有更多的人馬出城施以援手，恐怕會被卜城戰士截斷後路，被迫在沒有地利可言的百合草原上與對方決戰。」

說到這兒，他沒有繼續分析下去，而是沉默了片刻，方沉痛地道：「貝某的意見是我們只能等待，如果我沒有猜錯的話，不久將有一場暴雨降臨，在這種時候休說出城接應重尉將，就是找到他都不易！」

鐵風抬頭望了望夜空，又看了看祖年及其身手的五百名戰士，沉聲道：「看來也只有如此了。」

伯頌最後點頭。

果不出貝總管所料，當眾人在焦慮不安中等待了不到半炷香時，一場狂風驟雨便席捲而至了。

貝總管、鐵風、伯頌不得不退入北尉府中，而曾隨重山河一道出了城後又折回的五百戰士卻不願避雨，一行行、一列列地佇立於北尉府前的廣場上，彷彿成了五百尊雕塑，五百人眾的方陣竟沒有任何雜音，只聽得雨水不停歇地沖淋著甲冑的「沙沙」聲。

儘管知道五百戰士不是借此對自己三人的決定的無聲抗議，而是因爲自責沒有隨重山河一起出生入死才這麼做，但貝總管、伯頌、鐵風仍是感到心情沉重，再也無法在北尉府中安坐，不約而同地朝外走出。

由北尉府透出的燈光，將廣場上五百名坐忘城戰士的身影映襯得影影綽綽。

伯頌心頭忽然升起一股悲壯之情。

就在這時，進入這個廣場的一扇側門忽然很快打開了，兩名北尉府府衛飛快地衝入廣場內，嘶聲稟報：「報！北尉大人與『清風三十六騎』遭遇圍殺，三十三人中僅有一人生還！」

每一個字都如一記重錘般重重地敲擊在眾人的心坎上，語音已落，偌大的廣場竟仍是一片死寂，只聞「沙沙沙」的雨落之聲。

生還的一人決不會是重山河，場中每一個人都明白這一點。以重山河的性情，怎麼可能在隨他同去的「清風三十六騎」悉數被殺後，獨自一人返回坐忘城？

雨忽然變小了，並最終停止了，只有屋簷上的雨水仍在淅淅瀝瀝地滴落著，在屋簷下方的水溝中濺起一串串的水漣。

在兩名北尉府府衛的身後側門處又出現了一道蹣跚的身影，跌跌撞撞地走向廣場這邊，其動作顯得笨拙而緩慢，就像一個喝了太多的酒的醉漢一般。

誰也無法看清他的臉容，因爲他的頭髮雜亂無章地披散著，亂髮遮去了他大半張臉，而露在亂髮外的一小部分又是鮮血淋漓，所著衣衫也已是破爛不堪。

誰都明白此時出現在眾人面前的人，定是「清風三十六騎」的唯一倖存者，他臉上的鮮血只能是來自於他自己頭部的傷口，否則在暴雨中早已被沖刷得乾乾淨淨了。

在數百雙目光中，那人搖搖晃晃地向貝總管、伯頌、鐵風三人這邊走來。他走得很慢很慢，讓人感到他所有的力氣都已在那場血戰以及之後的突圍返城過程中消耗殆盡。有好幾次，他都幾乎要摔倒了，卻又奇蹟般地重新站穩腳跟。

終於，他站定了，面向貝總管，幾乎是一字一字地道：「清風三十六騎……未遵循城主之令……擅自出城，我本想代清風……三十六騎向城主……請罪，現在看來，我已見……見不到城主了，請總管代……代爲轉告城主……還有，殺害卿子的人武功奇高，只在三招之間，卿子就……就已受了重傷……所以我……我……」

後面的話他終是未能說完，已狂噴一口熱血，頹然撲倒。

自從地司殺率領兩百司殺驃騎強闖乘風宮那天開始，爻意便住進了小夭的紅葉軒。

當時是爲了照顧小夭，後來小夭得知父親並未遇害，身體便漸漸恢復過來，不過爻意也未再搬出紅葉軒，畢竟在紅葉軒中本就有專門伺候小夭的侍女，爻意居住其內，起居更爲方便。

自戰傳說離開坐忘城後，爻意就一直心緒不寧。如今坐忘城與外界的聯繫幾乎已完全被隔斷，爻意不能從任何地方打聽到關於戰傳說的消息。

其實，就算沒有卜城的封鎖，爻意也難以打探到戰傳說的情形如何，因爲戰傳說前往「無言渡」見晏聰是秘密之舉，不宜向外人道訴。

隨著時間的推移，爻意心頭的不安情緒越來越甚，按時間推算，戰傳說應該已經返回坐忘城了。

「難道是因爲卜城大軍壓境，使他難以返回坐忘城？不可能！以他的修爲，卜城不會有多少人勝過他。何況到今天爲止，卜城也還沒有對坐忘城形成真正的合圍之勢，他要返回坐忘城，卜城的人馬不會成爲障礙，難道是被其他事情耽擱了？而晏聰辦的事情又辦得如何？」

小夭見爻意眉宇間有一絲憂鬱之色，便猜出了十之八九，心中如打翻了五味瓶，種種滋味齊湧心頭。

她忍不住道：「爻意姐姐可是在掛念著陳大哥？」

爻意幾乎未經思索便點頭道：「的確如此。」

她心中坦坦蕩蕩，絲毫不會覺得這有何不妥。

小夭沒有料到爻意如此直言不諱，像是根本不介意別人知道她對「陳大哥」的牽掛，不由呆了一呆，心中早已想好的話一時竟又忘了，不知該從何說起。

爻意見小夭忽然沉默不語，有些奇怪，便道：「妳在想什麼？獨自一人發呆。」

「啊，沒什麼。」小夭回過神來，美眸一閃，隨即拈來一個話題，「我在想，像爻意姐姐這樣無拘無束地遊歷樂土，想做什麼就做什麼，一定是件很開心的事。」

爻意微微一笑，「這麼說來，妳感到受的拘束太多了？」

「是啊！」小夭不假思索地道：「我都十七歲了，可走出坐忘城的次數卻還不到十七次！城內的街街巷巷我閉著眼睛都能走。但樂土有比八狼江更寬廣的江河，有比天機峰更高的山脈，但我卻從未見過，爹決不會輕易讓我離開坐忘城的。爻意姐姐，我真羨慕妳！」

見小夭一臉神往的表情，爻意心頭似有什麼被勾起了，她淡淡地道：「其實與自己最親近的人在一起，什麼都是美麗的。否則，縱然看再高的山，再寬廣的江河又有何用？」

小夭的心忽然開始「怦怦怦」地跳得很急，耳垂似乎也有些發燙，她的雙眼甚至不敢正視爻意，而是投向了窗外園子裏的那叢鳳凰竹，輕聲道：「那……爻意姐姐一定有最親近的人吧？」

爻意也走至窗前，與小夭並肩站在一起，目光投向窗外，「有。」

小夭忽然又覺得自己的心跳變得很慢很慢，一股莫名的蒼涼感覺漸漸地瀰漫在她的心間。

「那……他是不是也把妳視作他最親近的人？」小夭的語速很快，彷彿她在擔心如果說得慢了，就會缺乏足夠的勇氣將話說完。

「當然。」爻意的思緒已陷入回憶當中，以至於冰雪聰明的她竟也沒有留意到小夭的神色，繼續道：「可惜，現在我們不能在一起。」她的腦海中浮現出威郎的身影，忖道：「如果有威郎在，我當然是開心的，可如今，我卻是世間最寂寞孤獨的人了。」

小夭忽然覺得自己問了一個最愚蠢的問題，她暗忖道：「我又何必問？我早該知道陳大哥也是會把她視爲最親近的人的，爻意姐姐如此美麗。」

一時間，兩個女人都陷入了自己的內心世界，久久不語，只是望著窗外在秋風中依舊蔥翠的鳳凰竹怔怔出神。

方才的那場暴風雨洗去了鳳凰竹枝葉間的塵埃，使它像經歷了一場洗滌般線條清晰，只可惜夜色朦朧，僅僅依靠幾扇窗戶透出的光尚不足以將它們照得分明。

朦朦朧朧的鳳凰竹的婆娑身影就如此時兩個女人的心思一般，難以分辨。

在暴雨來臨之前，石敢當就已從黃書山那兒返回自己的房中。

他之所以匆匆離開黃書山的房間，就是因為他不願聽黃書山繼續訴說關於道宗、關於「九戒戟」的種種「蹊蹺」。

石敢當知道黃書山所言不會是空穴來風，肯定能說出一些理由，但在石敢當看來，這毫無意義。或者說，就算道宗得到「九戒戟」以及藍傾城成為新一代宗主這些事都有一定的隱情，但他認為，這些隱情都是無礙大局的，自己既然已不再是道宗的宗主，就不宜在枝枝節節的細節上苛求藍傾城乃至整個道宗。

石敢當自忖能夠想像得到黃書山如今在道宗的孤獨，也很同情自己這個忠心不二的老旗主，但同時他又斷定正因為黃書山對他情義太深，看待今日道宗的大小事宜，更是很可能會存在成見、偏見。自己離開道宗已有近二十年之久，若是剛與道宗有聯繫，便憑黃書山的一面之詞對道宗大小事宜插手，的確有越俎代庖之嫌。

石敢當只能暫時回避，就算要過問道宗的事，也要在對道宗現狀有充分瞭解的基礎上，否則難免會有失偏頗。

當石敢當要從黃書山房內退出時，他分明看到了黃書山眼中的失望之色，這讓他有些不忍，不由又說了一句：「你也不必急在一時，二十年時間都過去了，又何必在乎再多幾年？若僅僅因為我重新涉足武界而使本來很平靜的道宗陷於混亂，那我就是道宗的千古罪人了！」

黃書山比實際年齡更顯蒼老的臉上浮現出了一絲苦笑，並且這一抹苦笑很快消失了，取而代之的是讓石敢當很不習慣的畢恭畢敬的神情，他道：「老宗主教訓得是，書山記住了。」

石敢當太瞭解黃書山了，知道他對自己如此畢恭畢敬，其實是對自己一種無聲的抗議，心中暗嘆一聲，終未再說什麼。

回到自己的房內，石敢當心緒久久不能平靜。

正思緒萬千之際，那場來勢迅猛的狂風暴雨更增添了石敢當心中的煩躁。在隱鳳谷的近二十年本已將他的性情磨礪得古井不波了，沒想到當有關道宗的種種記憶重現心頭時，他並不能如自己想像的那樣平靜。

畢竟，道宗的興衰榮辱曾經是他生命中最重要的事，甚至直至今日仍是如此。真正能做到古井不波者，必須是無牽無掛，而石敢當顯然不是這一類人。

直到驟雨初停，石敢當的心情方漸漸平復。

窗外雨水依舊滴滴答答地落著，反而更顯夜的寧靜。

驀地，南尉府中一聲驚呼：「有刺客！」

驚呼聲頓時打破了短暫的寧靜，緊接著呼聲四起，顯然是南尉府的府衛在圍緝刺客。

石敢當立即想到伯頌此刻已不在南尉府，而是被貝總管邀去共商重山河私自出城的事了。其長子伯簡子又重傷未癒，再聯繫到今日白天術宗的人發動襲擊擊傷了一人的事，頓感不妙，忖道：「白天出手之人的『守一大法』修爲極爲高明，應是術宗數一數二的人物，若現在的刺客就是此人，那麼僅憑南尉府府衛是無法對付得了的。」

思及此處，他再不猶豫，循聲衝出房外。

爻意、小夭已擁衾而眠，卻因各自懷有心事而難以入睡。

小夭一邊聽著爻意輕微、均勻的呼吸聲，一邊想著心事，忽然有一個念頭閃過她的心間，她在黑暗中睜大了雙眼。

她本是背向爻意的，也不知爻意是否已入睡，便輕輕地喚了一聲：「爻意姐姐。」

「嗯？」爻意也沒有入睡。

小夭便側轉過身來，將暖衾擁緊了些，這才道：「妳說一旦卜城的三萬人馬將坐忘城圍了個水泄不通，陳大哥還能不能回到坐忘城？」

爻意道：「當然能夠。對了，妳怎麼知道卜城有三萬人馬？」

小夭道：「整個坐忘城的人都知道這一點。」

爻意道：「這我也聽說了，但這是卜城自己宣稱的，所以我從來沒有完全相信。」

「為什麼？」小夭道，在這些方面，她真的是一無所知。

「原因很簡單，既然卜城與坐忘城同為樂土六大要塞，那麼彼此的實力應該不會相去太遠，所以卜城所有的人馬應在三四萬，與坐忘城相若。」爻意道，她對樂土的情況已漸漸有了一些瞭解，知道卜城、坐忘城為樂土六大要塞之一。

小夭佩服地道：「是啊，卜城戰士的確是在四萬左右，我聽爹說過，沒想到妳一猜就猜中。」

爻意心道：「這可不是猜的。」她接著道：「如果這一次卜城真的投入了三萬人馬，那麼在卜城內剩下的力量就相當薄弱了，而他們又必須面對……」

小夭提醒道：「是千島盟。」

「對，他們必須面對千島盟。千島盟若得知卜城城內空虛，豈會錯過這等大好良機？所以，如果卜城真的投入了三萬人馬進攻坐忘城，就一定不會將此事洩露出去。既然如今他們自稱三萬人馬，恰好證明他們根本就沒有投入這麼多人馬，在卜城城內尚有大部分力量。還有，如果卜城投入的力量太多，城池空虛，那麼他們肯定應只求速戰速決，以免兩頭應戰。但由他們的行程來看，顯然不是只求速戰速決。種種跡象足以表明，卜城所謂的三萬人馬只是虛妄之言。」

小夭聽得呆住了，半晌才嘆服道：「姐姐真是神機妙算於千里之外！」

爻意「撲哧」一聲被逗笑了，也側過身來，小夭立時聞到了一股似蘭似麝、沁人心脾的幽香。

爻意笑道：「什麼叫神機妙算於千里之外？這句話我怎麼越聽越覺得拗口？」

小夭一本正經地道：「姐姐的神機妙算那是不用說了，而且妙算的還不是身邊的事，而是遙遠的卜城，當然就是神機妙算於千里之外了。」

爻意見她說得有趣，心頭的憂鬱孤單感頓時消散了不少，忍不住逗小夭道：「若我還能算出千年之前的事，那豈不是還要加上神機妙算於千年之前？」

「真的?!妳還能算出千年之前的事？」小夭驚奇不已地問。

爻意心道：「那有什麼難的？我本就是來自於兩千年前的人！」

她正待開口，忽聽門外傳來小夭的貼身侍女阿碧的呼喚聲：「小姐……小姐……」

小夭道：「我睡了，什麼事？」

阿碧的聲音道：「沒什麼事，方才南尉府發現刺客，阿碧擔心小姐的安危，所以……」

小夭嘀咕了一聲：「又是南尉府。」隨後提高了聲音：「妳放心，爻意姐姐的本事出神入化，就算真的有刺客到紅葉軒來，也是有來無回，妳也歇息吧。」

「是。」阿碧在門外應了一聲。

對於刺客的事，小夭並不怎麼放在心上，倒是爻意頗爲關切，「在這種時候能進入坐忘城的刺客恐怕頗有來頭！」

「多半是南尉府或坐忘城往日結下的仇家，見此刻的坐忘城正面臨著一場血戰，想從混亂中撈一些好處罷了。」小夭說完，長長地伸了一個懶腰，嬌憨地道：「聽妳說圍困坐忘城的卜城人馬決不會有三萬之多，我就不再擔心了，只想睡覺！」

小夭真的合上雙眼，不再說話。

與此同時，南尉府中。

非但南尉府眾府衛被刺客所驚起，便連眾道宗弟子也已出動助府衛搜尋刺客。

石敢當在最短的時間內掠到南尉府一帶的最高點，並在飛掠的同時留意各個方位的情況。

只見南尉府中處處有人影在閃動，燈籠閃耀，但卻都是南尉府的人以及道宗弟子，唯獨不見刺客的身影。

裏裏外外搜尋了一遍仍無結果，石敢當就知道再搜下去已毫無意義了。敢在南尉府露面的刺客一定身手不凡，除非很快盯住他的去向，否則休想再從偌大的南尉府找出此人。

伯貢子見父親伯頌不在府中，而兄長伯簡子身有重傷，便擔負起指揮眾府衛之責，可惜第一次獨當一面卻沒有什麼收穫，這讓他多少有些沮喪。

幾組搜尋的人馬漸漸會合，石敢當及眾道宗弟子也在其中。

石敢當一見伯貢子，便問道：「府中可有人傷亡？」

「沒有，府衛發現得早，刺客沒有來得及出手。」伯貢子道。

「是誰最先發現刺客的？」石敢當又問道，不管怎樣，沒有人傷亡總算讓他鬆了一口氣。

「我。」一名矮小精幹的府衛道：「我與三位兄弟巡察至府中西北角時，無意中看到有一人影閃動，似在窗外窺視，便喊了一聲，那人影立即掠向近處的假山，待我們趕過去時，卻已不見了人影。」

「西北角？」石敢當不由皺起了眉頭。

「道宗的朋友就是住在西北角。」伯貢子道，「難道說，又是白天曾傷一人的術宗之人所爲？」

這也正是石敢當所懷疑的，術宗與道宗積怨已久，要對道宗的人暗下毒手並非不可能，聯想到白中貽所說的道宗由術宗手中得到「九戒戟」這一點來看，這種可能性就更大了。

如果刺客真的是術宗的人，那麼的確不必再搜尋了，術宗弟子行蹤詭秘，能借各種術法隱蔽自身，普通的府衛根本無法對他們構成威脅。

當下他決定擇一時機建議白中貽、黃書山，明日一早就離開坐忘城，以免再連累南尉府。

想到這件事時，他忽然發覺有些不對勁，但一時卻又想不出具體是什麼。他強迫自己靜下心來，理了理思緒，猛地明白自己何以會有這種感覺！因爲包括白中貽在內的眾道宗弟子都來了，卻唯獨不見黃書山。

黃書山決不可能早早入睡，他的心情恐怕比石敢當還亂，就算入睡了也應該已被驚醒。而且黃書山也不會在聽說南尉府有刺客闖入後無動於衷，不聞不問。

石敢當心中迅速閃過一個念頭：「難道那名府衛所見到的根本不是什麼刺客，而是黃書山？」

從黃書山所說的話來看，他與今日道宗宗主藍傾城以及道宗其他不少人都有著隔閡，如果府衛所見到的人真是黃書山，那麼會不會就是因爲這一點，所以他要暗中窺探其他道宗弟子的住處？

如果真是這樣，那豈非證明道宗內部的確已有很大的潛在危機？否則黃書山是不會這麼做的！

石敢當越想越不安，他見其餘眾人都沒有留意到這件事，便也不點破，與伯貢子、白中貽又交談了幾句，便返回自己的住處了。

他的住處與黃書山的房間連在一起，眼下他要做的第一件事其實並不是回自己的房中，而是去看一看黃書山，如果那人影真的是黃書山，石敢當相信自己一定能夠看出蛛絲馬跡。

爲了避免他人的注意，石敢當有意放慢了腳步，緩緩地踱步，似乎還深陷於沉思之中，實際上他卻是恨不能一步跨入黃書山的房中。

黃書山的房中還亮著燭火，門卻掩著。

石敢當輕輕叩門，無人回應。叩門聲漸漸加重，情況依舊。

石敢當先是覺得有些蹊蹺，猛然間他已有所警覺，再不猶豫，單掌拍出，區區木門，如何能擋得住石敢當一掌？立時轟然塌裂。

燭光一泄而出，同時有濃烈的血腥之氣撲鼻而至！

石敢當一眼便看到了黃書山。

黃書山已死了！他的身子被他自己的一支鐵拐釘在了牆上，粗大的鐵拐自他的前胸穿過，透後背而出，最後插入牆內。

黃書山的頭無力地垂著，右腿褲管空蕩蕩的，整個人就像是被掛在牆上一般。

石敢當的心在不斷地下沉，如墜無底的冰窖。

突如其來的打擊使他更顯蒼老！顯然，方才只是一個並不算高明的調虎離山之計，石敢當卻上當了。

讓石敢當感到愧疚的，還有就在片刻前他還懷疑所謂的刺客就是黃書山！

這時，南尉府眾府衛被木門坍裂聲所驚動，匆匆趕至，乍見這番情景，全都驚呆了，一時不知所措。

當白中貽及其他道宗弟子趕來時，伯貢子已到，另外還有幾名府衛，而石敢當則已把插入黃書山體內的鐵拐拔出，將其屍體安放在床上，地上全是血跡。

白中貽的臉色頓時變得蒼白如紙，他望著黃書山那毫無血色的臉，久久說不出話來，而他的身子卻抑制不住地顫抖如秋風中的枯葉。

半晌，他終於吐出一句話來：「術——宗——好——狠——毒！」

一字一頓，每個字都帶著森森寒意。

石敢當小心翼翼地為黃書山抹下了怒睜著的雙眼，緩緩轉過身來，望著白中貽，沉聲道：「殺害書山的人一定會付出代價的！」

白中貽聲音低沉地道：「不錯！雖然屬下與黃旗主同為旗主，但在我心中一直將他視為前輩！黃旗主為道宗大業立下了無數汗馬功勞，若不能為黃旗主討還血債，將不知使多少道宗弟子寒心！」

石敢當不再說話，屋內一片沉默。

昏黃的燭光映照著石敢當的身影，在牆上投下了一道長長的影子。他本就極為消瘦的臉頰此時更瘦得驚人，而他的雙目卻異乎尋常的明亮，像是可以洞穿一切！

天終於亮了。

從昨夜的日落至今天的白晝來臨，坐忘城內發生的事的確無法漠視。清晨，空氣應當是很清新的，昨夜的暴雨應已洗去了一切混沌。但坐忘城的人都嗅出了不安與壓抑的氣息！

重山河、「清風三十六騎」、道宗黃旗主的死訊已傳遍全城。

而曙光初現時，南門的坐忘城戰士可以清晰地看到數以千計的卜城戰士已出現在八狼江對岸，並紮下了營帳。

鐵索橋上的木橋在昨夜道宗的人進入坐忘城後就抽掉了，卜城若要憑藉一些鐵索鏈攻城，或是邊前進邊鋪木橋，都將付出極大的代價，而看樣子，卜城戰士也並不急於攻城，所以在南門雙方只是隔江對峙，一時半刻還不會發生什麼大的變化。

不過，對道宗的人來說，要由南門出城返回天機峰已是不可能了，任何人只要出現在鐵索橋上，迎接他的都將是密如驟雨般的箭矢，或是來自於坐忘城，或是來自於對岸的卜城人馬。

今日也是殞驚天「七祭」滿期之日，殞驚天與數百名坐忘城戰士一同返回了坐忘城。

就在殞驚天一行人由西城門返回城內的途中，在東城門外正對著的百合草原上出現了十幾輛馬車，正向東城門駛來。

到了離東城門一箭遠近時，十幾名車夫便齊齊下了馬車，卸下車轅，翻上無鞍的馬背，便朝來路飛馳而去。

這奇怪的一幕當然全都落入了東門城頭的坐忘城戰士眼中。貝總管得知此事後，親自到東門查看，鐵風領了數十人隨他同行。

卸了車轅、健馬的馬車零零落落地散佈在各處，從東門方向望去，根本無法看出馬車內的情景。

爲防有詐，眾人在離馬車還有一段距離時便停下了，呈半弧狀分散呼應，城內的人也暗暗做好了接應準備。

鐵風向他手下的一人吩咐了一句：「去看看。」

那人將手搭在了刀柄上，向馬車靠近，並小心地繞至馬車後方。

只見他的神色一變，失聲道：「是『清風三十六騎』的屍首！」

請續看《玄武天下》之五 聖地烽煙

蒼穹變 ④ 霸者再現 （原名：玄武天下）

作者：龍人
發行人：陳曉林
出版所：風雲時代出版股份有限公司
地址：105台北市民生東路五段178號7樓之3
風雲書網：http://www.eastbooks.com.tw
官方部落格：http://eastbooks.pixnet.net/blog
Facebook：http://www.facebook.com/h7560949
信箱：h7560949@ms15.hinet.net
郵撥帳號：12043291
服務專線：(02)27560949
傳真專線：(02)27653799
執行主編：朱墨菲
美術編輯：許惠芳

法律顧問：永然法律事務所 李永然律師
北辰著作權事務所 蕭雄淋律師
版權授權：蔡雷平
初版換封：2016年6月

ISBN：978-986-352-315-4

總 經 銷：成信文化事業股份有限公司
地　　址：新北市新店區中正路四維巷二弄2號4樓
電　　話：(02)2219-2080

行政院新聞局局版台業字第3595號 營利事業統一編號22759935

定價：280元　特價：199元

國家圖書館出版品預行編目資料

蒼穹變／龍人著. -- 初版-- 臺北市：風雲時代，
2016.03 -- 冊；公分

ISBN 978-986-352-315-4（第4冊；平裝）

857.7　　105002427